Ópera dos mortos

AUTRAN DOURADO

Ópera dos mortos

HarperCollins

Copyright © 2022 por Espólio Autran Dourado.

Todos os direitos desta publicação são reservados à Casa dos Livros Editora LTDA.

Nenhuma parte desta obra pode ser apropriada e estocada em sistema de banco de dados ou processo similar, em qualquer forma ou meio, seja eletrônico, de fotocópia, gravação etc., sem a permissão dos detentores do copyright.

Diretora editorial: **Raquel Cozer**
Editoras: **Beatriz Lopes e Chiara Provenza**
Assitência editorial: **Camila Gonçalves**
Revisão: **Tânia Lopes e Daniela Vilarinho**
Projeto gráfico de capa: **Mauricio Negro**
Projeto gráfico de miolo e diagramação: **Eduardo Okuno**
Foto de capa: **Sérgio Renato Villella**

Dados Internacionais de Catalogação na Publicação (CIP)
Angélica Ilacqua CRB-8/7057

D771o	
Dourado, Autran	
Ópera dos mortos / Autran Dourado. — Rio de Janeiro : HarperCollins, 2022.	
240 p.	
ISBN 978-65-5511-400-3	
1. Ficção brasileira I. Título	
22-3825	CDD B869.3
	CDU 82-3(81)

Os pontos de vista desta obra são de responsabilidade de seu autor, não refletindo necessariamente a posição da HarperCollins Brasil, da HarperCollins Publishers ou de sua equipe editorial.

Rua da Quitanda, 86, sala 218 — Centro
Rio de Janeiro, RJ — CEP 20091-005
Tel.: (21) 3175-1030
www.harpercollins.com.br

"O deus de quem é o oráculo de Delfos
não diz nem oculta nada: significa."
— HERÁCLITO, fragmento 93,
segundo Hermann Diels

Para Otto Lara Resende

SUMÁRIO

Além do além, no fim do tempo,
por Itamar Vieira Júnior

9

1 - O SOBRADO

15

2 - A GENTE HONÓRIO COTA

23

3 - FLOR DE SEDA

47

4 - UM CAÇADOR SEM MUNIÇÃO

61

5 - OS DENTES DA ENGRENAGEM

89

6 - O VENTO APÓS A CALMARIA

123

7 - A ENGRENAGEM EM MOVIMENTO

153

8 – A SEMENTE NO CORPO, NA TERRA

191

9 – CANTIGA DE ROSALINA

231

ALÉM DO ALÉM, NO FIM DO TEMPO

Itamar Vieira Júnior

A família quase sempre é um microcosmo do mundo à nossa volta. A literatura ao longo do tempo tem nos oferecido fartos exemplos de que as relações familiares – e seus reflexos sobre a sociedade – são inesgotáveis. Em *Os Maias*, de Eça de Queirós, a família Maia vive sua decadência no casarão Ramalhete. *O primo Basílio*, obra-prima de mesma autoria, centra-se na corrosão da relação familiar provocada pelo adultério de Luísa com o primo Basílio Brito. Em *Dom Casmurro*, Machado de Assis descreve como ninguém a sombra da dúvida que envenena lentamente a família de Bento Santiago. Os Meneses de *Crônica da casa assassinada*, de Lúcio Cardoso, ruem com os conflitos, a violência e a descoberta de um parentesco que não se imaginava. Não poderia deixar de mencionar *Lavoura arcaica*, de Raduan Nassar, e toda a carga alegórica imbrincada em sua inigualável prosa.

    Ópera dos mortos, de Autran Dourado, se insere no rol das grandes obras da língua portuguesa centradas nas relações familiares burguesas. Neste caso, a relação, mais do que espontânea e presente, é imagética e conduzida pela história, uma herança moral carregada por uma mulher imprevisível. Como em muitos dos romances enumerados anteriormente, o ambiente se revela personagem indispensável para a compreensão da narrativa, a exemplo do casarão Ramalhete, da casa da Glória, da Chácara, da lavoura. É o que antevemos nesta passagem na abertura do romance:

> O senhor atente depois para o velho sobrado com a memória, com o coração – imagine, mais do que com os olhos, os olhos são apenas o conduto, o olhar é que importa. Estique bem a vista, mire o casarão como num espelho, e procure ver do outro lado, no fundo do lago, mais além do além, no fim do tempo.

O sobrado é um ambiente singular, orgulho da pequena cidade do interior. É o mundo da família Honório Cota sofrendo a ação implacável do tempo – que, por ironia, se encontra paralisado no relógio parado da casa – e da história. A trama atravessa as paredes da casa, que por sua vez é atravessada por personagens fantasmagóricos e, na mesma medida, inesquecíveis. A casa é habitada por Rosalina e a empregada Quiquina no presente. A elas se une um misterioso forasteiro, José Feliciano. Mas o romance carrega consigo os fantasmas de Rosalina e de uma cidade. A casa-grande que ostenta a glória do passado se deteriora, e nela o legado de seus fundadores: o avô, Lucas Procópio, e o pai, coronel Honório, antigos moradores do imóvel.

Gostaria de me deter neste tema antes de avançar neste breve texto. Tenho especial predileção por ambientes que transbordam vivos das páginas de um livro. Nós habitamos um mundo vivo: as casas se deterioram, a paisagem é moldada pela ação humana e os eventos do tempo. O antropólogo britânico Tim Ingold, na sua coletânea de ensaios intitulada *Estar vivo*, reflete que, assim como um tecido é composto de fios entremeados por urdidura e trama, o mundo, desde os seus primórdios, tem sido moldado por nós com "[...] pé, machado e arado, e com a ajuda de animais domésticos, [que] pisaram, cortaram e arranharam suas linhas na terra, e, assim, criaram a sua textura em constante evolução". Personagens complexos habitam tempo e lugares profundos, capazes de ser mais que um mero cenário. Os Maias não seriam os mesmos se não vivessem no casarão Ramalhete, nem os Meneses teriam sua Chácara como um templo profanado caso não dessem todo o sentido ao coletivo das pessoas que por ali passaram. Para Ingold, a ideia do espaço – que estendo ao cenário e ao palco – despossuído de alma é como um vazio, uma ausência. O triunfo de narrativas como a de *Ópera dos mortos* é que as personagens e o mundo à sua volta são copresença. O mundo é vivo, o espaço é a inexistência. O que acontece em um mundo vivo – "os processos em suas múltiplas formas surgem e são mantidos no lugar" – são processos de vida. O sobrado deste romance é mais que a habitação de Rosalina e Quiquina; os movimentos da narrativa em direção ao passado e ao presente só são possíveis porque deslizam de maneira orgânica através da linguagem de Autran Dourado. É uma casa abarcando o passado, o presente e um fugidio futuro. Acolhe personagens e leitores, um universo – *mire o casarão como num espelho, e procure ver do outro lado, no fundo do lago, mas além do além, no fim do tempo* – povoado de sentidos.

É nesse espelho que encontraremos os reflexos de Lucas Procópio, "o coisa-ruim", avô de Rosalina. Homem poderoso e temido, um predador que deixou filhos por onde passou. Em sua vida de recato e solidão, Rosalina constata, resignada, a herança do antepassado em sua existência. Assim como tem ciência do legado do pai, João Capistrano – o coronel Honório –, contido, austero, sem jamais admitir a derrota de suas intenções políticas, senhor do mais belo sobrado da cidade. João morre desgostoso e Rosalina assume sua posição, encerrada no casarão, sem pôr os pés nas ruas da cidade da qual se afasta em definitivo.

Esse é o ambiente claustrofóbico onde Rosalina dedica parte do dia a produzir flores de seda – *Flores para festas de cidade grande, para os chapéus [...] os buquês de noiva, as rosas vaporosas de organdi feitas com tanto carinho* –, levadas às ruas para serem vendidas pela empregada Quiquina, mulher negra, sem voz, demarcando o silenciamento imposto pelas castas sociais abastadas aos herdeiros da diáspora. A rotina ascética será em parte modificada pela chegada de José Feliciano, o Juca Passarinho, o viajante com uma belida no olho esquerdo que, sem rumo, bate à porta do sobrado em busca de trabalho. Ele lança um olhar de cobiça, deseja se tornar agregado – *Uma dona solteira, uma preta, nenhum homem. Ninguém para aperrear, para ficar toda hora lhe azucrinando as ideias. Capataz vivia mandando fazer uma coisa e outra, não dava sossego, tirava o pelo.* Conquista a confiança de Rosalina e se põe a cuidar do sobrado de paredes

com frinchas e telhado tomado por erva-de-passarinho, dando-
-lhe uma sobrevida:

> A gente reparava no sobrado. Via o serviço de Juca Passarinho
> e bendizia a sua presença na cidade. Via a fachada, as muitas ja-
> nelas, os vidros quebrados que ele ia trocando; o telhado no seu
> negrume mostrava as marcas do tempo, não mais porém naquele
> abandono de tufos de capim brotando das frinchas nas paredes,
> em tempo de rachar; os remendos no reboco junto dos beirais
> eram um sinal de que o sobrado convalescia, não era mais ruína.
> A gente inchava o coração de esperança. Se levasse uma mão de
> tinta, pensava-se. Rosalina porém não permitia...

Rosalina permanece solteira. Não se casa para não precisar deixar o sobrado e ter que abandonar as recordações do pai – [...] *o trato que com certeza mesmo sem palavra os dois fizeram escondido. Abrir o coração pros outros, as portas do sobrado pras visitas.* A chegada de José Feliciano desestabiliza a vida no sobrado e o rigor da alma de Rosalina. Instaura-se uma tensão crescente envolvendo senhora e agregado. É nesse universo ora sombrio, ora onírico, que a história avança, guiada com o apuro do texto de Dourado. A beleza do sobrado se reflete na linguagem quase barroca, um fluxo envolvente que dispensa certezas e nos preenche de dúvidas.

A crítica reconhece *Ópera dos mortos* como uma das obras mais significativas da literatura brasileira do século XX. Quando publicada, embora jovem, Autran Dourado já era um escritor reconhecido e premiado. Autor de romances incontornáveis como *A barca dos homens* e *Uma vida em segredo*, além de ensaios, contos e um livro de memórias, Dourado recebeu os mais importantes prêmios da literatura de língua portuguesa, como o Jabuti, o Machado de Assis e o Camões. Com *Ópera dos mortos* entrou para a seleta lista de obras representativas da Unesco.

Ao findar este romance, os ecos da polifonia de vozes se deslocando através da vida de cada personagem permanecem entre nós. Talvez a cidade, que conhece apenas as flores artificiais confeccionadas por Rosalina, e nós, juntos, consigamos imaginar essa história *além do além, no fim do tempo.*

Itamar Vieira Junior é escritor.

1

O SOBRADO

O SENHOR QUERENDO SABER, primeiro veja:

Ali naquela casa de muitas janelas de bandeiras coloridas vivia Rosalina. Casa de gente de casta, segundo eles antigamente. Ainda conserva a imponência e o porte senhorial, o ar solarengo que o tempo de todo não comeu. As cores das janelas e da porta estão lavadas de velhas, o reboco caído em alguns trechos como grandes placas de ferida mostra mesmo as pedras e os tijolos e as taipas de sua carne e ossos, feitos para durar toda a vida; vidros quebrados nas vidraças, resultado do ataque da meninada nos dias de reinação, quando vinham provocar Rosalina (não de propósito e ruindade, mais sem-que-fazer de menino), escondida detrás das cortinas e reposteiros; nos peitoris das sacadas de ferro rendilhado formando flores estilizadas, setas, volutas, esses e gregas, faltam muitas das pinhas de cristal facetado cor de vinho que arrematavam nas cantoneiras a leveza daqueles balcões.

O senhor atente depois para o velho sobrado com a memória, com o coração – imagine, mais do que com os olhos, os olhos são apenas o conduto, o olhar é que importa. Estique bem a vista, mire o casarão como num espelho, e procure ver do outro lado, no fundo do lago, mais além do além, no fim do tempo. Recue no tempo, nas calendas, a gente vai imaginando; chegue até ao tempo do coronel Honório – João Capistrano Honório Cota, de nome e conhecimento geral da gente, homem cumpridor, de quem o senhor tanto quer saber, de quem já conhece a fama, de ouvido – de quem se falará mais adiante, nas terras dele, ou melhor, do pai – Lucas Procópio Honório Cota, homem de que a gente se lembra por ouvir dizer, de passado escondido e muito tenebroso, coisas contadas em horas mortas, esfumado, já lenda-já história, lembranças se azulando, paulista de torna-viagem das Minas, de longes sertões, quando o ouro secou para a desgraça geral, as grupiaras emudeceram: e eles tiveram de voltar, esquecidos das pedras e do ouro, das sonhadas riquezas impossíveis, criadores de gado, potentados, esbanjadores ou unhas--de-fome – conforme a experiência tida ou a natureza, fazendeiros agora, lúbricos, negreiros, incestuosos, demarcadores, ladrilhando com seus filhos e escravos este chão deserto, navegadores de montes e montanhas, políticos e sonegadores, e vieram plantando fazendas, cercando currais, montando pousos e vendas, semeando cidades no grande país das Gerais, buscando as terras boas de plantio, as terras roxas e de outras cores em que o sangue e as lágrimas entram como corantes – nas datas de quem, por doação e todos os mais requisitos de lei, se ergueu a Igreja do Carmo e se fez o largo.

Um recuo no tempo, pode se tentar. Veja a casa como era e não como é ou foi agora. Ponha tento na construção, pense no barroco e nas suas mudanças, na feição do sobrado, na sua aparência inteira, apartada, suspensa (não, oh tempo, pare as suas engrenagens e areias, deixe a casa como é, foi ou era; só pra gente ver, a gente carece de ver; impossível com a sua mediação destruidora, que cimenta, castradora); esqueça por um momento os sinais, os avisos surdos das ruínas, dos desastres, do destino.

A casa fica no Largo do Carmo, onde se plantou a igreja. A Igreja do Carmo foi a primeira construção de pedra e alvenaria da cidade. Depois é que Lucas Procópio mandou construir a sua casa (na época apenas a parte de baixo), tentando fazer parelha com a igreja. Uma igreja em que se procurou no risco e na fachada seguir a experiência que os homens trouxeram das igrejas de Ouro Preto e São João del-Rei: só que mais pobre, sem a riqueza dos frontões de pedra em que o barroco brinca as suas volutas vadias; mesmo assim imponente, toda branca, com seus cunhais e marcos de pedra, a porta almofadada, as duas janelas de púlpito ladeando em cima o vão da porta, as cornijas trabalhadas em curvas leves, a torre solitária nascendo na cumeeira do telhado de duas águas. Da torre pode se ver, em voo de pássaro, o casario que cresceu para trás da igreja, contrariando o desejo dos fundadores que era ver a Igreja do Carmo soberana, sobranceira, dominando de frente toda a cidade. Da torre pode se ver a lisura vazia do largo de terra batida, onde às vezes se formam redemoinhos coriscantes de poeira, o cruzeiro no meio da praça, as ruas que dali partem, os muros brancos do cemitério, as voçorocas de goelas vermelhas na beira da estrada que deixa a cidade.

(Rosalina conhecia o Largo do Carmo palmo a palmo, desde sempre olhando detrás das cortinas a igreja, as casas fronteiras, a Escola Normal, a estrada. Os olhos vazios e mornos miravam o silêncio coalhado da praça, a solidão do descampado às três horas da tarde, o céu de verão sem nuvens, o sol estorricando a terra, reverberando nas paredes brancas, os burricos peados junto ao cruzeiro, os jacás vazios, esperando os donos – eles eram lerdos e cansados, pastavam com focinhos duros, disputavam uma ou outra cabeleira de capim que teimava em brotar daquele chão duro – alguém que entrava no largo, os passos lentos, se protegendo do sol e ela o seguia com a vista, a atenção neutra dos desocupados, até que dobrava a esquina ou se perdia de vista no fim da rua.)

Se quiser, o senhor pode ver Rosalina, acompanhar os seus mínimos gestos, como ela acompanhava os passeantes, não com aqueles olhos embaciados, aquela neutralidade morna. Mas veja antes a casa, deixa Rosalina pra depois, tem tempo.

No tempo de Lucas Procópio a casa era de um só pavimento, ao jeito dele; pesada, amarrada ao chão, com as suas quatro janelas, no meio a porta grossa, rústica, alta. Como o coronel Honório Cota, seu filho, acrescentou a fortuna do pai, aumentou-lhe a fazenda, mudou-lhe o nome para Fazenda Pedra Menina – homem sem a rudeza do pai, mais civilizado, vamos dizer assim, cuidando muito da sua aparência, do seu porte de senhor, do seu orgulho – assim fez ele com a casa; assobradou-a, pôs todo gosto no segundo pavimento. Se as vergas das janelas de baixo eram retas e pesadas, denunciando talvez o caráter duro, agreste, soturno, do velho Lucas Procópio, as das janelas de cima, sobrepostas nos vãos de baixo, eram adoçadas por uma leve curva, coroadas e enriquecidas de cornijas delicadas que acompanhavam a ondulação das vergas.

Quando o mestre que o coronel Honório Cota mandou buscar de muito longe, só para remodelar a sua casa, disse quem sabe não é melhor a gente trocar as vergas das janelas de baixo, a gente dá a mesma curva que o senhor quer dar nas de cima, já vi muitas assim em Ouro Preto e São João, ele trancou a cara. Ora, já se viu, mudar, pensou. Não quero mudar tudo, disse. Não derrubo obra de meu pai. O que eu quero é juntar o meu com o de meu pai. Eu sou ele agora, no sangue, por dentro. A casa tem de ser assim, eu quero. Eu mais ele. E como o homem ficasse meio atarantado sem entender direito aquela argamassa estranha de gente e casa, vindo de outras bandas, o coronel puxou fundo um pigarro e disse o senhor não entende do seu ofício? Pois faça como lhe digo, assunte, bota a cabeça pra funcionar e cuide do risco. Se ficar bom, eu aprovo. O homem quis dizer alguma coisa, ponderar, falar sobre os usos, mas o coronel foi perempto. E olhe, moço, disse ele, eu não quero um sobrado que fique assim feito uma casa em riba da outra. Eu quero uma casa só, inteira, eu e ele juntos pra sempre. O mestre viu aquele olho rútilo, parado, viu que o coronel já não falava mais com ele mas para alguém muito longe ou para as bandas do ninguém. Picou a mula, se foi para o seu serviço.

O mestre conversou com a gente da cidade, especulou, quis saber como era mesmo o velho Lucas Procópio Honório Cota. É pra compor a fachada, dizia explicadinho na sua voz aflautada, com medo de irem contar a seu coronel Honório Cota que ele andava bisbilhotando a vida do falecido senhor pai dele, o famoso Lucas Procópio Honório Cota.

Coisa de pouca monta ficou sabendo, a não ser as brumosas histórias de um homem antigo que fazia justiça sozinho, que se metia com os seus escravos por aqueles matos, devassando, negociando, trapaceando, negaciando, povoando, alargando os seus domínios, potentado, senhor rei absoluto. Aquela dureza não ajudava no risco. Melhor mesmo deixar as vergas como estavam. Quem sabe ele não concorda em botar uma cornija encimando a porta, pra dar mais nobreza? Ah, disto ele vai gostar. A porta eu ponho uma de duas folhas, bem trabalhada, almofadas pra lá de grandes, ele não vai querer ficar com aquela caindo aos pedaços, mais semelhando porta de curral, salvo seja, ainda bem que ele não está me ouvindo. Ele não quer derrubar é as vergas.

Eu e ele juntos pra sempre, foi repetindo o mestre na sua toada enquanto cuidava do risco.

Ao contrário do que suspeitou o coronel Honório, o mestre entendia do ofício. Fez crescer do chão feito uma árvore a casa acachapada, deu-lhe leveza e vida. O mestre ruminou, procurava fundir num só todo (compôs volumes cúbicos, buscou uma clara simetria nos vãos da fachada, deu-lhe voo e leveza) aquelas duas figuras – o brumoso Lucas Procópio e aquele ali, o coronel João Capistrano Honório Cota.

O sobrado ficou pronto. À primeira vista ninguém diz – o senhor mesmo só agora repara, depois que eu falei – que aquela casa nasceu de outra casa. Mas se atentar bem pode ver numa só casa, numa só pessoa, os traços de duas pessoas distintas: Lucas Procópio e João Capistrano Honório Cota. Eu e ele juntos pra sempre, dizia a toada do mestre, a caminho de sua terra.

O senhor repara como ficou a porta, de duas folhas, as ricas almofadas. Não ficou mesmo melhor? Veja como combina com as janelas de cima e não deixa de combinar também com as janelas de baixo, mais pesadonas. O mestre amarrou o risco, não tem linha dominante, mas como tudo vem dar na porta. Que capricho do mestre, com sua vozinha aflautada, ninguém diria, tinha muita força.

Vejo que o senhor não está muito interessado no sobrado, digo como casa. Não carece de mentir, estou mirando na sua pessoa, nos seus olhos. Toda vez que falo em gente, os seus olhos arregalam, só faltam minar água. Já sei, quer saber tudo por inteiro, de vez. Quer saber as histórias, a história, a gente vê logo. Quer saber de Lucas Procópio, de João Capistrano Honório Cota, de Rosalina. De tudo que aconteceu. O senhor talvez esteja querendo sair por aí, deixar o guia seu criado de lado, bisbilhotar feito fez o mestre no risco do sobrado, pra compor uma história. Já ouviu falar de Quiquina, talvez esteja querendo sair catando ela por aí, ver o que ela diz. É baixo, ela nunca quis dizer, ela não diz. Mesmo ela dizendo, nos seus modos lá dela, o senhor não ia entender, é muito custoso a gente entender Quiquina, já era antes, depois do que aconteceu.

O senhor diz que gosta de antigualhas. Não sei, a gente diz uma coisa e pensa outra. Diz que gosta apenas por delicadeza, talvez não. Talvez nem me acompanhe. Ah, gosta mesmo, de verdade? Então me siga, paga a pena, o sobrado é antigo de velho. Veja o sobrado, que garantia, achinesado, piramidal, volumoso, as bocas encarreiradas das telhas. Olhe só como os remates abrandam o volume do telhado, parece até coisa do Oriente, feito se diz; como empina – o telhado – na cumeeira e nas quinas das beiradas, para continuar voando. Mas olhe como ele não pesa em cima da casa, como parece pousado de leve. Veja tudo de vários ângulos e sinta, não sossegue nunca o olho, siga o exemplo do rio que está sempre indo, mesmo parado vai mudando. O senhor veja o efeito, apenas sensação, imagine; veja a ilusão do barroco, mesmo em movimento é como um rio parado; veja o jogo de luz e sombra, de cheios e vazios, de retas e curvas, de retas que se partem para continuar mais adiante, de giros e volutas, o senhor vai achando sempre uma novidade. Cada vez que vê, de cada lado, cada hora que vê, é uma figuração, uma vista diferente. O senhor querendo, veja: a casa ou a história.

E agora chega, não? Estou vendo que o senhor quer é gente. Paciência, só um pouco mais, um gostinho só. Volte ao começo, às janelas coloridas. Os vidros das bandeiras nas janelas de cima, azul-garrafa e roxo, em formato de margarida. O roxo é o mesmo das pinhas de cristal. Que capricho! Não fazem mais disto hoje em dia. Que exagero de antigamente!

O senhor querendo, pode voltar para o seu olho de naturalista, que só vê o já, o agora: o olho não se move, como o barroco se move. Tem razão, a casa está mesmo carecendo de reparo, de pintura, de restauração, como se diz. Até capim está dando em cima do telhado, e quando em dia de chuva, é um pipocar de goteiras sem fim.

(E então, silêncio. Rosalina vai chegar na janela.)

2

A GENTE

HONÓRIO COTA

QUANDO O CORONEL João Capistrano Honório Cota mandou erguer o sobrado, tinha pouco mais de trinta anos. Mas já era homem sério de velho, reservado, cumpridor. Cuidava muito dos trajes, da sua aparência medida. O jaquetão de casimira inglesa, o colete de linho atravessado pela grossa corrente de ouro do relógio; a calça é que era como a de todos na cidade – de brim, a não ser em certas ocasiões (batizado, morte, casamento – então era parelho mesmo, por igual), mas sempre muito bem passada, o vinco perfeito. Dava gosto ver:

O passo vagaroso de quem não tem pressa – o mundo podia esperar por ele, o peito magro estufado, os gestos lentos, a voz pausada e grave, descia a rua da igreja cumprimentando cerimoniosamente, nobremente, os que por ele passavam ou os que chegavam na janela muitas vezes só para vê-lo passar.

Desde longe a gente adivinhava ele vindo: alto, magro, descarnado, como uma ave pernalta de grande porte. Sendo assim tão descomunal, podia ser desajeitado: não era, dava sempre a impressão de uma grande e ponderada figura. Não jogava as pernas para os lados nem as trazia abertas, esticava-as feito medisse os passos, quebrando os joelhos em reto.

Quando montado, indo para a sua Fazenda da Pedra Menina, no cavalo branco ajaezado de couro trabalhado e prata, aí então sim era a grande, imponente figura, que enchia as vistas. Parecia um daqueles cavaleiros antigos, fugidos do Amadis de Gaula ou do Palmeirim, quando iam para a guerra armados cavaleiros.

Ninguém diz, diziam os mais velhos, que ali vai um filho de Lucas Procópio. Aquele tinha partes com o demo, quem vê este ar sério, respeitador, de homem de palavra. O Lucas Procópio devia de ver. Pra ser macho não carece abusar, desmandar. É, a gente tinha respeito dele. Depois de algum tempo o que ele falava virava lei. Aquele outro Lucas Procópio Honório Cota: respeito a gente tinha, e muito, mas era mais de medo, pelas partes que ele fazia. Era um respeito mandado em sigilo não consentido, não este respeito do coronel Honório Cota, que vem de dentro, da própria pessoa em silêncio. Dá gosto a gente chegar na janela, saudá-lo com todas as reverências. Boa tarde, seu coronel, com'passou.

O coronel passava trotando no seu cavalo branco, o corpo empinado e duro feito usasse espartilho, levava a mão à cabeça num gesto largo de quem ia tirar o chapéu mas apenas tocava com as pontas dos dedos a aba, respondia à saudação. Às vezes a gente ouvia a sua voz grave saudando. Ninguém se lembrava de tê-lo visto parar alguma vez ao pé de uma janela para conversar descansado. Conversa é nas visitas, nas horas certas, nos lugares sabidos. O coronel não se desculpava, apenas dizia como quem dá um conselho a quem pede. Não alardeava, não carecia de levantar a voz para que todos o ouvissem. A gente ia abaixando em silêncio, a gente ouvia, respeitávamos. Quem é que havia de contrariar um homem assim tão judicioso e sisudo?

E lá ia ele trotando no seu cavalo, a caminho da Fazenda da Pedra Menina. Parava no armazém, antes, discutia as ordens com Quincas Ciríaco. Quincas Ciríaco era filho de um antigo capataz de seu pai e agora sócio no armazém de café e na máquina de beneficiar. Somente com Quincas ele se abria mais, falava discorrido (tinham sido meninos juntos), entretinha conversação vadia. Quincas Ciríaco porém ouvia mais do que falava, era bom ouvir João Capistrano discorrer. De pé, o coronel Honório Cota não se encostava nas pilhas de sacas; sentado, não arriava o corpo na cadeira, raras vezes apoiava as espáduas no encosto. Ficava como se tivesse fincado no chão, entre as pernas abertas, uma grande espada em que a mão direita apoiasse. Aquele homem antigo não descansava dele mesmo.

E Quincas Ciríaco ouvia tão somente, quase não falava, apenas ponteava a fala do outro com uma ponderação ou assentimento. Embora Quincas fosse agora homem de posses, independente, guardava dentro de si, como um passado que não se esquece, aquele respeito mudo, feito de medo, que a gente tinha de Lucas Procópio Honório Cota. Do seu jeito desabusado, mandão; gritando, estalando o relho no ar.

Não, João Capistrano não era do mesmo feitio do pai. Se lembrava de João menino, os dois galopando pelos campos, nas matas antes das derrubadas para o plantio do café. Aquela aragem de cheiro bom, gostoso, que vinha do cafezal. João, vamos, é seu pai que está chamando, ouvia a voz vinda lá da senzala. João assuntava o ar, para ainda ouvir a voz.

Desde menino João Capistrano fora homem sério, nunca se misturava, mantinha sempre uma distância respeitosa. Aquela tristeza nos olhos já estava ali desde quando menino. Era raro Quincas Ciríaco ouvir uma risada de João Capistrano, não se lembrava mesmo de tê-lo visto alguma vez sorrir escancarado. Apenas um ligeiro repuxar de lábios, as pontas dos dentes aparecendo, os olhos brilhando: Quincas Ciríaco sabia que ele estava rindo. Riso de quem engoliu a alegria.

De onde veio então este modo de João Capistrano, se perguntava às vezes. Era muito difícil ver o pai nele. Além da cara que guardava os traços (os lábios grossos, as sobrancelhas cerradas, cabeludas) de Lucas Procópio. João Capistrano deve ter enterrado o pai bem escondido no fundo da alma.

Às vezes Quincas cismava vendo João Capistrano discorrer pausado. Uma ou outra hora, quando João Capistrano falava dos grandes planos que tinha para a sua vida, para a fazenda, para os negócios, e se exaltava a seu modo, os olhos lumeando muito, as mãos magras ligeiramente trêmulas, é que Quincas Ciríaco cuidava vislumbrar nele a sombra do pai. Mas era um Lucas Procópio em repouso, medido, compassado, não aquele turbilhão de homem.

Quincas procurava mudar de conversa, aparar as ramas dos planos às vezes mirabolantes de João Capistrano. É que não queria ali na sua frente a presença do outro, de Lucas Procópio. Não queria Lucas para sócio. Tinha medo de que ele ressuscitasse e viesse cobrar, mandar, imperar. Como antes.

Porque ele menino muitas vezes jurou para si livrar o mundo daquela peste de gente. Via-se na espera, a espingarda do pai, de dois canos, de matar onça, os cartuchos recheados de chumbo paula-sousa: Lucas Procópio tombando com dois tiros no peito (um só era pouco, ele dava sempre dois, só uma chumbada era capaz de não acabar com aquela peste), a roupa empapada de sangue, a boca porca espumando. Bem feito, malfeitor, coisa-ruim.

Bom, João, vamos encurtar um pouco este plano, pensar pra frente, dizia para espantar de si a presença, a sombra incômoda de Lucas Procópio. Olhando bem, via que era cisma, João Capistrano não tinha nada do pai, dizia mais tarde Quincas Ciríaco. Mas as sobrancelhas de taturana, os beiços grossos...

De onde veio então aquela figura? De dona Isaltina, com certeza. Foi dona Isaltina que acabou de criar o menino. Quando Lucas Procópio morreu João tinha apenas dez anos. Mas ainda em vida Lucas Procópio, dona Isaltina disputava com ele a educação do menino. Procurou amansar no filho a natureza bruta do pai, dar-lhe modos, compostura de gente (não teve de gastar muito esforço, João Capistrano sempre se mostrou arredio, não gostava mesmo de acompanhar o pai, só ia atrás dele quando ele gritava vem cá, oh homem, não quero poia em casa), fazer dele um homem assim como seu pai e seus irmãos, que viveram na Corte, o pai sério e delicado que tinha sido deputado na Constituinte do Império, morrendo quase venerado, dizia ela, em Diamantina, de onde Lucas Procópio foi buscá-la para casar. Ensinava-lhe as letras, passava a ele tudo o que sabia, pensou em mandar buscar um professor em São Paulo, Lucas achou um despropósito, não queria filho bacharel, chega de deputado! dizia sabendo que isso tocava fundo na mulher. Sobretudo que ele não fosse nem de longe o que era o pai, enchendo os pastos de filhos naturais, sem se dar ao respeito, alardeando, mesmo na sua frente, deixando se reconhecer como pai pelos afilhados, aquela chusma de mulatos que vinham lhe tomar a bênção.

De dona Isaltina com certeza ele herdara os modos, a polidez dos gestos, não sendo feminino, a alma que pedia grandes planuras? Não, a alma não, dona Isaltina era viva, alegre, de uma alegria até exagerada quando não estava na presença do marido. João Capistrano tinha nos olhos a tristeza macerada de homem que luta com as sombras. João procurou formar para si e para a cidade (inutilmente, os mais velhos tinham convivido com Lucas Procópio, sabiam que aquela figura que ele queria passar era como uma moeda falsa que a gente aceita apenas de brincadeira, por ser de pouco valor e por vir de quem vem), com a paciência de quem dia a dia constrói a sua muralha, uma outra imagem do pai.

Quando João Capistrano falava do pai com aquele respeito e unção que se devota às pessoas virtuosas, Quincas Ciríaco abaixava os olhos, deixava-o falar mais um pouco, tão logo podia mudava de assunto.

Não, Lucas Procópio não era aquele homem que queria João Capistrano. No fundo ele mesmo sabia, estava apenas brincando a sério. Não procurava apagar, sem que a gente lhe percebesse a intenção de mudar, os sinais mais vivos do pai? Não foi assim com o nome da fazenda? Não foi assim com o sobrado? Ele dizia uma coisa e obrava outra. O mestre mesmo é que contou a Quincas Ciríaco aquela história do sobrado: eu e ele juntos pra sempre. Só mesmo sabendo é que a gente vê que aquele sobrado são duas casas. O pai dele é ele mesmo; dizia Quincas Ciríaco nos seus silêncios. João Capistrano se afastava.

Quincas Ciríaco queria esquecer a espingarda, a mira mil vezes sonhada, a figura sombria que ainda hoje lhe aparecia em sonho. Não, nunca que ele seria meu pai, dizia Quincas Ciríaco. Como pôde ao menos pensar. A gente pensa, o pensamento comanda as rédeas, a gente chega diante do abismo. Como podia pensar que aquilo que diziam dos outros servia para ele também. Todo mundo que nasce em terras de seu Lucas Procópio tem o jeito dele. Quando não na cara, no feitio, na fala. A cisma a assaltar Quincas Ciríaco, a mergulhar em ânsia as noites acordadas. Procurava se comparar ao pai, aquele capataz que vivia com sua mãe. Daí começou a se distanciar do pai. Como é que podia, como é que podia? A mãe ali parada, bonita, muito branca, tão parecidamente honesta e pura. O pai montado, nos afazeres, percorrendo os campos, distribuindo ordens. Ficava olhando pra ver se Lucas Procópio vinha alguma vez na casa dele, quando o pai ausente. Não, nunca. Mesmo de noite, em horas mortas, quando o pai viajava. Mas a cisma não sai da gente, a gente fica rosnando assim que nem um cachorro o seu osso no canto escuro. Comparava, buscava ver no pai capataz os seus próprios traços, queria uma tranquilidade que a presença pesada de Lucas Procópio não permitia. Buscava com ódio, os dentes cerrados de quem busca – não sendo relojoeiro – montar as peças de um relógio, acrescentar nele mais traços do pai: imitava o pai, para que nem de longe ficassem os sinais de Lucas Procópio, o coisa-ruim. Só depois, muito depois, é que olhando meticuloso os dois retratos, o seu e o do outro (mentalmente chamava o pai de aquele), é que via como se parecia com o pai, era ele escrito e escarrado, como se diz. Mas o mal já estava feito, a alma azeda, o remorso de pensar aquilo, a alma revolvida pelo arado das noites sem dormir.

Vamos tratar de outros assuntos, dizia a João Capistrano. Vamos às contas. Ou então, vamos pegar o furador, sangrar uma saca pra ver que tipo de café que é. Ainda hoje deve de chegar um carregamento grande, é preciso despachar logo. Me veja aí, menino, estes conhecimentos. Depois vou na Mogiana pra ver como vai o embarque daquela partida. Coisas assim, pra espantar o fantasma de Lucas Procópio, um bom filho da puta, dizia sabendo agora que ele não era seu pai. Depunha a espingarda no chão, não queria mais matar Lucas Procópio. O armazém, com seus corredores estreitos entre as pilhas maciças e quadradas de sacas, como que se iluminava, e ele podia sentir aquele cheiro quente, oleoso e abafado do café em grão, a gastura dos sacos de aniagem, não mais o cheiro molhado do capim lá na Fazenda da Pedra Menina, antes chamada – para ele sempre – do Encantado.

Quando João Capistrano Honório Cota pensou em se mudar para a cidade e ocupar a casa do pai, trazia escondido alguns planos, então ainda muito vagos e nebulosos, nascidos enquanto navegava solitário os campos da Pedra Menina soprados pela aragem cheirosa dos cafezais, embalado e embalsamado por sonhos de altas grandezas que ele não ousava contar a ninguém, nem a dona Genu, nem a Quincas Ciríaco: durante anos esses planos continuariam em estado larvar. Quando mandou buscar o mestre para erguer o sobrado, dona Genu – pessoa muito do chão, das coisas sensatas – disse João, pra quê você quer uma casa tão grande? Só a parte de baixo chega pra gente. Não, disse ele, é que vou carecer de muitos cômodos, de muitas alcovas, de muitas salas. E apontando num carinho meio arisco a barriga da mulher, vermelhinha, ainda espero muitos hóspedes que vão vir daí.

Mas não era naqueles hóspedes que ele pensava, embora os quisesse muito. Via a casa noite e dia cheia de gente, o ruído das vozes conversadeiras, o café servido em grandes rodadas, o vinho do Porto brilhando nas mãos alegres. Os filhos, as gentes da cidade, a parentela vinda de longe para presenciar e gozar um pouco da sua grandeza. Qual era essa grandeza, não sabia precisamente. Matéria de sonho, só mais tarde sentiria o desejo claro e consciente de mando e glória.

E então mandou buscar o mestre. E veio o mestre e com ele os carapinas com prática em entalhes e demais oficiais especializados, que só os naturais da terra não bastavam para a construção do grande sobrado do coronel João Capistrano Honório Cota.

E todos vinham ver como, pedra a pedra, passo a passo, ia se levantando o segundo pavimento. Todo dia a gente tinha novidade. Todos se regalavam de ver a grande obra do coronel Honório Cota. E como viam que isso lhe agradava, engordavam os elogios, cresciam em salamaleques, as reverências dobradas. Deliciado ele acompanhava em silêncio aquele mundo de gente e trabalho. Aos mais enxeridos que queriam saber como ia ficar a fachada depois de pronta, se os balcões levavam grades de ferro batido, se a cachorrada dos beirais era aparente, se levava cornijas, como eram os enfeites, ele dava explicações, já agora entendido, de tantas e chegadas conversas com o mestre e oficiais. Sabia do material que ia empregando, tudo do bom e do melhor. Eta coronel Honório Cota que vem engrandecer a cidade, a gente dizia, pasmos de admiração e sobejo. Dum homem assim é que a gente carecia pro comando do governo, da cidade, do município, do estado. A gente falava de calçamento, de água encanada, de benefícios pra todos em geral, em progresso, em justiça e liberdade, coisas assim tão descabidas e desmesuradas. O coronel ouvia tudo calado. Não dava trela nem tomava a rédea, mas a gente via que todas essas grandezas encantavam a parte mais escondida da alma do coronel. Quando começaram a falar demais, a engrossar aquelas falas na farmácia de seu Belo, nas esquinas do Ponto, no adro da Igreja do Carmo, o coronel mandou parar rápido com toda aquela falação: ainda não é a hora, talvez ele tenha dito na banda mais refolhuda da sua alma. Porém essa mostra de desprendimento, de alto juízo e siso, veio acrescentar ainda mais na nossa estima a grandeza dum homem assim tão bom e reto, que vinha para limpar de vez do céu a nuvem pesada e escura, a presença ainda viva de Lucas Procópio Honório Cota.

E a casa rebocada e pronta, pintada de branco, as janelas azuis, vieram os enfeites feito aquelas pinhas de cristal colorido. E vieram depois os móveis, as cadeiras austríacas, os dunquerques, os consolos de mármore, que afastavam para os cantos mais recuados da casa os velhos móveis de cabiúna e vinhático do falecido Lucas Procópio. E vieram os lustres de cristal de mil facetas rebrilhando, os lampiões belgas, as escarradeiras de louça inglesa florida, até jarras de opalina, caixas de música e caixinhas de prata de ignorada serventia. E veio, pra nosso encantamento, até mesmo um piano preto, de rabo, que era um despropósito, a gente nunca tinha visto igual, um gramofone. E veio aquele relógio-armário de tamanho e beleza inigualada, todo acharoado de vermelho, com chinesices riscadas a ouro e em relevo – de onde, de quando ele foi buscar aquilo, a gente se perguntava ouvindo as pancadas finas, a repetição das notas de prata. Mesmo o relojoeiro seu Nitti, chamado para ver se o relógio tinha sofrido algum dano na viagem, botar no prumo e acertar as batidas, disse boquiaberto que nunca tinha visto coisa igual na sua vida, devia ser antigo de velho. Porque os relógios que ele conhecia, com caixas de jacarandá filetado, eram feitos por carapinas dali mesmo, só a máquina vinha de fora. E vinha gente de longe ouvir o relógio-armário, regalar a vista (os mais ousados chegavam a tatear meio a medo, como se decifrassem uma escrita na pedra, com a ponta dos dedos, os arabescos dos motivos chineses), deliciar os ouvidos com a música prateada das pancadas finas, aquela música que mais tarde, quando o relógio parado, ia marcar as horas do nosso remorso. E veio a pêndula para a copa, mas pêndula a gente conhecia muito, só que nenhuma assim tão bonita. Em tudo ele se esmerava, os meninos acompanhavam aquela movimentação toda numa gritaria incontida mesmo na presença do coronel Honório, feito fosse um circo que tivesse chegado na cidade.

Aí o coronel passou a imperar no sobrado. A gente podia vê-lo, cumprimentá-lo com todas as reverências merecidas, quando ele se dignava de chegar no balcão do sobrado. Tinha gente que dava volta no seu caminho só para ter o gostinho de passar diante do sobrado e tirar o chapéu para aquela grande pessoa.

E assim era tudo corridamente grande e sem mais palavra, só muda admiração. Apenas Quincas Ciríaco cismava na desgraça, no destino, no que devia de vir.

Tudo isso, o coronel não era um homem feliz, a gente via. Quando saía da febre dos seus sonhos, que dona Genu nem de longe imaginava (matéria de maluquice, dizia ela, de onde herdou essa ruminação? Seu Lucas Procópio é que era falastrão e descabido), ela podia ver nos seus grandes olhos escuros uma nuvenzinha triste boiando. Essa tristeza ela sabia de quê, suspeitava. Ele não diz é porque não quer me fazer dó. Sei bem, então não sei? dizia alisando de leve o ventre de novo crescido. Mais um, mais um, e ele não tem nenhum. Dona Genu ficava mais triste ainda vendo os olhos tristonhos nos silêncios de João Capistrano.

E os filhos não vinham e não vingavam. Nasciam temporãos e mortos ou não iam além de meio ano. E João Capistrano pensava na sua vida, no pai campeando na infância recuada na antiga Fazenda do Encantado, por ele agora chamada Pedra Menina, nas maldições, nos lamentos, no sangue grosso dos pretos. Às vezes se abria com Quincas Ciríaco, que ouvia tudo calado, se limitando nos consolos: é, João, a vontade de Deus tem muitos caminhos. Quincas Ciríaco lia livrinhos de reza que os frades das missões distribuíam, vidas de santos, ou escondido aqueles outros dos protestantes, que não eram bem-vistos quando passavam pela cidade.

E lá ia o preto Damião, seguido da menina Quiquina, levar para o cemitério, sem nenhum outro acompanhamento, a miuçalha perdida, os frutos pecos do ventre de dona Genu. Que graça podia achar Quiquina naqueles enterros de anjinhos malnascidos? E o coronel Honório mais dona Genu iam povoando o chão vermelho do cemitério. Os quartos do sobrado iam ficando cada vez mais vazios.

Mas, João, a vontade de Deus tem muitos caminhos. E veio um dia Rosalina, nasceu em janeiro, no capricórnio; consultou Quincas Ciríaco no seu almanaque, quando foi no Natal ainda estava que era só beleza e viço. O coronel se regalava, quis mostrar a sua alegria, todos deviam participar do grande encantamento. Deu mais esmola para a Igreja do Carmo, mandou pintar por sua conta a fachada e dar os consertos de que o padre Gonçalo carecia. Encomendou mesmo um presépio todo novo, como nunca se viu, com as grandonas imagens dos santos e dos reis magos, a bicharada mais vária que se conhece: as engenhocas todas foram feitas ali mesmo, caprichadas e grandes, do monjolo de água corrente ao carrinho de boi, e tudo o mais que a imaginação permitia. A estrela de rabo pendia luzente em cima das letras: paz na terra aos homens de boa vontade.

Nem de longe dona Genu e o coronel Honório se permitiram pensar que podia ser um menino-homem, varão, para continuar aquela linhagem, que era o que ele mais queria. Se a vontade de Deus tem muitos caminhos, era melhor ir por aquele com toda a largueza e alma limpa.

No batizado, que se esperou um pouco para ver como ia a vontade de Deus (não morreria pagã, na última hora se batizava mesmo de qualquer jeito, com água de cuia ou qualquer coisa molhada), Quincas Ciríaco levou para ela uma medalhinha de ouro que ele fez questão de mandar especialmente benzer em Aparecida do Norte, mais seguro, de mais confiança, se assim se pode dizer. Queria ver aquela, moça crescida, abrandar em beleza e graça o destino bruto e selvagem de Lucas Procópio Honório Cota. Nem de longe aqueles traços, aquelas sobrancelhas cabeludas que ainda estavam na cara de João Capistrano e o faziam voltar sonâmbulo ao território do Encantado.

E o sobrado começou a se encher de gente. Quase toda noite era alegria, quase uma festa. Dona Olímpia, que dava umas lições de piano para dona Genu (coitada, ela não tinha nenhum jeito, os dedos duros, papagaio velho não aprende a falar, dizia ela não querendo continuar, mas dona Olímpia insistia, o marido queria, e ela continuava o seu sofrimento); dona Olímpia era convidada para vir tocar aquelas valsinhas mineiras, matéria de serenata, e serviam-se café, vinho Madeira, vinho do Porto, restilo para quem não queria mudar de uso, conforme o caso.

O coronel Honório Cota era feliz na sua importância. Mesmo a parentela distante, da parte da mãe, de Diamantina; ou de Lucas Procópio, de Ouro Preto e São Paulo, gente de muita arrumação, varava aqueles sertões todos para vir visitar o primo. E vinha o padre, o presidente da Câmara, os vereadores, os outros coronéis e fazendeiros da redondeza. Mesmo o senador Dagoberto, quando na cidade em visita eleitoral, era hóspede do sobrado, o senhor bispo com todos os paramentos e secretários se punha soberano no casarão. Só Quincas Ciríaco olhava aquilo tudo com certa desconfiança, cismava. Meio arredio, só vinha com dona Castorina visitar a afilhada na parte da manhã, quando era menor o movimento no sobrado. Que é isto, compadre, homem, desconfiança de mim? Desaprova a minha vida, perguntou-lhe um dia João Capistrano. Não, João, nenhuma. É que é meu jeito, você me conhece, não me dou muito assim com muita gente. Ele aceitou, aceitava tudo de Quincas Ciríaco. Depois, estava muito cercado de gente, não ia ligar para o silencioso Quincas Ciríaco.

Nesse ambiente foi crescendo Rosalina, se instruía, tinha a melhor educação que se dava naqueles tempos. E encorpou, virou moça bonita, disputada, todo rapaz de olho nela e na herança do coronel. Tinha agora dezesseis anos.

Como o tempo foi passando e Rosalina crescia, também principiou a crescer e tomar corpo na alma do coronel o sonho de mando e riqueza. No começo os sonhos eram difusos e imprecisos, foram aos poucos ganhando forma e cor, o mundo sonhado se fazia vontade. E a vontade do coronel era dura e férrea.

O coronel Honório não era homem político, coisa rara naquela época em homens de posse. Ao contrário do pai, que mandava e desmandava, fazia e desfazia câmaras, não se metia em briga política, se limitava a dar o seu voto tradicional, que seguiria o de Lucas Procópio, as suas predileções, se ele fosse vivo. Apoiava com muita discrição e siso, sem palavras ou comentários, o partido do governo. Os partidos eram dois: O P. P., cognominado de os Sapos, e o velho P. R. M., também chamado os Periquitos. Os Periquitos eram donos da cidade há mais de vinte anos. Se quiser precisão, os partidos eram aqueles mesmos do Império, liberal e conservador, que trocaram de nome por força das circunstâncias.

Então um dia, para surpresa da gente, porque para ele era uma continuação lógica e inevitável das fantasias, das longas divagações silenciosas, o coronel Honório começou a botar reparo na administração da cidade, no comportamento de certos vereadores, do próprio presidente da Câmara. Aquilo não se fazia, isso não estava certo, tudo errado. Onde já se viu deixar a cidade nesta paradeza, sem nenhum benefício, nenhuma obra de monta. Tudo que faziam era uma porcaria, de envergonhar um cristão. A gente dava razão a ele por causa do sobrado.

Daí para as ironias e comentários maliciosos foi um passo. E ironia num homem fechado e sisudo como ele tinha efeito, feria. Nem mesmo o senador Dagoberto ele agora poupava.

Tudo isso num instante foi chegar nos ouvidos do presidente da Câmara, chefe político do bando dos Periquitos. Os Sapos coaxavam felizes. Isso mesmo é o que o sapo queria, diziam, brincando, nas costas do coronel Honório. Dona Genu, que já desconfiava aonde o homem ia chegar, achava aquilo tudo um despropósito, matéria de desmiolado. Quincas Ciríaco não dizia nada, afundado no armazém de café ou indo à sua fazendinha; agora pouco aparecia no sobrado, coisa que ninguém reparava, tão ocupados andavam todos naquelas maquinações.

Como um dia o presidente da Câmara veio pedir satisfação, o coronel Honório passou-lhe uma descompostura. Não se enxerga? Ponha-se no seu lugar, caboclo. Sou eu lá periquito pra andar sujando no seu mesmo poleiro?

O coronel estava declarado, a gente não tinha mais nenhuma dúvida, ele era do Bando dos Sapos. Daí em diante foi a luta, o xingatório, as futricas, até nome da mãe, a arregimentação. O coronel Honório crescia, se agigantava.

No sobrado, de noite, quando a cidade dormia, o coronel Honório Cota era uma casa com todas as janelas acesas. Lia coisas, buscava velhos papéis na arca onde se guardavam os guardados de dona Isaltina, aquelas coisas de Diamantina. Se via presidente da

Câmara, deputado, quem sabe senador; esses sonhos não têm limites. Era generoso, tinha grandes ideias para o Brasil. Se encarnava no avô, se via fazendo longos discursos na Assembleia Constituinte do Império. Dom Pedro andava terrível, a gente via logo que ele acabava fazendo uma besteira. Ele, João Capistrano Honório Cota, era agora o deputado Cristino Sales, seu avô. Sentava-se ao lado de Bernardo Pereira de Vasconcelos, chegou mesmo um dia a apartear José Bonifácio, deste ele via até a cara, por causa do relógio comemorativo da Independência que tinha a sua efígie na parte de dentro. Do alto desta tribuna Vossa Excelência engrandece não apenas esta Casa a, sua Província, mas a Nação Brasileira etc. Lia os livros de sua mãe e, quando descobriu no fundo de uma canastra a Carta aos Senhores Eleitores da Província de Minas Gerais, de Bernardo de Vasconcelos, ele cresceu em figuração. A voz grave e forte, lia alto as palavras de Bernardo de Vasconcelos como se fossem escritas por ele próprio. No quarto, dona Genu se encolhia com medo que ouvissem da rua, quê que iam pensar dele? Maluqueira, telha-de-menos, quarta-feira.

A gente não pensava, a gente falava. O jornalzinho dos Periquitos, que o escrivão imprimia, chamava o coronel Honório Cota de dom Quixote, desmiolado. Mas ele era soberbo, não ligava, conhecia a história, não era nenhum troca-tintas, Bernardo de Vasconcelos foi acusado de pior pelo marquês de Baependi. Isto não me apequena nem me amesquinha, disse. Conheço história pátria, não sou nenhum ignorante da marca daquele come-selo safado do escrivão. Ele que se cuide no seu cartório, sentenciava terrível. Se olhar pra mim de banda, com partes, meto-lhe o relho.

Aquilo na verdade não o amofinava. Se lembrou de uma gravura antiga em que aparecia um cavaleiro alto e comprido feito ele, descarnado e enxuto de cara, a lança em riste. Procurou nos guardados da mãe o livro, a gravura, não achou, e não achando, juntou a memória à imaginação e criou para si uma nova figura. Se a gente reparasse melhor (a gente nunca repara nessas ocasiões, só depois), tinha mesmo uns ares do Caballero de la Fé, também da Triste Figura.

Não que a gente risse dele, quem vê que a gente ria. Nada pegava contra o coronel Honório Cota, que avançava intrépido, desfazendo malfeitos, investindo contra mouros e moinhos de vento. A gente continuava naquele respeito, ele dava mesmo um certo medo agora. Babava-se diante de tão grande figura. Aos companheiros de partido é que ele era um pouco incômodo, por causa das ideias arrevesadas, e mais do que as ideias, as palavras difíceis que não conheciam e que ele lera nos seus livros e papéis velhos, tiradas como múmias da carta de Bernardo Pereira de Vasconcelos. Para ele tudo tinha um sentido, era tudo uma luta gloriosa.

Logo no princípio, num gesto que só ele entendeu, poucos notaram, deixou de usar o relógio de prata comemorativo da Independência, presente do senador Dagoberto, com aquele quadro de Pedro Américo em alto-relevo e a efígie de José Bonifácio na parte de dentro. Não jogou fora o relógio, não era de coisas pequenas, se limitou a pendurá-lo num prego na parede da sala, nunca mais deu corda, o relógio de prata ali ficou para sempre. O coronel voltou a usar o velho pateque de ouro.

Foi muito curta a ascensão e queda do coronel João Capistrano Honório Cota. Embora uma ou outra morte de gente miúda, tudo correu muito bem. Veio a eleição, o coronel ganhou por larga margem, isso podia se ver. Coisa interessante: não foi o que se viu depois. Depois praticaram uma coisa mais ou menos assim: levaram o livro de atas para o cartório do escrivão, que devia registrar o resultado e tirar uma certidão que seria remetida pelos Correios para Belo Horizonte, seguida do livro; fizeram uma ligeira alteração: os votos que eram de João Capistrano Honório Cota e sua gente passaram a ser dos Periquitos e vice-versa. A certidão foi remetida direitinho para a capital, os livros tomaram outra direção, fim do mundo, ninguém soube pra que cidade foi, você soube? aqui que soube!

Tudo tão rápido, os Sapos nem tiveram tempo de comemorar com foguetório, tiros e gritaria, porque quem comemorava a vitória eram os Periquitos.

O sobrado se encheu de gente, iam ouvir a palavra, a orientação de João Capistrano Honório Cota. Entre os gritos dos exaltados e a indignação geral, se ergueu a voz grave do coronel Honório Cota. Vamos às portas dos tribunais, ninguém me leva essa vitória, disse alto, bonito, confiante. A gente podia ver a sua palidez, os olhos encovados, os dedos mais trêmulos que de costume.

O advogado dr. Plácido do Amaral foi encarregado da causa, seguiu para Belo Horizonte levando leis e mais leis, códigos e alfarrábios. Na sua sabedoria, ele garantiu que a vitória era deles, a coisa tinha sido muito malfeita, suja demais, obra daquele carcamano mal-abrasileirado, o escrivão. Quando comparassem o livro com a certidão, veriam o erro grosseiro, palmar, foi o que ele disse. Os Periquitos mandaram também os seus emissários para o Rio de Janeiro e Belo Horizonte, a fim de conversarem com o senador Dagoberto e demais autoridades lá deles.

E o dr. Plácido do Amaral voltou, não tão animado como tinha ido. Ao menos uma anulação, nova eleição a gente consegue, isso eu garanto, está na lei. Procurou conversar com os Periquitos, conferenciar com o senador, que veio especialmente ao reduto ameaçado, e de conversa em conversa as coisas foram mudando de rumo.

De repente a casa do coronel Honório Cota começou a se esvaziar. O coronel viu que só ele continuava indignado, a dizer vamos às portas dos tribunais. Os companheiros se limitavam a concordar com a cabeça, logo diziam que tinham alguma coisa muito importante para fazer e se livravam da presença incômoda.

João Capistrano procurou Quincas Ciríaco para se aconselhar. Tinha esquecido o velho amigo, agora voltava. Quincas Ciríaco ouviu tudo naquele seu silêncio pesado. Quincas sabia de tudo, mas ouviu a sua versão. Depois disse João, você não vê, não pode ver, está maluco inteiro, você não vê que foi traído, miseravelmente traído? Como? gritou João numa palidez de cera. Quincas Ciríaco pensou que ele fosse ter qualquer coisa, morrer ali mesmo. Mas carecia de dizer, não podia esconder a verdade de João. Política é assim mesmo, João – mão na bosta. Você não conhece, é homem bom, marinheiro de primeira viagem. Parou um pouco medindo as palavras para não ferir ainda mais o compadre João Capistrano. Você foi posto de lado, João. E como João olhasse no vazio sem entender: os Periquitos e seus amigos Sapos entraram num acordo, fizeram a partilha, cada um fica com a metade das posições. A presidência da Câmara continua mesmo é com os Periquitos. João Capistrano cerrou os olhos, procurava se apoiar numa pilha de sacas para não cair. Quincas Ciríaco esperou que alguma coisa terrível acontecesse. João, alguma coisa? Você está sentindo alguma coisa? me diga, João. João Capistrano não dizia nada, não dava acordo de si. O médico, seu Belo farmacêutico, pensava ligeiro Quincas Ciríaco. Mas não tinha ninguém ali por perto, ele não podia sair, deixar João Capistrano sozinho naquela lástima.

Quer dizer então, disse depois de algum tempo João Capistrano procurando compor dentro de si os restos que ainda lhe sobravam de consciência. Quincas Ciríaco suspirou um pouco aliviado, agora esperava que João Capistrano voltasse de todo. Se conforme, João, entenda, João. Se você quer continuar, fique sabendo que política é assim mesmo, não tem jeito – mão na bosta.

Súbito João Capistrano cresceu, não era mais aquele homem arriado, abatido, derrotado, um nada. Sozinho eu vou, mesmo sozinho, contra tudo e contra todos, eu vou mesmo sozinho bater nas portas dos tribunais. Quincas Ciríaco quis dizer não paga a pena, quando o governo quer, lei é sanfona; só pensou, não disse. Tenho posses, vendo minha parte no armazém, torro mesmo por qualquer preço a Pedra Menina. Com quem pensam que estão lidando? Eu sou filho de Lucas Procópio Honório Cota! E não mais falando para Quincas Ciríaco: ele sim, eu era contra, achava que ele estava errado, quis ser um outro. Ele sim sabia lidar com esta cambada! Esta cambada só a pau, só mesmo a pau, os filhos da puta!

Era a mesma voz de Lucas Procópio, viu Quincas Ciríaco. E eu que pensava que esta voz tinha morrido pra sempre! Agora está de novo doendo nos meus ouvidos. Suma, coisa-ruim, desapareça da minha frente, eu te mato, desgraçado. Alisava a espingarda, fazia mira bem nos peitos de Lucas Procópio. Um tiro só e ele estava por terra. Não, um só não, dois, o homem tem fôlego de sete gatos. Não vê que ele voltou de novo me ameaçando?

Os olhos vidrados de João Capistrano na verdade não fitavam ninguém, vinham de um outro mundo, carregados de sombra.

Quincas Ciríaco fechou os olhos para não ver aquela boca, aquelas sobrancelhas cerradas. Um homem barbado, de chicote na mão, gritava com ele.

E como o silêncio inundasse de novo o armazém, Quincas Ciríaco abriu os olhos para ver quem estava ali: se Lucas Procópio ou João Capistrano. Arriado num banco, os braços compridos ao longo do corpo, a cabeça caída, era João Capistrano. João Capistrano olhava o chão como se buscasse entre os grãos de café jogados no cimento alguma coisa que só ele sabia, alguma coisa perdida para sempre.

Quincas Ciríaco pegou-o pelo braço, levava-o para casa. A gente viu os dois passarem. Caminhavam devagar, calados, os olhos no chão. Quem estava na rua foi andando apressado, quem estava na janela se afastou para espiar de longe.

E ninguém teve mais coragem de cumprimentar o coronel Honório Cota feito antigamente: sabiam que ele não respondia, não levava mais solene as pontas dos dedos à aba do chapéu naquele seu gesto largo.

O coronel Honório Cota voltou à sua antiga morada para guardar a espada, elmo e couraça, encostou a sua lança. Voltou ao que era, ou melhor – ficou mais triste e ensimesmado do que era. Só dona Genu chorava escondido tamanha desgraça, por que ele tinha se metido naquilo? Rosalina, já moça, procurava ampará-lo, e a sua maneira de amparar era assumir o silêncio do pai, aquele mesmo ar casmurro e pesado, de dignidade ofendida, aquele ódio em surdina, duradouro, de quem nunca se esquece. Às vezes ela arriscava um carinho tímido, tomava-lhe as mãos magras e compridas, alisava-as. Ele olhava para ela e nos seus olhos escuros havia uma pontinha de luz feito um princípio de lágrima. Ele retirava as mãos, não se permitia tanto sentimento.

E assim o coronel Honório Cota deixou de responder aos cumprimentos, às reverências que os que se julgavam menos culpados a princípio ainda lhe dirigiam. Só saía de casa para se encontrar com Quincas Ciríaco ou para ir à Fazenda da Pedra Menina, onde agora passava dias e mais dias sozinho. Se a gente lhe dirigia a palavra, não era nunca descortês, mas se limitava a responder por monossílabos, manso de força, seco. Se é negócio, passe no armazém, é lá que assisto agora, era o mais que se podia ouvir dele. E nos negócios ele ficou outro homem: duro, sem contemplação, nenhum perdão.

Quando um ano depois dona Genu morreu, a cidade inteira achou que tinha chegado a hora de reparar o malfeito, recompor tudo. Ele se abriria de novo às amizades, o sobrado voltaria a se encher de gente. Ele veria que éramos solidários com ele na dor e na desgraça. Esquecidos, gente boa.

O caixão, as essas e paramentos armados na sala, o sobrado se encheu de um povaréu de cara sentida pela perda de uma dona tão boa como dona Genu: mostrava-se que a gente também sofria.

O coronel Honório se trancou no quarto. Só apareceu na hora de fechar o caixão. Na sala, ele olhou todos do alto, nenhuma palavra. Dirigiu-se primeiro para o grande relógio-armário, aquele mesmo, e parou o pêndulo. Eram três horas. A gente esperava angustiado ele fazer mais alguma coisa, dizer uma palavra; alguns já se arrependiam de ter vindo.

Nada daquilo que se esperava aconteceu. Ele não recusou cumprimento, aceitava os pêsames de olhos baixos, em resposta dizendo não carecia tanto incômodo. Disseram que certa hora ele chorou, mas ninguém mesmo viu, aquele homem chorar? Nessas horas se inventa muito.

No acompanhamento do enterro o coronel Honório Cota vinha logo atrás do caixão, não segurava na alça, deixou isso com a gente, dando o braço a Rosalina, que como ele não chorava nem soluçava, apenas os olhos úmidos e vermelhos minavam um brilho de lágrima, que a gente, de tanto querer ver, via.

A morte de dona Genu em nada mudou as suas relações com a cidade, como a gente esperava. Fechou-se ainda mais, passava por nós como se os olhos não vissem, mirando um vazio muito longe. A única mudança notada foi que ele passou a dar de tardinha grandes passeios com Rosalina. Depois da janta, lá iam os dois vagarosamente passeando em direção à Santa Casa, lá no alto, de onde se descortinava a morraria se sucedendo: verde a princípio, para se tornar azul, cinza depois, para os lados de São Paulo. Ali os dois pastavam a sua tristeza e solidão. Até que a noite caía e eles voltavam.

O coração miúdo, a gente fazia força pra esquecer, pra não ver as faces chupadas, os olhos encovados do coronel. A gente praticava assuntos amenos. Mas era impossível não ver. Deus não permitia que se esquecesse aquele luto a encher de sombra as ruas da cidade.

Agora chegou a vez do tempo passar, o tempo passou. Chegou a vez do tempo passar para que outra morte se suceda e a gente possa novamente voltar ao velho sobrado, ver os seus móveis, o seu piano de rabo, as riquezas que deliciavam as vistas; as opalinas, os cristais, a caixa de música sobre o consolo de mármore, a corola do gramofone nunca mais tocado, o relógio-armário para sempre nas três horas.

Foi quando o coronel João Capistrano Honório Cota morreu. Tudo foi de novo, igualzinho relógio de repetição. A casa se encheu de gente, ia-se de novo prestar reverência, dar os pêsames, abrir o coração solidário para Rosalina, a ver se ela aceitava.

Tudo repetido, a gente assistia tudo de novo pra trás. De novo se voltava feito numa fita em série onde o herói ficou em perigo e a gente não sabia como é que ele vai sair para continuar as suas cavaleiranças. A gente esperava que a cena se repetisse para ter uma outra solução mais conforme, não a que ficou parada, sugerida.

Tudo repetido, tudo foi novamente. Rosalina trancada no quarto, esperava-se a hora de fechar o caixão para ver se ela aparecia; conversavam coisas de somenos, distraíam a aflição, ninguém ousando tocar no principal. Será que eles tinham combinado? Será que ela vinha? Não vinha? Vinha?

Só num ponto foi diferente. É que Rosalina – correu o murmúrio, ninguém sabia de onde tinha vindo a notícia – Rosalina não vinha, não queria vir de jeito nenhum. A gente olhava Quincas Ciríaco, esperava dele algum comando. Quincas Ciríaco agora era quem continuava o coronel Honório Cota, quem devia de dar as ordens naquela casa. Até o padre foi falar com ele. Vou buscar, ela vem, disse Quincas Ciríaco ao padre.

De repente, viu-se:

Rosalina descia as escadas, toda a sua figura bem maior do que era, a cabeça erguida, digna, soberba, que nem uma rainha – os olhos postos num fundo muito além da parede, os passos medidos, nenhuma vacilação; trazia alguma coisa brilhante na mão. Rosalina era uma figura recortada de história, desses casos de damas e nobres que contam pra gente, toda inexistente, etérea, luar. Tudo podia acontecer, esperava-se a noiva descer as escadarias do palácio, o vestido arrastando na passadeira de veludo, os pajens, os nobres, o cortejo: aguardava-se a rainha que vinha vindo. Nada a gente deixava de ver, mesmo não vendo. Podiam-se ouvir a respiração, os mínimos ruídos, tudo matéria fantasmal.

Abriu-se caminho para Rosalina. Quando a gente pensou que ela fosse primeiro para junto do pai, voltou-se para a parede e aquilo que ela trazia brilhante na mão era o relógio de ouro do falecido João Capistrano Honório Cota, aquele mesmo que a gente babava de ver ele tirando do bolso do colete branco, tão bonito e raro, Pateck Philip dos bons, legítimo. Que ela colocou num prego na parede, junto do relógio comemorativo da Independência. Os relógios da sala estavam todos parados, a gente escutava as batidas do silêncio. Só na copa ouviam a pêndula no seu trabalho de aranha.

Contando, não se acredita que foi assim. A gente compõe, equilibra, junta as partes, dá peso e medida, ordena segundo um desenho, busca proporções, simetria, ritmo. Foi assim que Rosalina fez, todos os gestos medidos: viu o pai no caixão, o corpo coberto de flores, cruzou os dedos como quem ia rezar mas não rezou. Súbito se voltou para onde tinha vindo. A gente viu tudo em silêncio de igreja: Rosalina subia de novo as escadas, direitinho como desceu.

Quem espantou a névoa da sala e fez a casa voltar ao que era, quem rompeu o quebranto e repôs o silêncio limpo das coisas em repouso, quem era gente ali era Quincas Ciríaco. Ele era muito meu, quase meu irmão, disse Quincas Ciríaco.

3

FLOR DE SEDA

ROSALINA AFASTOU A CORTINA e chegou na janela. O Largo do Carmo era uma claridade seca, vazio. Duas horas da tarde. Ainda. Faz pouco ouviu as pancadas da pêndula na copa. O burrinho junto do cruzeiro, a terra vermelha. Quiquina tinha ido levar as rosas de papel crepom. A procissão, o andor de Nossa Senhora do Carmo especialmente preparado. Amanhã, da janela do seu quarto, escondida detrás da cortina, ia ver a procissão sair. Queria ver as flores de papel e de pano, aquelas flores que só ela sabia fazer tão bem. Foi dona Genu, fez questão que ela aprendesse. Um japonês seu Tamura, ela nunca tinha visto um japonês na sua vida, quem ensinou. Ele ficou pouco tempo na cidade, um mês só. Mas deu tempo de aprender, tinha que aprender depressa. Mamãe tinha dessas coisas. Queria que ela fosse prendada, pensava que ela ia se casar. O piano — nunca mais tocou piano desde que a mãe morreu, desde que tudo aquilo começou a acontecer — as lições de piano com dona Olímpia, as flores de pano.

Por que Quiquina demorava tanto? Engraçado eu casar. Por que engraçado? Eu bem que podia casar. Emanuel bem que quis. Não agora, antes, quando nada ainda tinha acontecido. Papai fazia planos pra mim. Depois me esqueceu, se entregou àquela maluqueira. Pra que precisava daquilo, se tinha tanto? Não, eles não podiam ter feito aquilo com ele. Com ela. Ele não merecia. Tão bom, tão calado, tristinho. Pra sempre tinha de odiar. Não esqueço, ninguém deve esquecer. Agora nós somos os dois sozinhos no mundo, disse o pai. Quando o enterro da mamãe saiu. Depois é que a gente chorou, a gente não podia guardar por mais tempo o choro engolido. Pra ninguém ver que a gente tinha chorado. Na frente deles. Ninguém pode saber, esta morte é só da gente, tudo que eles dizem é fingimento. Você não viu? Com aquela cambada só mesmo assim. Ou então como fazia Lucas Procópio. Só mesmo a pau, conforme disse papai. Vovô Lucas Procópio. As histórias, muitas, contraditórias. Papai não dizia direito, é capaz dele não saber direito, quando vovô morreu ainda era menino. Era capaz dele não lembrar bem, todo mundo queria esquecer vovô. Por quê? O retrato na sala não dizia nada. Botar uma flor pra ele. Só aquela cara, os grandes olhos, as sobrancelhas grossas, os lábios nascendo carnudos detrás da barba. As histórias contadas. Quando vivo, Damião gostava muito de contar história de Lucas Procópio. Mas quando a gente menino chegava perto, ele mudava de conversa. Quiquina não conheceu Lucas Procópio. Tem vez que Quiquina fica muito tempo parada na frente do retrato, depois faz escondido um nome do padre, volta ligeiro pra cozinha. Por que aquilo? Lucas Procópio metia medo, mesmo depois de morto metia medo. O coronel Honório não é feito ele, diziam quando ela ainda falava com os outros, antes de tudo acontecer. Depois o silêncio caiu no sobrado: tudo vazio, as horas custavam a passar, modorrentas, gatos no borralho da tristura. Os relógios parados. Menos a pêndula da copa. Duas horas.

Quanto tempo faz que Quiquina saiu? Quando nada, mais de uma hora. Será que aconteceu alguma coisa com Quiquina? Não, não aconteceu nada. Deve ter ficado parada boba assuntando conversa dos outros, na via-sacra. Ainda bem que ela não vinha contar depois. Os gestos de Quiquina quando aflita, os olhos esbugalhados, os grunhidos. Você vai, entrega as flores. Volta logo, temos ainda muitas dúzias pra fazer, disse devagar, claro, explicando direitinho. Tem horas que Quiquina é dura de entender.

A porta da igreja fechada, ela não podia estar lá. Na casa do padre, ia pedir santinho. Os santinhos pregados nas paredes do quarto, na cozinha, nos cômodos onde Quiquina vivia. Que graça tinham agora aqueles santinhos? Quando menina, também saía correndo atrás do padre pra pedir santinho.Quiquina não era nenhuma menina: velha, muito mais velha do que ela, podia ser sua mãe.

Depois perdia os santinhos, ela, Rosalina. Quiquina sempre guardava. Quando os frades das missões vinham, os santinhos eram coloridos, muito mais bonitos, tinham dourado nas beiras picotadas. Ela sempre perdia. Depois ficava feito doida procurando pela casa toda. Quem viu os meus santinhos que o padre me deu? Dentro dos livros da escola, dentro das gavetas. Procurava por tudo quanto é canto. Quiquina, você viu os meus santinhos? Feito dona baratinha perguntava quem quer casar com dona baratinha, tem dinheiro na caixinha. Quiquina negava, batia os pés, ameaçava chorar. Era ela, desconfiava; Quiquina roubava os seus santinhos, via agora. Pra quê Quiquina queria aqueles santinhos todos? Pra ir pro céu. Quando menina ainda bem, mas agora que graça tinham?

Quiquina cuidava da venda das flores. Quem contratava, marcava os preços. Sabia fazer preço. Pra igreja era mais barato, nada de graça porém. Quem é que ia deixar de pagar à pobre da Quiquina? Quiquina plantada nas portas, parada, muda, esperando o dinheirinho. Quanto que é a dúzia de cravo, Quiquina? De pano. Ela fazia as contas nos dedos, mostrava o preço com as mãos. De pano era mais caro, dava mais trabalho, tudo custava tão caro. Ela não se envolvia, deixava tudo por conta de Quiquina. Onde é que Quiquina arranjava tanta freguesia? Também ninguém se lembrava de procurá-la, tinham medo de falar com ela. Batiam palmas no portão da horta, gritavam por Quiquina. Flores para dona Rosalina fazer. Assim era melhor, ocupava as mãos, distraía o espírito, ajudava a passar o tempo. Até mesmo os viajantes que vinham vender coisas nos armarinhos da cidade iam bater na sua casa, encomendar flores. Compravam dúzias e mais dúzias, para revender nas cidades grandes. Então era melhor, as flores dos viajantes. Flores para festas de cidade grande, para os chapéus (devia ser bom usar um chapéu, como ela ficava de chapéu: no espelho sobre a cômoda, no quarto se imaginava de chapéu), os buquês de noiva, as rosas vaporosas de organdi feitas com tanto carinho, eram as que mais gostava. As rosas tão delicadas e leves, as que eles mais compravam. Ali na cidade quase não tinham saída. Na cidade eram aquelas flores de laranjeira, dava até nojo, Quiquina, vê se não traz mais pedido de flor de laranjeira, é tão enjoado, pedia. Quiquina fazia que sim, mas quando tinha casamento lá vinha ela com a encomenda, rindo baixinho. Por que Quiquina ria, que graça tinha? Era a maneira de Quiquina brincar, Rosalina não se zangava. Ou os lírios de primeira comunhão, que ela amava tanto. Caprichava na goma, esticava o pano bem esticadinho na pedra-mármore do consolo, deviam ficar bem duros e lisinhos. O boleador especial dos lírios, o fustão mais branco que Quiquina podia encontrar. O boleador bem quente e limpo, para não deixar sujo. Quando menina e ainda não tinha seu Tamura, os lírios eram lírios de verdade. O padre teve de se curvar, ela muito pequena. Dona Genu é que fez questão: primeira comunhão devia ser bem cedo. O padre colocou a hóstia na ponta da língua, ela ficou reparando muito nos dedos grossos, nas manchas amareladas dos dedos, de cigarro, não devia ser permitido. De volta da mesa de comunhão, a cabeça baixa, contrita, um pouco de verdade – um pouco de fingimento, ouvia os comentários. Uma noivinha, parece mesmo uma noivinha. Emanuel bem que quis, ela não era uma enjeitada. Os lírios de verdade meio murchos, a carne branca dos lírios machucada, de tanto que ela apertava contra o peito. Os lírios de pano não desmanchavam nunca, sempre duros e lindos. Os de mais saída, depois das rosas de papel. Quando os frades das missões arrebanhavam a meninada, a igreja cheia. Depois os sermões que falavam do inferno, da danação eterna, das almas no purgatório, deviam rezar por elas, falavam do céu também. A música do harmonium. A música que as meninas cantavam, ela toda de branco, uma noivinha cantando. Esperava ansiosa a sua vez.

Por que Quiquina não vinha? Por que estava tão aflita? Não podia ter acontecido nada, nada acontecia com ela, Rosalina. Buscava dentro de si o motivo de tanta inquietação. Nada de especial, um dia como os outros. Aqueles dias vazios e compridos, que ela enchia com suas flores. As horas lentas, paradas. O relógio-armário parado nas três horas. O pai, o gesto mais lento e medido do que nunca, as mãos trêmulas, parou o pêndulo, os ponteiros direitinho em 3 e 12. Logo depois o enterro saiu, mamãe se indo pra sempre. Depois ela ia repetir o gesto, feito uma missa. O relógio de ouro no prego da parede, do lado daquele outro de prata, que foi o primeiro. Queria uma coisa bem definida, bem decisiva, que todos vissem. Tremia, as mãos tremiam, todo o corpo tremia num rumor surdo, cuidou desmaiar. Tinha de se mostrar dura e fria, sem nenhuma emoção, feito o pai com o relógio-armário, três horas. É a nossa marca, a marca dos Honório Cota, dizia com orgulho.

Melhor deixar Quiquina de lado, não pensar mais nela. Procurou distrair a vista nas coisas do largo. A igreja branca, mais branca ainda por causa do sol faiscando. O sol inundava a praça, faiscava nas pedras, tremeluziam no ar umas ondinhas feito a gente olha detrás de um vidro com defeito de ondas. A Escola Normal, que ela frequentou. Nenhuma lembrança daquele tempo. Não queria se lembrar, queria ver. Ver o burrinho que finalmente agora conseguiu se livrar do cabresto. Da primeira vez que olhou o burrinho de pelo fusco, ele ainda estava preso. Aqueles burrinhos eram um pouco de sua vida, daquela janela. Como ele lutou pra se ver livre. Agora dava saltos, relinchava, cavalinho de circo: o homem de casaca vermelha estalava no ar o chicote comprido, os cavalinhos pulavam no picadeiro. Quando o dono voltar, o burrinho está longe. Quem que viu um burrinho assim e assado, ele saía indagando pela cidade inteira. Ninguém sabia informar. Nunca mais um burrinho fusco, sujo, abandonado, esperando no largo. Um burrinho de muita serventia, os jacás de taquara. O burrinho, o homem de casaca vermelha, o chicote. Ao contrário do que esperava, depois daquelas evoluções o burrinho ficou por ali mesmo. Bobo, podia ter fugido pra muito longe, quem sabe na Pedra Menina.

Na Pedra Menina ela tinha um pequira todo ajaezado, da melhor qualidade. Por onde andava aquele pequira chamado Vagalume? O pelo tão bom, lisinho, sem nem sombra de carrapato. Foi,

Vagalume fugiu, ela chorava pensando que Vagalume não ia voltar nunca mais. Vagalume morto, mordido de cobra. Vagalume voltou, acharam ele num capinzal muito longe, todo sujo de barro e carrapicho, assim de carrapato. Um trabalhão danado pra botar ele limpo outra vez. O burrinho raspava com o focinho o chão duro, achou um matinho qualquer. Bobo, ele andando mais pra junto da sombra da igreja achava uma moita grossa, gostosa de boa pra ele, bem que ia gostar. O burrinho não via, gostava mesmo era daqueles fiapos de capim que teimavam em brotar do chão seco. Na moita junto da igreja tinha até umas florzinhas amarelas, dessas que acompanham a gente. O burrinho podia comer as flores junto com o mato, encher o bucho de flores amarelas. Burro não gosta de flor, gosta é de capim bem verdinho, quando come flor é por distração?

Se afastou da janela, voltou para junto da mesa, as suas flores. Não, não ia continuar mais hoje com aquelas flores de papel. Queria agora fazer uma rosa bem grande, bem armada, de organdi, bem vaporosa, pra quando chegar algum viajante querendo. Ou se ficava mais bonita que de costume, guardava na gaveta da cômoda, prendia no cabelo. Se olhava no espelho remedando uma mulher muito elegante e bonita saindo de braço dado com o marido para uma festa no Rio de Janeiro. Quiquina não devia ver. Trancava a porta, abria a gaveta da cômoda, tirava as rosas mais bonitas que tinha feito e guardado sem coragem de vender. Meio envergonhada, como se fizesse um pecado escondido, faceirosa. Não era mais menina para aquelas coisas. Uma mulher muito elegante e bonita: o vestido branco rendado, os braços cheios de pulseira de cigana, os brincos de brilhante brincando nas orelhas. Como a senhora está bonita, dizia ele num carinho alisando-lhe os cabelos, os braços. De braço dado com Emanuel, ele todo compenetrado, sisudo. Ela também era bonita, bastava querer se arrumar melhor, tirar aqueles vestidos todos iguais; ela nunca mudava de feitio, sempre aqueles vestidos pretos, o luto permanente que ela abrandava com uma golinha de renda branca. Também não precisava, não saía mais de casa, sempre ali na janela, sempre cuidando das suas flores. Pra Quiquina não pagava a pena se arrumar, se embonecar, ela ia até estranhar. Só quando vinha Emanuel. Quiquina espantada, a boca aberta, vendo Rosalina embonecada que nem ainda pensando em casar. O cachimbo de barro, a brasinha que lumeava no escuro, ela gostava de ficar assim no escuro pitando. Quiquina rindo de boca aberta deixava o cachimbo cair, ela ria vendo Rosalina querendo casar. Não, de jeito nenhum ela pensava em casar. Emanuel bem que quis. O pai. Você não deve de olhar pra nenhum rapaz, não deve dar confiança pra essa gentinha. Depois do que aconteceu. Esta gente não presta. A gente também deve ter um pouco de orgulho. Quem se rebaixa demais, arrasta a bunda no chão. Até bocagem ele agora dizia, rude. Ninguém vai pisar no orgulho da gente. Eles vão ver.

Os olhos fechados, procurava no poço de silêncio da casa as batidas finas da pêndula na copa. Jogou uma pedra na lisura da água parada do açude e as ondas foram se alargando, se afastando do meio onde a pedra caiu, como se a gente fosse possível ver as pétalas de uma rosa se abrindo, se abrindo até aparecer os pistilos amarelos. Ela descia a escadaria devagar, muito devagarinho. As caras todas voltadas para ela, esperando pra ver o que ela ia fazer. O tremor correndo o corpo como ondas elétricas. O pai esticado ali no meio da sala, os quatro círios acesos. O cheiro misturado de vela e flores se impregnou na casa, na sua roupa, nas suas narinas. Quiquina limpou tudo, mas o cheiro continuava, brotando de dentro dela. Depois soverteu, vinha mais tarde outra vez, quando ela se lembrava. Era lembrar como agora e o cheirinho vir. Pelo menos as flores de papel e as flores de pano não deixam nenhum cheiro, sempre limpas, sempre puras, sempre-vivas. Uma sempre-viva no açude, a flor ficou boiando toda a vida. As batidas da pêndula se espraiavam dentro dela como a pedra no açude. A flor.

Não devia ter se passado muito tempo desde que a pêndula deu duas horas. A aflição de esperar Quiquina fazia pensar que se passara muito tempo. Não ouvira a pêndula dar nenhuma outra pancada. Só porque Quiquina se atrasava é que ela cuidou do tempo, em geral ela não pensava muito nas horas, as horas eram todas iguais para ela. Se não fosse por causa de Quiquina, até a pêndula ela parava, para que nada naquela casa marcasse o tempo. O tempo seria só a noite e o sol, as duas metades impossíveis de parar. Abriu os olhos, sentiu nas pontas dos dedos a macieza fina do cetim. Uma sensação gostosa, um sossego, quase feliz. Ia olhando vagarosamente os móveis da sala, o piano mudo, nunca mais tocado, as jarras, toda a casa cheia de flores, as flores que ela fazia para ocupar as mãos e se distrair, depois Quiquina juntava todas numa braçada e ia vender como agora saiu levando as rosas e não voltava, como agora não voltava, por que é que ela não voltava, será que aconteceu alguma coisa? Sem Quiquina eu não podia viver. Está velha, Quiquina está muito velha. Preto quando tem cabelo branco é sinal de muita idade. Não, Quiquina ainda ia viver muito tempo. Depois, como ia ser ela sozinha, inteiramente sozinha, naquele sobrado com os quartos todos fechados. Mesmo no seu silêncio Quiquina fazia falta. A presença de Quiquina mexendo pela casa, ocupada na cozinha, na horta, ajudava nas flores, era um sinal de vida, de tempo. Quiquina para ela queria dizer que a vida continuava, não estava morta, toda a sua vida não era um pesadelo de que nunca mais conseguia acordar. Quiquina velha. Quiquina botando gente no mundo, no partejo. Quando precisavam, vinham chamar mesmo tarde da noite. Não muito velha, demais da conta. Papai dizia que ela era mais nova do que ele uns dez anos. É, é velha, deve andar beirando os setenta. Meu Deus, se ela morrer como é que vou ficar sozinha neste casarão? Eu fico louca, eu morro, de vez. Ninguém me procura, não quero saber de ninguém. O orgulho, a gente deve de não procurar ninguém. Só Quincas Ciríaco, meu padrinho. Seu filho Emanuel vem sempre: o jeito dele, de chapéu. Meu padrinho Quincas Ciríaco tinha morrido, deixou Emanuel tomando conta das coisas, do armazém, da Fazenda da Pedra Menina, quando ela precisava era Quiquina que ia apanhar dinheiro com ele, ele nunca vinha, só no fim do ano, pra prestar contas, tão cerimoniosos os dois, polidos. Ele bem que quis. Agora ele estava casado, não podia nem mais pensar. Quem sabe um vinho do Porto, um Madeira? Ele nunca aceitava, apressado, tinha sempre alguma coisa pra fazer. Ela se vestia melhor, esperava a visita de fim de ano, aflita. Ninguém. A gente trocou de mal com a cidade, trocamos de mal com a vida.

Por que os seus olhos hoje como que não viam, pegavam fiapos de coisas, era empurrada para as navegações, para as lembranças, para as cismas? Forçou não pensar, deixar as coisas existirem de manso, sozinhas, sem ela, frias. Mas as coisas naquela casa não eram frias e silenciosas, um pulso batia no seu corpo, ecoava estranhos ruídos, como se de noite acordada tinha sempre uma porta batendo. Agora ele desce a escada, os tacos de sua bota vibravam no corredor. O pai ou vovô Lucas Procópio? Será que Quiquina também ouvia? Mas ela não tinha nenhum medo, os fantasmas familiares, queria que eles aparecessem para que sua vida ficasse povoada. A casa vivia de noite, ou de dia naquele oco de silêncio que ensombrecia como se fosse de noite, como se ouvisse, como se fosse um coração batendo a sua pêndula. Coração de quem? Da mãe, do pai, de Lucas Procópio? Nunca a gente sabia. Talvez o coração da casa mesmo. Bobagem, as casas são feitas de pedra, tijolo, cal.

Aí estava ela de novo sendo empurrada para as sombras. Como alguém que não quisesse dormir (o sono amortecia as pálpebras) força num susto voltar ao tempo acordado, à existência fria das coisas, assim ela agora procurava apalpar os objetos, sentir a sua dureza. Os dedos corriam a superfície da mesa, sentiam as suas nervuras, adivinhavam as fibras, corriam as manchas, paravam na tesoura, no alicate, nos arames, no boleador de aço, na tigela de goma, enrugavam nervosos a seda, o fustão, o organdi, aquela parafernália que ela usava no fabrico de suas flores. Para vencer a angústia que agora vinha fundo, varando a carne, começou a dizer os nomes das coisas, a nomeá-las, litúrgica. Como se recitasse uma lição, como se ouvisse a lição que seu Tamura lhe dava sobre aquelas flores ingênuas e deli-

56

ciosas. Para as rosas, o organdi, cetim ou seda. As camélias, de fustão e brim. Nos cravos e nas violetas miudinhas a gente usa a cambraia, é melhor. O boleador tem que estar bem quente. Primeiro a gente tinge, depois engoma. Os olhinhos apertados de seu Tamura, como é que ele conseguia enxergar quando ria? piscavam, a sua fala arrevezada errando nas consoantes. Depois de bem engomado a gente estica o pano num vidro, numa pedra-mármore é melhor, pra ficar bem lisinho, sem nenhuma ruga depois de seco. E ela, ou ele, ia dizendo violeta, cravo, camélia, rosa, flor-de-maçã, margarida, lírio. Quando chegava na papoula, os olhos amoleciam no sono. Foi seu Tamura que disse da papoula a gente tira o ópio, dormideira? De noite, antes de deitar, o vinho de laranja, quando acabava o vinho Madeira. Doce, tinha de tomar muitos cálices, Quiquina não podia ver, só via depois quando a licoreira estava vazia. Meio bêbada, um sono bom que começava pelos membros, a coceirinha nas pontas dos dedos, bom, gostoso, o vício. Às vezes tinha de levantar de noite, por causa do estômago, ia tomar bicarbonato.

Agora os olhos passeavam pelas paredes, viam as manchas, os estragos que ela nunca se lembrava de mandar consertar (não queria gente dentro de casa, bem que carecia de um homem empregado dentro de casa, pra limpar a horta – um matagal, Quiquina é que tem de capinar; pra espantar os meninos que pulam o muro e jogam pedra, esses serviços, mas não podia ser dali, só o homem vindo de outra cidade), os olhos passavam ligeiros pelo retrato de Lucas Procópio, paravam no relógio-armário, cheio de pó, até teia de aranha tinha, ela se comprometeu de nunca mais mexer naquele relógio, embora as coisas da casa fossem todas muito limpas, uma limpeza obsessiva, ela era uma mulher cuidadosa, bem educada, prendada, criação de dona Genu. Os olhos pararam nos dois relógios de bolso pendurados em cima do dunquerque. Os relógios de João Capistrano Honório Cota, disse ela sério-brincando. O pai chegava o relógio bem junto da cara, o quanto desse a corrente, e dizia as horas. Ela pediu para ele ensinar como é que lia hora.

57

Ele botou ela de cavalinho no joelho, foi dizendo a função dos ponteiros. O ponteiro pequenininho pulsava apressado. Dentro do relógio da Independência tinha gravado o retrato dum homem sem pescoço – ou era efeito do colarinho, da gola do casaco, o nariz comprido, a cabeleira de mulher, os olhinhos miúdos feito os de seu Tamura ou os do elefante do circo, a boca cortada sem lábios, um homem chamado José Bonifácio, o patriarca, dizia o pai ou era a professora da Escola Normal? Um desejo sem vontade de pegar o relógio, abrir a caixa, ver de novo, fazia tanto tempo, aquela cara de José Bonifácio, o patriarca. Mas ela não podia mexer nos relógios, não devia nunca mexer naqueles relógios. Os relógios eram um quebranto, parados eles batiam como de noite aquele coração penado no meio da casa, as janelas abertas, a noite silenciosa de estrelas lá fora, o vento assobiando nos cantos do largo, agitando as cortinas, as portas batendo, tinha sempre uma porta que batia no mundo da noite, ela já dormindo, mergulhada no sono.

Mas agora ela não dormia, vigiava as coisas. As coisas eram sem vida, diziam, sem nenhum mistério, devassadas. Ela é que encharcava de ruído as coisas, emprestava às coisas um sumo de alma. Podia ver como tudo era frio, fechado, limpo, clarinho que nem um olho-d'água minando da pedra naquele mesmo instante. Ia formar um laguinho lá embaixo, junto do renque de bambu. O espelho de moldura dourada na parede podia devolver (um lago) a sua figura, mas de onde estava não via: o espelho vazio, cristal-prata. Nenhum desejo de se ver naquele espelho – no outro sim, no quarto, quando punha a rosa no cabelo e era uma senhora a passeio; Emanuel, ele lhe dava o braço – aquele espelho guardava no fundo das suas águas imagens remotas, os círios crepitando, os corpos de comprido, as mãos mortas cruzadas sobre o ventre, o arranjo dos terços. Quando parou diante do pai no caixão, teve um estremecimento, queria apalpar aquelas mãos frias, brancas, amarelecidas, sentir para saber como é que é a substância das mãos mortas, nunca tinha apalpado mão de gente morta. Mas não, ninguém devia perceber a sua alma escondida, ninguém podia ver a não ser os gestos que ela de antemão compunha.

Uma porta bateu na cozinha. É você, Quiquina? gritou. Nada de resposta. Se levantou, foi ver se era Quiquina que tinha chegado. No meio da cozinha, junto da mesa, Quiquina parada olhando assustada. Agora Quiquina ria, apontou para o bolo de notas em cima da mesa. Quiquina prestava conta quando queria, ela nem ligava. Quiquina ficava com a maior parte quem sabe; ela não precisava, quando precisava mandava buscar com seu Emanuel; bobagem de Quiquina, podia até ficar com tudo. Quiquina furtava os santinhos que os frades davam, fazia que tinham sumido, não viu; depois eles apareciam espetados na parede do quarto de Quiquina.

Você demorou, Quiquina. A preta fez um gesto no ar. A goma acabou, vou precisar de mais, pra fazer umas rosas, disse Rosalina. E como Quiquina olhasse sem entender, hoje não quero mais fazer nenhuma de papel, enjoei. Vou fazer é uma rosa bem grande, pra mim. Quiquina concordou rindo num jeito carinhoso de olhar. Como é que ela ia fazer, Quiquina de repente morrendo?

Voltou para a sala. A rosa, o organdi bem vaporoso, uma noite de baile. Nunca tinha dançado, imaginava como era uma valsa: leve, vaporosa. Emanuel. Ia pra junto da janela esperar a goma. A calma que veio com Quiquina, não tinha agora mais nenhuma aflição.

De novo o largo. O burrinho não fugiu, não era que nem o Vagalume, pastava um capim que não havia. Ele bem que podia ir pra junto da igreja, pastar naquela sombra, era tão melhor, comer as flores amarelas. Por que o burrinho teimava em ficar naquele sol queimando em vez de ficar agasalhado na sombra? Parou, esticou os ouvidos. Um zumbido muito longe, longe demais da conta. O zumbido crescia, agora mais perto, chegando. Principinho de cantilena. Olhou a rua que virava estrada e passava pelo cemitério. Uma nuvem de poeira, a cantilena já bem nítida no ar. O canto nasalado vindo de longe. Um carro de boi vinha chegando na cidade.

4

UM CAÇADOR

SEM MUNIÇÃO

DEVE DE SER UMAS DUAS HORAS, disse o homem olhando o céu. Vinha a pé, sozinho pela estrada. É, não passava disto, pelo sol. Protegia com a mão o olho direito – do esquerdo não via (o sol queimava, o ar era de uma claridade brilhante cheia de risquinhos quase sonoros), olhou demoradamente. Eta céu redondo, eta azulão de mundo, disse. O céu redondo, cintilante, imenso pela ausência de nuvens – apenas na linha do horizonte, onde a estrada se perdia de vista numa curva, por onde vinha vindo, uma nuvenzinha de algodão branco, esgarçada, boiava.

Não era como o sol do sertão, que não dava descanso, que punha secura em tudo (umas árvores miúdas, sofridas, cheias de nós, retorcidas, enfezadas, as folhagens quase secas, nenhum verde novinho, úmido, brilhante, como sempre cobertas de poeira por causa da gastura que davam no nariz seco só da gente olhar, lá de onde vinha vindo faz muito tempo, lembrava, conferia), mas mesmo assim um sol forte. Sabia que na primeira sombra de árvore, feito aquela a poucos passos de onde estava, dobrada sobre a estrada, ramalhuda, cheia de sombra, ele poderia descansar da caminhada e esperar a primeira charrete, caminhão ou carro de boi, pediria rabeira, de lá até à cidade, que estava próxima, pelo que vinha encontrando, pelos sinais de vida humana.

Porque não podia caminhar mais, vinha de longe, estava cansado e com fome. A última cidade, onde ficou uns dois dias, deixara léguas atrás. Saíra de manhãzinha, o céu mal clareava, cinza. Viera descansando, sem pressa. Mas agora o melhor mesmo era esperar a primeira condução. Também já andava cansado de andar sozinho, ninguém com quem prosear, só pensando, vagueando.

Na sombra daquela árvore ia descansar. E então sentia o ar gostoso, fino, que renova o sangue, quase frio por causa da aragem vinda dos cafezais. Os cafezais feito celas colariam os montes e serras que ele vinha varando. A aragem cheirosa, o ventinho constante descendo por entre os carreadores, aquelas ruazinhas que separavam os cafezais subindo pela encosta.

Andou um pouco mais. Num instante chegou na sombra da árvore. Tirou a lazarina do ombro, alisou com um carinho meio triste a coronha cheia de riscos a canivete, as iniciais marcadas desde que o major Lindolfo lhe deu de presente aquela espingarda pica-pau, ele ainda menino, para ele poder acompanhá-lo nas caçadas, na sua terra, lá no Paracatu.

Homem bom meu padrinho seu major, caçador como nunca vi igual. Se ele não tivesse morrido, não teria se mandado de lá, deixado Paracatu, andejo por esses caminhos todos, sem pouso nem trabalho certo, de cidade em cidade, de fazenda em fazenda, como um Judas, judeu condenado. Podia ter ficado numa daquelas cidades que fora deixando para trás, no seu sertão: em Vazante, Patos, São Gotardo, um desses lugares, onde a paisagem, a vida, os usos eram os mesmos da sua infância. Podia ter ficado, por exemplo, em Vazante, um lugar tão simpático, de gente tão boa, acolhedora, sem muita perguntação. Um fazendeiro, seu Clarimundo, que possuía uma imundice de cabeças de gado, um fazendão sem fim, fez até questão dele ficar, gostou do seu parecer, da sua prosa boa e comprida. Gosto de gente assim, pra de noite nas conversas, foi o que disse. Quis que ele ficasse fazendo parte da sua gente, no trabalho dos bois. Ou qualquer outro serviço que o senhor queira. Escolha, por causa do defeito na vista tem direito de escolher. Só tem que ser trabalhadeira, conversa é nas horas vagas.

Ele não era gente trabalhadeira, não quis dizer a seu Clarimundo nos dias que passou por lá fazendo um ou outro servicinho para disfarçar o sem-que-fazer. Gostava era de prosear esticado, saía pelos campos, mato adentro, espingarda a tiracolo, achava um lugar bom de espera, ali ficava na mira, passarinheiro. Trabalho continuado, de sol a sol, não era com ele, homem livre; não nasci pra escravo, era o que dizia.

Me desculpe, seu Clarimundo, tenho de ir andando, disse. Vai por onde, você, perguntou seu Clarimundo. Por aí, vou descendo até encontrar um lugar mais do quieto, um pouso que me agrade. Quer dizer que aqui não te agrada, você não gostou da gente, disse seu Clarimundo. Não é isto, seu Clarimundo, gostar até que gostei, demais. É que é a minha sina ficar andando. Promessa, mentiu. Seu Clarimundo olhando pra ele, se rindo. Que sina que é essa? Vai virar romeiro, rezador, quem sabe não vai prum lugar longe chamado Congonhas ou Matozinhos, tenho ouvido falar, milagrentos. Não, seu Clarimundo, não sou rezador não. Também não descreio em Deus, dos santos todos, fui criado por minha mãe no respeito da religião. Não sou é muito chegado a essas coisas. Vou mais é andando, vagamundo. Vagabundo, você quer dizer, disse dando uma gargalhada seu Clarimundo, num átimo vendo tudo. Não, seu Clarimundo, sempre fui homem do trabalho, o senhor pergunte (não tinha ninguém por perto pra desmentir). Só que depois que meu padrinho seu major Lindolfo, o senhor deve ter conhecido ele pelo menos de ouvir falar, des'qu'ele morreu, mudei de rumo, resolvi traçar estes sertões todos, não contrariar a minha sina, ver onde é que eu vou esbarrar, deixar Deus comandar sozinho, ver onde Ele vai querer que eu chegue. Uma promessa assim. Não ria não, seu Clarimundo, Deus castiga.

Seu Clarimundo ficou sério. Será que ele acreditou? Gostava de pregar mentiras assim, invenção-de-moda, cabeça vadia. Aquela história de sina lhe agradou, repetiu mais de uma vez. Toda vez que encontrava alguém que lhe propunha um contrato, pouso fixo, permanência por mais de ano, lá vinha ele com a história da sina, da promessa de depois que seu major Lindolfo morreu. E até que era bom, podia então contar com tintas muito fortes as façanhas do major Lindolfo, aquelas caçadas impossíveis onde a verdade apenas boiava numa correnteza de mentirada.

Queria era achar um outro homem que nem o major Lindolfo, rico, de posses, sem muita preocupação com o trabalho, que o deixava à toa sem fazer nada, e toda vez que lhe dava na telha, o que vivia acontecendo, pegava na sua rica espingarda de dois canos, com estojo de couro, enchia o bornal, assobiava para a cachorrada e nem precisava dizer vem, Juca, pega a tua pica-pau e vamos pro mato, porque ele já estava pronto, desde longe vinha assuntando que a coceira ia dar na nuca de seu major. Tempinho bom aquele. Homem feito seu padrinho não achava nunca mais, não existe. Que bom, os dois acampados na mata, beira-rio, dias seguidos, comendo carne de capivara que eles mesmos tinham caçado.

A espingarda no chão, a vareta meio enferrujada, precisava de arear, a sacola com o polvorinho e a chumbeira de lado, a pequena trouxa com suas roupas e poucos pertences servindo de travesseiro, ali ficou deitado, gozando a fresca. Que bom ter pelo menos um tiquinho de pólvora, acabou toda, o polvorinho vazio. Ainda faz pouco passou por uma matinha que estava assim, dura de passarinho. A caça por ali não era muita, via. Só de raro em raro é que uma mancha de mata dava o ar de sua graça e ele sonhava em dar um tiro, jururu. A mania daquela gente de derrubar mata, fazer queimada, plantar café, acabava com tudo quanto era passarinho. Dava pena ver os bichinhos estorricados, os ovinhos pintados, secos, queimados, a gente sabia que era ovo de perdiz porque conhecia. Uma barbaridade, um desperdício.

Melhor não pensar naquilo, coisa triste. Olhava o céu azulzinho, o verde uniforme do cafezal que começava logo ali na cerca para se derramar por todo o vale, o seu arruamento igual, cansativo.

Já estava enjoado daquela paisagem, tão diferente do cerrado, de sua nação, de onde viera, dos sertões de Paracatu. Às vezes saudava, tinha vontade de voltar. Qual, muito longe! Um dia quem sabe, de novo. Como era tudo tão diferente de Paracatu, Vazante, São Gotardo, Dores, aqueles lugares todos que ele foi deixando para trás.

Foi em Divinópolis, depois de um ano de viagem. Uma viagem de pequenas paradas em algumas fazendas para trabalhar um pouco de biscateiro e ganhar o que comer, e então prosseguir a sua caminhada. Foi em Divinópolis que primeiro lhe veio a ideia de assentar um pouco mais, juntar alguma coisa, comprar uma passagem de segunda na Estrada de Ferro Oeste de Minas, chegar até o fim do ramal, disseram que era um lugar chamado Tuiuti, onde começava outra Estrada, outra zona, a Mogiana, o sul de Minas.

Nunca tinha andado de trem, aquela ideia era boa. Ficava horas a fio na esplanada da estação vendo os trens manobrando, a fumaceira das máquinas, os apitos. Os empregados da estrada de farda e boné, o guarda-linha com sua lanterna colorida. Aquilo sim é que era emprego, emprego do governo. Se tivesse um padrinho político, arranjava um desses empregos, aí sim fincava raiz, nunca mais que saía dali, podia até casar, não era mais criança, criar família, esses sonhos. Mas era querer demais, um sonho custoso; chegava a viajar naqueles trens, recostado no banco, os olhos abertos, colados na vidraça, vendo a paisagem passar; conversando com o vizinho do banco, um daqueles viajantes que ele via quando passava o expresso. Devia ser bom, dava um ar de importância. Era só o dinheiro dar e ele também ia ser um viajante, tomava o rumo daquele lugarejo chamado Tuiuti. Indagou do bilheteiro quanto custava uma passagem de segunda, fazia as contas, ainda não dava, carecia trabalhar mais, era um desconforto. Conversava com os maquinistas, queria saber se aquele trem passava por muitas cidades grandes. Os empregados da estrada riam da sua curiosidade. Para ele, aqueles nomes, Formiga, Campo Belo, Três Corações (lá o senhor tem de baldear, se vai pra Tuiuti, ele ia para Tuiuti, já tinha decidido), eram nomes misteriosos, feito nome de histórias, ditos em sonho.

Limpou o suor do rosto, espreguiçou os braços. Se não estivesse com tanta fome, a barriga dava de vez em quando umas voltas secas, roncava, bem que gostaria de dormir um pouco. Precisava comer, não tinha mais nada no bornal. Olhou em torno, ali por perto, para ver se achava uma fruta qualquer. Nada, só se fosse procurar. Tão cansado, não ia se levantar dali. Melhor dormir. Mas dormir como, com uma fome daquelas?

Diacho, viver assim também não tem graça. Quem sabe não era melhor, naquela cidade para onde ia, ficar mais tempo, arranjar um trabalho qualquer pra poder viver, assentar a cabeça? Agregado, agregado numa casa é que era bom, não agregado em fazenda, estava enjoado de mato, quem gosta de mato é cobra. A última vez que pegou um serviço mais pesado foi em Muzambinho. Trabalhou com uma turma volante na capina, na Fazenda do Tempo-Será. O administrador quis que ele ficasse de colono, para quando fosse a época da colheita, então ele ia precisar de mais braços. Não, de jeito nenhum ia ficar, aquele serviço era pesado demais pra ele. Tinha dias que dava até bolha nas mãos, o sol queimava o coco em tempo de estalar. O administrador até que era bonzinho, tinha gostado dele, mas o capataz não dava uma folga, queria era lhe tirar o couro. Escravo não, isto é que não, sou preto? dizia.

Como a fome apertava, começou a pensar seriamente na vida. Precisava dar um jeito, qualquer que fosse. Depois de agregado numa casa de velhas, emprego bom era ajudar na política. Não, pra isso não dava, falava muito, sabia, eles não gostam disso. Depois tinha sempre confusão, brigas, tiroteio. Não gostava de dar tiro em gente, pensava no seu corpo varado de bala, estirado no chão, o sangue saindo quente pela boca. Gostava de dar tiro era em passarinho, a sua pica-pau tão velha, mesmo assim boa, não negava tiro. Era socar bem a pólvora, botar grãos de chumbo e pum! o bichinho caía no meio do voo.

Tinha muita emoção nas caçadas de porte. Seu major Lindolfo, quando saía caçando onça, veado, mesmo guará-vermelho – era danado caçar guará, só mesmo sendo caçador dos bons feito seu major, guará se esconde em tudo que é moita, disfarça, quando a gente pensa que ele está ali, cadê? lá se foi ele esperto, ninguém mesmo que acreditava quando a gente dizia seu Lindolfo caçou hoje um guará de todo tamanho, só vendo. Mas gostava mesmo era da miuçalha, passarinheiro. Chumbo miúdo, mostardinha. Seu major é que era um despropósito, não queria nem aproveitar depois a pele dos bichos, usava mesmo chumbo paula-sousa. Cada estrondo, te conto.

Ai, de polvorinho vazio e sem chumbo, de que valia um caçador diante de Deus? Se ele tivesse ao menos um punhado de pólvora para dar uns tirinhos, se distrair... Bom mesmo era um cachorro, não carecia de ser que nem aqueles de seu major Lindolfo, perdigueiros de fino faro, bons de rasto, viadeiros famosos como o Ventania, onceiros arreganhados feito o Fura-Chão, pau-pra-toda--obra. Um cachorrinho napeva, de focinho fino. O Azedinho era um cachorro danado de valente, se metia nas locas atrás das pacas. O Azedinho ali, bem que podia brincar com ele. Jogava disfarçado uma pedra naquela moita, ele olhava assustado, orelha em pé, num salto estava lá.

Pegou a espingarda, fez mira num passarinho que ia passando, era um tiziu. Na falta de pólvora, remendou com a boca o estampido da pica-pau. Era só de brincadeira, a espingarda carregada, não ia gastar chumbo com nenhum tiziu, pura maldade, tiziu não era caça, não tinha nenhuma serventia além de piar daquele jeito. Ruindade maior é matar sabiá, só malvadeza, coisa de gente sem coração. O bom do sabiá é a gente ouvir o canto, os trinados que ele dá. Seu Lindolfo tinha um danado pra cantar. Era ele que tratava do sabiá, todo santo dia ia limpar a gaiola, fez até um poleirinho pra ele. Tinha também o pintassilgo que foi ele que pegou no mato e deu de presente pro filho de seu major, o Valdemar. O menino namorava o passarinho o dia inteiro. Esfregava uma rolha na garrafa remedando outro passarinho no desafio, o pintassilgo cantava em tempo de rebentar o papo, a gente pensava que ele era capaz de morrer no meio do canto. Bicho bobo é passarinho, bicho bobo é menino.

Aquele Valdemar, sempre endefluxado, vivia atrás de pintassilgo. Ele ajudava o menino a armar arapuca no curral, de tarde dava muita rolinha. Tinha dia que Valdemar lavava a égua e enxugava a pichorra. Quis fazer para ele uma espingardinha de cano de guarda-chuva, seu major Lindolfo não deixou, muito perigoso. Deixa, Juca, quando ele ficar mais crescidinho dou de presente uma espingarda pra ele, ele vai com nós dois pro mato caçar. Valdemar ria de satisfação, antegozando a sua vez de ir à caça com o pai, mas no fundo queria mesmo era a espingardinha de cano de guarda-chuva, foi o que disse depois. Valdemar era muito mentiroso, coitadinho, sabujo do pai.

Boas aquelas lembranças, valiam por um sonho bom, era o mesmo que ter sonhado. Os olhos cerrados, procurava lembrar os tempos áureos, quando o major Lindolfo era vivo, quando os dois iam pro mato caçar. Saíam ainda de noite, a madrugada mal dava sinal, a matula de paçoca para a viagem. A boca do estômago funda, de uma fundura sem fim. O menino chegava no alpendre pra dar adeus. Vai pra dentro, menino, cuidado com o defluxo, tua mãe vai zangar, está muita friagem.

O menino Valdemar era muito doentinho, vivia sempre perrengue. Aconteceu um dia caiu de cama, um febrão da gente sentir de longe o calorão, variava, dizia despropósitos, pedia pra mãe ficar bem junto dele, queria ela perto. Os dias passavam e o menino nada de melhorar, não era como das outras vezes. Seu major andava de cara amarrada, de pouca conversa, despachava gente pra cidade, mandou chamar médico. Nem de longe pensava mais em caçada, ele tinha até medo de seu major fazer uma promessa besta qualquer de nunca mais caçar. O menino só falava na sua espingardinha de cano de guarda-chuva. Seu major consultou a mulher com os olhos, ela disse está bem, Lindolfo, faz a vontade do menino, é capaz de ser a última vontade dele, garrou a chorar. Era de partir o coração. Ele foi fez uma espingardinha bem boa pra ele, com chumbo derretido na ponta de trás, a coronha de madeira lisinha que era mesmo um capricho, levou dias fazendo.

Quando a febre amainou um pouco foi que o menino viu ao lado dele a espingardinha. Valia a pena ver a alegria do menino. Alisava a espingarda, apontava na direção da vidraça: o céu azul cheio de passarinhos que só o menino via. Olhou agradecido, os olhos fundos lumeando que nem os olhos de uma capivara no escuro quando a gente joga luz em cima. Depois voltou a variar, apontava pros lados da cômoda onde tinha uma estampa de Nossa Senhora da Conceição, dizia que Ela estava soltando uma porção de rolinhas só pra ele atirar, se revirava na cama buscando a espingardinha. A mãe chamava o pai para ajudar com o menino. Uma aflição, uma gastura, a gente tinha de sair de perto pra não chorar.

Assim um dia morreu, foi a coisa mais triste que ele viu porque acontecida com menino, menino não devia nunca de morrer. Dona Vivinha a gente pensava que ela ia morrer de tanta dor. Andava tonta pela casa, não achava cômodo pra ficar, a espingardinha sempre na mão. Aquilo parecia coisa de maluco, a gente deve de sentir e chorar, mas não a ponto de Deus poder desconfiar que a gente está duvidando da vontade dele. Deus sabe o que faz, a gente dizia, mas dona Vivinha até xingava nomes, não tinha consolo. Juca, pega o diabo desta espingarda, vai joga ela longe no pasto, disse o major. Senão Vivinha acaba ficando doida.

Isso foi há muito tempo, ele até tinha esquecido dessa história, fazia muito não se lembrava. Desde que tinha deixado Paracatu. Toda vez que a história do menino ameaçava de vir, ele mudava o pensamento de rumo, pensava em coisas bem alegres, um divertimento qualquer. Desta vez não teve jeito, começou a se lembrar de seu major na madrugada, os dois saindo para as caçadas, Valdemar na varanda dando adeus, e de chofre foi assaltado pela lembrança tristonha do menino morrendo.

Abriu os olhos, viu o ar tremeluzindo. Os olhos úmidos, sentiu minar um principinho de lágrima. Ali sozinho, podia até chorar, não tinha ninguém reparando. Mas não queria chorar, queria era esquecer aquele menino Valdemar caçando rolinhas com os anjos. Procurou se distrair espiando a nuvem de mosquitos que dançava em volta de uma moita, cuidou mesmo ouvir o zumbido que faziam. Quando a gente quer esquecer, qualquer coisinha faz lembrar, é custoso. Foi com certeza um mosquito que picou de febre maligna o menino.

Fechou o olho bom, só o olho com a belida aberto. Não via nada, uma claridade leitosa. Ainda bem que o outro era bom, Deus sabe o que faz. O olho direito via tudo, enxergava longe, tudo clarinho, não escapava nada. Só que tinha de virar a cabeça de lado pra enxergar melhor. Na pontaria não fazia muita falta. Deus sabe o que faz, quem sabe não era pior ele livre da belida, mas sem ver direito com os dois olhos. Deus sabe o que faz, mas aquele menino. Deixa pra lá, não é bom ficar botando reparo no que Deus faz. Se Deus chamou ele cedo foi porque carecia. Quem sabe ele vivo não era um coisa ruim, até criminoso?

É, Deus sabe o que faz, estava mais consolado. O menino soverteu-se no ar, ele agora sentia aquele cheiro bom que vinha do mato num ventinho que farfalhava a moita de vassourinhas onde uma borboleta amarela dançava. Virou a cabeça para o lado da estrada a ver se vinha algum carro, ao menos gente. Nada, ninguém, a estrada vazia, vermelha. Que lugar mais abandonado, mais esquecido! Ele ali sozinho, boiando naquele mundão de Deus.

A cabeça na trouxa, se ajeitou melhor. Ele agora boiava longe. Seu major apontou lá na estrada, no seu cavalo pampa. Atrás dele uma nuvem de poeira. Vem, Juca, vamos depressa, o menino está muito mal. Subiu na garupa, se agarrou no major. O cavalo Sereno galopava. Já era de noite e eles não chegavam. Aí dona Vivinha chegou no alpendre e chorava dizendo não adianta, vocês chegaram tarde, essa maluqueira de caçada, ele acabou de morrer agorinha mesmo! Foi ele que fez o padrinho se atrasar, o major mal olhava pra ele, os olhos vermelhos que nem brasa. Vamos pro rio, ouviu o major dizer, mas de onde saiu a voz do major, se ele nem abriu a boca? Já estava meio desconfiado do que ia acontecer. Pro rio, ligeiro pro rio! Na beira do rio, numa espera. Ouviu um barulho dentro d'água, uma capivara apontou a cabeça. Azedinho ficou de orelha em pé, as patas da frente pro ar. Seu major jogava a luz da lanterna bem nos olhos da capivara. Em mim não, meu padrinho! Pelo santo amor divino! Não conseguia falar, seu major não escutava. O jorro de luz da lanterna cegando o olho bom. Era nele que o major mirava. O estrondo. Chumbo paula-sousa, desgraçado!

Acordou assustado. Tinha medo de sonho, hoje o dia andava ruim. Limpou o suor frio do rosto. A mão no lugar onde levou o tiro. O ouvido zumbia, será que ainda ia continuar a sonhar? O zumbido principiou a crescer, agora mais claro. Uma cantiga longe, modulada, zumbia no ar. Olhou a estrada, viu uma nuvem de poeira. O gemido sem fim do carro de boi. Viu tudo clarinho, não era sonho: o menino candeeiro, a junta da frente, o carreiro de lado.

Quando o menino candeeiro chegou na sombra da árvore, José Feliciano já estava de pé na estrada, a lazarina a tiracolo, a trouxa enfiada no cano da espingarda, pronto.

Ei, menino, você, disse ele ao candeeiro. O menino olhou para ele, disse qualquer coisa que podia ser boa tarde, diminuiu o passo. E como não viu o homem, cadê o carreiro que eu vi faz pouco, quando vocês surgiram lá na ponta da estrada, será que soverteu? disse procurando fazer graça e ganhar a simpatia do menino. Pai está lá atrás, da banda de lá, no pé do carro, disse o menino apontando com a aguilhada.

José Feliciano esperou o carro passar, se emparelhou com o carreiro. Boa tarde, compadre, disse. Está um solzinho danado, de rachar mamona. É, disse o homem, e continuou a andar. Será que eu podia pegar uma rabeira deste seu carro? Estou que não aguento, venho andando de longe, tive umas tonteiras, cãibras nas pernas, de vez em quando me dá disto. Ando meio perrengue, acho que peguei alguma doença na última fazenda onde fiquei, lá no Guaxupé. O homem olhou bem para ele, José Feliciano fez uma cara de doente. Pode trepar, disse o carreiro.

O carro não estava cheio, as sacas de café se empilhavam até a metade da esteira presa nos fueiros. Ele jogou a trouxa para cima do estrado, pulou atrás e ali ficou sentado, as pernas balançando fora do carro. Bem, não era o melhor que se podia esperar. Uma charrete era melhor, carro de boi é muito moroso. Mas pra quem está de a pé qualquer roda é condução.

O carro retomou a sua marcha. O homem foi lá na frente, deu uma chuchada nos bois da guia, gritando os nomes. Depois voltou para junto do carro, ficou olhando o companheiro de viagem.

De onde o senhor disse mesmo que vem, moço, perguntou puxando conversa. Venho do Guaxupé, disse José Feliciano. É de lá? disse o carreiro. Não, sou não, disse José Feliciano já inventando a história que ia contar. Não sou de lá não, trabalhei lá uns tempos. Estou vindo é de viagem, de muito mais longe, dum lugar que o compadre talvez nem nunca tenha ouvido falar, do Paracatu. (É, não ouvi não. Pra que banda fica?) No sertão, no norte de Minas, muito longe daqui. O senhor andando dias e mais dias seguidos, ainda vai demorar muito pra chegar lá. Venho vindo por aí, pego um trabalhinho aqui outro ali, o que me consente esta minha doença. Do Divinópolis até Tuiuti vim de trem da Oeste. Mas depois o dinheiro acabou, vim pousando por aí nessas fazendas todas. (O senhor é doente, moço?) Doente-doente nunca fui, mas de uns tempos pra cá ando meio perrengue, umas tonteiras, umas cãibras nas pernas, uma lerdeza que não sei o que é. Ando pensando até em procurar um médico na cidade, pra ele me dar uma receita. Lá tem bom médico, o senhor que é daqui podia me dizer?

O dr. Viriato, disse o carreiro, é homem muito bom, amigo da pobreza. Comigo ele acertou. Comigo não, com o Manezinho ali meu filho, que pegou umas mazelas que ninguém dava jeito. Fiz até promessa de ir com ele na Aparecida, ele sarando. Se ele sarou, agradeço o dr. Viriato e a ajuda de Deus. Olhe, moço, até hoje não paguei a promessa. Será que tem alguma coisa a gente atrasar um pouco?

José Feliciano viu o terreno bom de plantação, o homem era crente; armando uma boa história, podia contar com ele. Não, a gente pagando chega, disse, Deus não tem tempo, o tempo a gente é que sabe quando. Comigo foi mesmo assim. O senhor aqui me vê, estou pagando promessa. O meu padrinho seu major Lindolfo, lá do Paracatu, tinha um filho que era um menino forte bonito

73

chamado Valdemar. Não é que um dia o menino caiu doente, um febrão que ninguém dava jeito: curandeiro, benzedor, médico, nenhum. Então fiz promessa de sair andando sem rumo por estes sertões todos, durante uns três anos. Cada lugar que eu paro, que tem uma igreja, acendo uma vela pra Nossa Senhora do lugar.

José Feliciano parou um pouco, teve medo de entrar no terreno de Nossa Senhora, não era bom, dava castigo. Quem sabe era melhor consertar? Mas o homem não deu tempo: e o menino ficou bom, arribou? Não teve mais nada não, disse José Feliciano pensando com tristeza no menino enterradinho lá no Paracatu. Hoje ele até está estudando no Belo Horizonte.

Ainda não sei a sua graça, não disse a minha, disse José Feliciano, aquele assunto estava incomodando. Me chamo Silvino, Silvino Assunção, seu criado, disse o outro. Olhe moço, até que eu estou gostando do senhor. Boas falas, gente assim é que eu aprecio.

Pois a minha é José Feliciano, ou Juca Passarinho, me chamam também Zé-do-Major, o senhor pode escolher, atendo por qualquer um.

Silvino Assunção riu do modo como ele falou Juca Passarinho, apontando a lazarina deitada no chão do carro. Bom homem este Juca Passarinho, boa prosa pruma viagem. Pena estar no fim, a gente quase chegando, não dura uma hora.

É, disse Silvino, um apelido sempre é bom, marca a gente. Eu não tenho nenhum agora, quando era mais moço tinha o apelido de Silvino Fumaça, não sei bem por quê. Depois esqueceram, me chamam do meu nome mesmo, por inteiro, Silvino Assunção.

Quem me botou este apelido de Juca Passarinho foi meu padrinho, seu major Lindolfo, caçador como nunca vi. Depois, dando tempo, eu conto uns casos dele pro senhor. Quando lhe atravessei no caminho, o senhor estava dizendo... De apelido, disse Silvino. Olhe, é bom o senhor ficar mesmo com este seu apelido de Juca Passarinho. Lá na cidade, se um não tem apelido, eles botam logo. Tem apelido que até dá vexame. Quando um se irrita, não quer apelido, aí é que o apelido ruim pega mesmo. E pois eu conheci um que é até engraçado, o senhor deixando eu conto. Andou um homem por aqui que não queria saber de apelido, falava até em matar se a gente botava um nele. A pois não é que o homem vivia assobiando e quando assobiava fazia assim com a boca, que nem fiofó da galinha. A gente garrou a chamar ele de Fiofó. Tinha de ser pelas costas, de frente o homem ficava fulo de raiva, falava até em dar tiro.

José Feliciano riu muito, aquele seu Silvino até que era bem engraçado. Quando voltasse um dia para a sua terra, ia contar aquela história como se fosse dele, todo mundo ia morrer de rir.

O senhor, pelo que vejo, gosta de casos, disse José Feliciano se preparando. Não desgosto, homem, disse Silvino. Dando tempo eu conto um, disse José Feliciano. E como a barriga roncasse, será que o senhor não tem nada de comer pra mim sossegar a barriga, seu Silvino? Me esqueci da matula, desde madrugadinha não sei o que é comer. Aí nesta panela ainda tem um pouco de paçoca, disse Silvino. Tem também rapadura naquele saco.

Seu Silvino foi lá na frente dizer qualquer coisa para o menino. Gritou mais uma vez o nome dos bois, voltou para junto de José Feliciano. Seu Juca Passarinho, o senhor está sem trabalho? No momento ando, disse José Feliciano. Pois querendo, posso falar com meu patrão, ele anda carecendo de gente pra lavoura. Na lavoura não é do meu gosto, disse ligeiro José Feliciano. Agora quero é viver um pouco na cidade, pra me tratar desta doença. Quem sabe se num armazém de café, disse Silvino pensando. Não, não serve, é pesado demais pro senhor, carregar saco de café.

Antes que o homem lhe arranjasse um desses empregos, José Feliciano atalhou: o que eu queria mesmo, seu Silvino, era mais um emprego assim feito de agregado, numa casa da cidade, servicinho de horta, miudezas, o senhor não sabe de nenhum? Por ora não, disse Silvino. Sabendo, aviso.

José Feliciano comeu toda a paçoca, agora estava chupando um pedaço de rapadura. O carro andava devagar, subia e descia em solavancos os sulcos da estrada. Homem bom, companheirão, ia pensando José Feliciano. Não é todo dia que a gente encontra gente assim. Viu que o homem estava querendo mais conversa. Ele ia acabar primeiro aquele pedaço de rapadura.

Pelo que vejo o senhor é caçador, disse Silvino. Já fui, disse modesto José Feliciano. Dos bons, nos tempos do major meu padrinho, lá no Paracatu. Hoje esta espingardinha é mais pra divertimento, passarinhar um pouco. Quem foi caçador sempre carece. Inda agorinha estava pensando nisso, quando o senhor chegou. (Contava uma história dele mais seu major Lindolfo? Aquela do guará-vermelho, por exemplo, só para o homem ficar de boca aberta não acreditando? Sentiu uma certa preguiça, aquela história era muito comprida, a viagem curta, para contar bem contada, com todas as cores, demandava tempo.) Mas sou fino na pontaria, disse. Passarinho no ar não treteja comigo. Eu só não mostro, seu Silvino, é porque não tenho mais pólvora, senão mostrava.

Um caçador sem munição é um homem triste, sozinho, sem ninguém no mundo: ele e Deus. É o mesmo que um homem no escuro, voltado pra dentro, na sua substância. Sujeito a todas as tentações. É quando o diabo aparece, a ideia ruim brota. Um tirinho sempre diverte, faz o tempo passar. Põe a alma do homem pra fora, na clareza do dia.

Silvino Assunção olhou Juca Passarinho bem na cara, ficou vendo o jeito dele. E vendo a belida no olho esquerdo, o senhor não vai me dizer, seu Juca Passarinho, que esta nuvem aí no olho é de pólvora ou de fazer pontaria... Riu.

Embora de boa paz, José Feliciano não gostava que fizessem graça com a sua belida, aquela marca de Deus como ele dizia. Mas o homem tinha sido tão bom, ele resolveu não achar ruim, tocar a conversa pra frente. Não é não, seu Silvino. É um sinal de Deus, pra eu ver melhor com o outro a maldade do mundo.

Sem querer tinha dado uma ferroada em seu Silvino. Me desculpa, seu Silvino, não disse por mal. Ara, seu Juca Passarinho, a gente fala coisa sem perceber. Não me dou por magoado, disse Juca Passarinho, o senhor tem sido tão bom comigo, que eu é que peço desculpa.

A cidade perto, já podia ver a torre da igreja.

O senhor é daqui mesmo, da cidade, seu Silvino, perguntou. Da cidade mesmo não sou não, disse Silvino. Sou dum lugar, nasci num distrito daqui perto, numa fazendinha. Estou sempre fazendo carreto de café. Hoje vou mais vazio, mas de comum tem saca de café até nas pontas dos fueiros. O carro vai que vai cantando no cocão. Uma beleza.

Cantador este seu carro, geme bem, disse José Feliciano num elogio, pra desmanchar a impressão da má resposta. O senhor devia ver ele carregadinho, disse Silvino. Então eu unto bem a cantadeira, sebo de boi e pó de carvão, canta que é uma beleza. De longe eles sabem que sou eu que venho vindo.

José Feliciano resolveu mudar de conversa. Por aqui tem muita caça, seu Silvino? Não sou de caça, mas sei que tem alguma, disse Silvino. Tem caititu, paca, capivara anda rareando, essas coisas mesmo de todo lugar. Eu disse caça miúda, disse José Feliciano. Pra quando eu quiser me divertir.

Tem muita não, já teve mais, seu Juca. As derrubadas, o fogaréu, a caça morre ou vai toda embora. Mas tem sempre uma matinha ali e lá, onde o senhor querendo e sendo bom de pontaria como diz, pode pegar uma boa penca de jacu, socó, codorna e perdiz. Tem caçador que gosta, gabam muito. Então está bom pra mim, disse José Feliciano. Quando depois eu assentar a bunda em algum lugar, arranjar um servicinho, na primeira folga vou sair caçando por estes matos que o senhor fala. Se a gente, Deus querendo, faço gosto, se encontrar, garanto uma boa penca pro senhor, ao menos de jacu, pra canja do menino, ele gosta? Seu Silvino agradeceu, se Deus quisesse ainda haviam de se encontrar muitas vezes, estava sempre vindo na cidade.

O carro gemeu subindo o morro. Os muros brancos do cemitério. Mais um pouco e chegavam.

Cemitério bonito e grande, disse José Feliciano. É, não é feio, disse Silvino. O portão de ferro batido, todo rendilhado com letras de dizeres em cima, é que eu acho mais bonito. A gente de antigamente caprichava mais, tinha mais paciência, parece. Não gosto muito de cemitério, disse José Feliciano, mas se o portão é como o senhor diz, quando passar por lá vou apreciar. Olhe, até já quiseram me dar um emprego num cemitério, começou ele a mentir. Não quis, e olhe que era bom emprego, de ordenado e todas as mais garantias. Não dava pr'aquilo, ficar enterrando gente, lidar com defunto de Santa Casa, que vem em caixão aberto sem tampo. Jogam o coitado na cova de qualquer jeito, depois aproveitam o caixão com outro infeliz. Não tenho coração pra isso, sou muito chegado ao sentimento.

É, disse Silvino pensativo. É, pode ser bom emprego pros outros, pra gente como nós, como o senhor diz que é, com sentimento, não presta. Deve de endurecer o coração. Depois de certo tempo, acho que coveiro fica com o coração de terra, não liga mais nem pra morte de parente. Tudo é feito terra, calhau sem serventia, defunto. José Feliciano disse foi por isso que eu não quis, não dou para estas coisas, qualquer morte, mesmo de gente que nunca vi em vida, mina água nos meus olhos, tenho de fazer força pra não chorar. O senhor sabe, o sentimento...

Os dois iam agora calados, pensavam na morte, em coisas tristes, no sem jeito da vida. José Feliciano tinha os olhos fundos, andava longe nas suas lembranças. O menino Valdemar, o caixãozinho branco coberto de flores. Dona Vivinha chorando, sem jeito de querer largar a espingarda, em tempo de virar doida. Seu major calado, a cara de pedra, sem uma lágrima no olho. Gente assim sofre mais, o choro sempre alivia. Tem jeito não, vida mais desgramada. Bosta, pra que um vive, só pra ver estas coisas?

Diante do portão do cemitério seu Silvino fez parar o carro. Que portão mais bonito, seu Silvino, disse José Feliciano exagerado. Por tudo quanto é lugar onde andei nunca vi um portão igual a este. E olhe que eu tenho cortado sertão! Que rendilhado mais caprichado! É serviço daqui mesmo? Logo vi, é coisa de ferreiro de muito gosto e sabença. Tem pedaços que parece até renda de dona Vivinha. Quê que tem escrito em riba, os dizeres? Sei não, disse Silvino, conheço letra não. Me disseram que é em língua de padre. Eu sei um tiquinho língua de padre, disse José Feliciano. Até já ajudei padre, quando era menino. Vou ver se eu leio.

Soletrou demorado, fingiu que lia baixinho. Ajudou missa coisa nenhuma, o que sabia mal dava para ler anúncio em porta de igreja e almanaque do Capivarol. É, está muito difícil, ando meio esquecido, disse. Sei que fala de morte, dos mortos. Isto não é nenhuma novidade, disse Silvino rindo. Até eu que não sei ler, sei. Vamos indo, disse dando uma ferroada no boi mais chegado.

O cemitério ficou para trás, já avistavam a rua em que se transformava a estrada.

Que é aquilo, seu Silvino? quase gritou, disse espantado José Feliciano apontando o buracão enorme como o leito de um grande rio seco, que ia desde a margem da estrada até se perder de vista, se confundindo com o vale, vermelho e negro. Ah, disse Silvino, o senhor nunca viu uma voçoroca? Já vi aluvião, erosão virar voçoroca, disse José Feliciano, mas deste tamanhão, nunca na minha vida!

Desta vez não mentia, não exagerava no elogio. Tinha até medo de olhar aquelas goelas de gengivas vermelhas e escuras, onde no fundo umas arvorezinhas cresciam, um riachinho começava a correr. Que coisa mais medonha, seu Silvino. Parece que não acaba mais esta começão de terra. Coisa do diabo, mais parece esta fome toda de terra. A gente da cidade não tem medo que um dia chegue lá? Acaba comendo as ruas e as casas, engolindo tudo.

Acostumado a passar quase todo dia por ali, seu Silvino não ligava muito para as voçorocas. A paisagem feito vista num pesadelo. O menino Manezinho é que não gostava, se arrepiava todo, transido. Quando avistava o buracão, virava a cara para não ver. Quem sabe o menino e Juca Passarinho não tinham razão? Ele agora pensava como se fosse a primeira vez que visse o buracão, pelo medo de Juca Passarinho. Coisa do diabo, as goelas da voçoroca, como um castigo, comendo a cidade que nem ferida braba. Não se assuste, tem perigo não, disse, elas estão indo pra banda de lá, o rumo delas é outro, da banda de cá já parou. Eu nunca penso nestas coisas, convém não. O menino ali é que tem cisma, medo de menino. Olha, quando ele vem na cidade sozinho, de cavalo, quando passa por aqui, pega um galope que só vendo, me disseram. Mas o senhor não é menino, não era pra se espantar deste jeito.

Não era um menino. Mas as voçorocas vinham se juntar à lembrança ainda quente do sonho de há pouco, seu major Lindolfo lhe deu um tiro bem nos peitos, não valia de nada ele gritar. Se chegasse na beirada dos barrancos das voçorocas, para ver o fundo da grota, a terra cederia sob seus pés, ele era tragado. Um sonho acordado, terrível feito o outro. O carro oscilava, e no embalo, os olhos fechados, era como se dormisse de novo. Os olhos fechados, a visão das voçorocas crescia assustadoramente.

Abriu os olhos, via as primeiras casas. Ninguém nas janelas, a cidade adormecida na modorra do dia. O branco ensolarado das casas doía na vista. As sombras das voçorocas se dissolveram no ar.

Na praça, o carro foi parando, parando, até a última nota da cantilena morrer. Seu Silvino chamou o filho. Manezinho, o moço aqui, seu Juca Passarinho, teve tanto medo do buracão que nem ocê. Manezinho, muito magro, os olhos arregalados, ficou bobo olhando o desconhecido. A gente tem cá suas razões de espanto, não é mesmo Manezinho, disse Juca Passarinho num agrado. O menino grunhiu qualquer coisa, abriu a cara num riso, podia ser que sim.

Seu Silvino, me diga uma coisa. Eu estou muito perguntador, me desculpe. Me diga, de quem é aquele belezão de casa? Ah, disse Silvino, é o sobrado do falecido coronel Honório Cota. Neste o senhor pode derramar seu canto, o elogio tem cabimento. Agora está um pouco estragado demais, o senhor veja, tem até cabeleira de capim no telhado, erva-de-passarinho. Quando seu coronel Honório Cota era vivo, era tudo tão diferente, o sobrado brilhava que era um mimo. Eu sempre que passava por aqui demorava um pouco, só pra ter o gosto de ver, pra tirar o chapéu em cumprimento àquele grande homem. Depois deu uma tristeza mais triste na alma dele, uma tristeza de morte. Por causa de política, o senhor veja, essas coisas de mando, o senhor sabe, e ele foi ficando jururu, enfezado, enrustido. No fim a gente tinha até medo de tirar o chapéu pra ele. A modo que ele não via, os olhos virados pra dentro. Largou tudo de mão, e a casa foi ficando assim, no cuidado só de Deus e da chuva. Meio quarta-feira, foi o que ele virou.

José Feliciano admirava o sobrado. A construção era grande e pesada, resistia ao tempo, com pouquinha coisa o sobrado ficava outra vez novo em folha. Bem que ele podia trabalhar ali, se lhe dessem um lugar de agregado, quem sabe?

Seu Silvino, disse ele, quem é que mora aí agora? A filha dele, dona Rosalina, respondeu Silvino. Moça solteira, desde que o pai morreu se trancou de todo, não sai mais de casa. Fica nas soberbas, é o que dizem, eu acho que é mais é sofrimento, pancadice. Sozinha e Deus neste casarão. Quer dizer, tem uma preta Quiquina, mas aquela a bem dizer não conta. Não entendo como é que uma pessoa pode ficar assim trancada, sozinha e Deus, sem ninguém pra com quem trocar conversação. Se fosse no mato, vá lá, tem gente que vive no descampado, mas na cidade... Sei lá, às vezes eu acho que o povo tem razão, soberba mais pancadice. O pessoal dela sempre foi meio pancada, quarta-feira, o senhor sabe.

José Feliciano não acreditava muito, pensava em arranjar um lugar naquele sobrado. Bem que era bom. Uma dona solteira, uma preta, nenhum homem. Ninguém para aperrear, para ficar toda hora lhe azucrinando as ideias. Capataz vivia mandando fazer uma coisa e outra, não dava sossego, tirava o pelo. Não era de ferro. Lugarzinho bom. Com certeza, pouco, nenhum serviço maior, ia ter umas folgas. Se associava a outro caçador (um caçador sempre cheira outro caçador), arranjava um cachorro, saía por aí batendo esses matos. Parecia até os tempos do major Lindolfo.

Seu Silvino, o senhor disse quarta-feira, pancadice, essas coisas. Não quer dizer que é doida-maníaca, de ataque, enfezada... De jeito nenhum, seu Juca. Eu não disse isto, o povo é que diz, o senhor sabe como essa gente fala. É, o povo fala muito, demais da conta, disse Juca Passarinho já defensor do sobrado. É mais esquisitice, disse seu Silvino, mansidão, tresandice. Eu também estou dando trela pra língua. Nunca não soube de nenhum caso, nem mesmo falei com ela. Nunca bati naquela porta pra pedir nada, nem mesmo um gole d'água. Vai ver ela até que é uma moça muito direita, de juízo assentado. A gente pensando bem, tem lá suas razões lá dela. O finado coronel Honório Cota brigou com todo mundo, trocou de mal com a cidade. Depois do que fizeram com ele, tem gente que acha ele tinha razão até demais... Quê que fizeram com ele? disse Juca Passarinho. Ah, seu Juca, é um caso muito comprido pr'agora. O meu menino ali está que não aguenta querendo ir embora. Não carece eu contar, com o tempo o senhor vai ficar sabendo.

José Feliciano já estava decidido: ia trabalhar no sobrado. Só se a dona não quisesse. Será que eu não arranjava um servicinho ali pra mim, perguntou. Sei não, disse seu Silvino. Nunca conheci ninguém que trabalhou no sobrado depois que seu coronel Honório Cota se foi pras bandas de Deus. Por que o senhor não tenta? Quem sabe pode dar certo...

Pois é, seu Silvino, vou ficando por aqui mesmo. Vou tentar, não custa, quem sabe Deus ajuda feito me ajudou fazendo a gente se encontrar? O senhor foi muito bom, demais. Hoje em dia não é todo dia que a gente encontra um homem de alma boa assim que nem o senhor. O senhor na volta, passando por aqui, eu estando no sobrado, não deixa de parar, pra gente prosear um pouco. Sempre é uma distração, um prazer para mim, seu Silvino. Deus lhe acrescente, seu Silvino. Até a vista.

O carro começou a ranger, de novo a cantilena. Lá se ia seu Silvino, homem bom, alma limpa, mais seu filho Manezinho, que Deus lhe deu de candeeiro.

Sozinho no largo, José Feliciano olhou a Igreja do Carmo, a casa paroquial, as casas do outro lado, a Escola Normal. Bem bonito este largo. O que está faltando é um jardinzinho, um verde, umas flores pra enfeitar. Por que a gente não cuida? Até que estou gostando. Se a cidade é toda assim, a dona querendo, nunca mais saía dali.

Um vento soprou forte, fez um redemoinho que fugia do meio da praça em direção à igreja. Isto não é bom, redemoinho nunca é bom. Primeiro o sonho, depois as voçorocas, agora o redemunho. Quem sabe era um sinal pra ele? Quem sabe não era melhor descansar um pouco, tomar outro rumo? Bobagem, essas coisas não existem, invenção de moda. Seu Silvino tinha razão, ele não era que nem o Manezinho, que virava a cara toda vez que passava pelo buracão. A gente estando em paz com Deus, tudo vai bem. Não adianta fugir. Deus é forte. O que for, soará. É fugindo do buraco é que a gente cai nele. Não era aquele caso que dona Vivinha contava? Ela não aceitou a vontade de Deus, quando o menino morreu ficou remanchando, praguejando, em tempo de ficar doida. Vai, Juca, pega o diabo desta espingarda, joga ela bem longe no pasto. Dona Vivinha, que Deus guarde. Dona Vivinha dizia que tinha um homem que era uma vez teve um sonho muito ruim, desses que acordam a gente pra salvação. A sua filhinha vai crescer, disse a voz no sonho, vai virar moça, quando ela virar moça vai dar uma coisa em você, uma ideia sem arremetação de que a gente não se livra, senão consentindo no que ela quer. Ela vai virar moça bonita, enfeitada, dengosa, uma lindeza. Mesmo não querendo, você vai acabar dormindo com ela, lhe tirando a flor. O homem não disse nada pra ninguém, verrumou o sonho dias seguidos. Vai um dia, sem dizer nem até já, pegou os trens lá dele, sumiu sozinho para nunca mais. Se embrenhou no sertão mais longe, ninguém mais teve notícia dele, nem por boca nem por carta. O tempo passou, o homem foi ficando velho, a filha que era menina virou moça. A mãe morreu, ela ficou sozinha no mundo, resolveu tomar rumo. E foi seguindo aquele caminho que sem ela ver uma mão traçava. Foi bater naquele lugar, no sertão mais longe. E conheceu um homem maduro, de bons modos, sisudo, que era aquilo mesmo que ela andava querendo pra ter um apoio na vida, cansada de tanto sofrer, de tanta orfandade. Enfeitiçou o homem, o namoro, as coisas mesmas da vida. Você junta comigo, disse o homem, pra Deus a gente estamos casados, quando aparecer um padre por aqui ele dá bênção. A moça aceitou, não contou pra ele nada de sua vida. Falou que tinha vindo de outro lugar, não daquele de onde tinha mesmo vindo, inventou uma história para a sua vida, até de nome ela mudou. Sabia, pai sumir de casa sem nenhum aviso é coisa ruim, maluqueira, doença de pegar, crime, coisa de muita desonra pra família. Dona Vivinha falava explicado, parando um pouco só pra ver a agonia na gente. No que o tempo virou: um dia eles estavam tão bem casados, a gente do lugar dizia que nunca tinha tido um amor tão manso e tão fundo assim, espelho pra todos os maridos, os maus maridos de que o mundo anda cheio; um dia ela careceu de falar, a alma pedia pouso, remanso de rio, aquele homem seu marido era o ouvido que ela pedia, a mansidão toda que a gente carece quando anda de coração sufocado, um dia ela foi e disse o meu nome não é este não, bem outro, tão diferente, falou comprido, e o homem foi juntando os pedaços dos casos da vida que ela ia dizendo que era a dela, e soube, na maior agonia, que a sua mulher era a sua filha, que a vida que ela contava não era só dela mas dele também. Tinha feito direitinho, só que fugindo pra não fazer, aquilo que o sonho comandava, sem tirar nem pôr. O pecado mais feio, sem remissão, sem perdão de Deus. Depois foi o que viu, maldição, sangueira, o homem cortou com o machado bem aqui nesta veia dele, que eles falam que é carótide.

Bobagem, dona Vivinha gostava de contar casos assim, de tirar sono da gente, a alma pisada na purgação. Menino e gente impressionada não podem ouvir. Ele não era um menino, seu Silvino tinha razão. Bobagem de gente medrosa e desocupada, casos de encher noite vazia. Tinha disso não, nem boca do inferno nem assombração. Dona Vivinha não era boa de telha, não viu como ela ficou quando o menino morreu? Depois, se era assim como ela dizia que era no caso do homem, de que adiantava ele fugir, se tinha de um dia de esbarrar naquela casa? Da vida, pra frente ninguém sabe, pra trás é o que já se viu. Melhor se pegar com Deus, deixar de partes. Deus é grande, do tamanho todo do mundo, tão sem fim como a escuridão. Ele era um passarinho miúdo, sozinho no céu de Deus.

Procurou afastar de si aqueles pensamentos sombrios. A vida é pra frente, não adianta tugir nem mugir. Boi é que anda certo no seu silêncio, na sua ruminação.

Olhou o sobrado, e tudo era tão claro e limpo: o céu, sem nenhuma nuvem, reverberava. A casa tão bem plantada, feito nascendo do chão, as paredes grossas, a porta almofadada, as muitas janelas, as cortinas que o vento balançava de leve. Tudo dava uma sensação boa de sombra, do fresquinho que devia de estar lá dentro, de acolhimento, de paz.

Segurou na aldrava, bateu. Ninguém veio atender. Cuidou ver uma cortina se mexer, alguém atrás da cortina. Oi de casa, gritou na janela. Ninguém vinha, melhor ir embora, por que cismou com aquela casa? Não faltava um lugar de agregado no mundo. Já se dispunha a ir embora quando a porta se abriu.

Uma preta gorda, baixotinha, velha, com uns fios brancos de barba no queixo, ali parada, olhando firme nos olhos dele.

Boa tarde, minha tia, disse ele. Estou vindo de longe, sou de fora, daqui não. Venho andando pela estrada desde manhãzinha. A gente sempre encontra uma alma caridosa, espera. Inda faz pouco na estrada me deram lugar num carro de boi, isto melhorou um pouco. (Ele precisava falar, falar muito, era a sua maneira de se aproximar dos outros.) É o que eu digo, tem sempre uma alma de Deus que dá a mão pra gente. Eu nunca descreio em Deus Nosso Senhor. Ele vem sempre na ajuda, é pelos outros que ele mostra as bondades. A senhora sempre acredita, a gente vê pelos seus olhos, mulher é sempre mais chegada pros lados de Deus. Eu também como homem não sou muito de rezar, mas me chego sempre com ele nas horas de aflição. (A mulher não dizia nada, nem um pio para confirmar, se limitava a fazer um gesto no ar. Será que não entendeu, é meio pancada? Melhor ir embora, pra começo está danado de ruim.) Como a senhora vê, minha tia, estou com sede, será que não podia me arranjar um gole d'água? Depois eu digo o meu recado. (Quem sabe ela não gostou de ser chamada de tia, não era de intimidades, essas pretas velhas gostam de ser chamadas de tia, não vai ser esta que não vai gostar. Quem sabe ela mesmo não entendeu? Fez um gesto de quem leva um copo na boca para ela ver que pedia água.) Um gole d'água, sá dona, ninguém nega pra ninguém, faz parte da caridade. Se não quer dar, vou me embora, não está mais aqui quem falou...

A preta se afastou, foi lá dentro. Enquanto isso, ele olhava através da porta meio aberta o interior da casa. Depois olhou para a janela onde cuidou ver movimento. Impressão, não tinha ninguém, a dona da casa devia andar lá nos fundos.

A preta voltou com uma caneca d'água. Ele bebeu, limpou a boca na manga da camisa, agradeceu. Ficou esperando ela dizer ao menos uma palavrinha, para ele continuar. Como ela não disse nada, disse ele será que a senhora, dona, me desculpe falar tanto, é que às vezes sou meio pidão. Quem carece não se faz de rogado, tem de meter a vergonha no saco. Depois, vergonha é roubar e não poder carregar, não acha? Eu aqui sempre peço, sem nenhum acanhamento, é do meu feitio, a senhora entende, me perdoa. Eu peço, eu queria pedir, será que a senhora não podia perguntar pra dona da casa se não tem aí nenhum servicinho pra mim fazer. Sou bom de serviço, pau-pra-toda-obra. Capino, cuido da horta, sei picar lenha, pedreiro sou um pouco, até meio carapina eu sou. A senhora não carece? Eu posso ajudar na cozinha, na limpeza eu digo, as panelas que eu areio ficam lumiando. Acostumado com dona Vivinha, lá no Paracatu, de onde eu sou. Qualquer coisa me agrada, não enjeito serviço...

Não valia a pena continuar, era inútil, o mesmo que falar com pedra. A preta fez um sinal com a mão, que ele fosse embora.

Nem uma palavrinha. Vou me indo, disse. Se não me querem, não fico, não está mais aqui quem falou. É, deve de ser pancada, pensou. Quem sabe não é um aviso pra me afastar daqui?

Já se afastava quando uma voz chamou, oi moço, chega aqui. Uma voz clara, bonita, não podia ser da preta, velha não fala assim.

Era Rosalina, da janela. Protegida pela cortina, ouvira interessada todo o discurso do homem. Pelo menos este não é daqui, pensou. Foi o que ele disse. De Paracatu, se ouviu bem. Gostou do feitio do homem, do seu jeito despachado, da fala fácil. Há muito não ouvia fala humana, Quiquina sempre fechada dentro do seu muro. Só de raro seu Emanuel aparecia, assim mesmo apressado. Ela se aprontava toda, se lembrava de outros tempos, deixava que ele falasse mais, só pelo prazer de ouvir voz humana. Depois ficava dias e dias repetindo as falas de Emanuel, ouvindo-as no ar. Até que elas morriam no fundo do coração. Gostou do homem, mais que tudo impressionou-a a espingarda que ele trazia a tiracolo.

Boa tarde, sá dona, disse ele. Estava aqui falando com ela... Sim, eu ouvi o que o senhor disse, cortou Rosalina. Não é isto, disse Rosalina, ela é muda. Quer dizer então que ela não ouviu o que foi que eu disse, gastei o meu palavreado à toa, disse ele. Ouvir ela ouve, disse Rosalina. Ela é muda, mas não é surda. O senhor quer um serviço, se bem entendi. Isto mesmo, dona, qualquer serviço me serve. Serviço de um dia, ou quer ficar de vez, trabalhando na casa, perguntou ela. Eu podendo, a senhora querendo, eu ficava trabalhando aqui de vez, pra sempre, agradando. Me diga uma coisa, disse ela, o senhor não é daqui... Não, dona, sou daqui não, sou de um sertão muito longe, um lugar chamado Paracatu, a senhora é capaz de nem nunca ter ouvido falar. Falar não ouvi, disse ela, mas sei onde fica. Outra coisa: esta espingarda funciona com tiro de sal? Funcionar funciona, disse ele. Pra quê? que tem uns meninos, disse ela, que vivem me aborrecendo, jogam pedra nas vidraças, saltam o muro, não deixam Quiquina em paz. Não queria fazer mal nenhum, só espantar os capetinhas.

José Feliciano riu muito, exagerado, viu que agradava dona Rosalina. Pode deixar por minha conta, dona Rosalina. Não carece de nenhum tiro de sal, uns tirinhos pro ar espantam qualquer menino, eles não voltam mais. Depois, só a minha presença, a senhora sabe, um homem sempre põe respeito. Como é que o senhor sabe o meu nome, perguntou ela intrigada, já querendo voltar atrás. Como ele viu Rosalina indecisa, disse que foi o carreiro. Ele só disse que o nome da senhora era dona Rosalina. Disse mais nada não, é um homem direito, que nem eu, não gosto de me meter na vida dos outros. Não importa, disse ela, não me interessa o que dizem de mim, de meu pai, de meu avô. Se o senhor quer ficar aqui, não me venha com conversa de rua, de gentinha, de gente sem honra nem palavra. Não quero saber nada do que se passa nesta cidade!

Vendo a exaltação de Rosalina, ele corrigiu: dona Rosalina, não me leve a mal, não disse nada não, nem de longe quis ofender. Depois, sou homem de confiança, se vivo meu padrinho, seu major Lindolfo de Sousa Veras, lá do Paracatu, que me criou, a senhora até podia escrever pedindo notícia de mim, ele só ia dizer coisas boas desta pessoa que a senhora está vendo.

Basta, disse ela se recompondo. Não precisa explicar, passou, entendi. A propósito, como é a sua graça? Me chamo José Feliciano. Também me chamam de Juca Passarinho ou Zé-do-Major, à sua escolha, como queira. O senhor fica sendo para mim José Feliciano, disse ela, que é o seu nome mesmo. Deixa esta história de Juca Passarinho e Zé-do-Major pra rua, pra essa gentinha. Está bem, disse ele, é o que mais me agrada, é o que digo. Agora, o serviço... O senhor entra, disse ela, a gente conversa.

E como José Feliciano se dirigisse para a porta que Quiquina deixara entreaberta, Rosalina interrompeu-o. Por aí não. Pelo portão do quintal, ali no muro.

5

OS DENTES DA ENGRENAGEM

ASSIM JOSÉ FELICIANO ou Juca Passarinho ou Zé-do-Major –
como queira, entrou para o serviço do sobrado. Rosalina chamava-o
de seu José Feliciano e dizia sempre senhor quando lhe dava ordens:
não era como se dirigia a Quiquina, ele viu logo. Seu José Feliciano,
o senhor capina a horta, está que é um matagal horroroso. O senhor
agora ajuda Quiquina na limpeza. Depois o senhor pega estas flores,
vai com Quiquina entregar. Não sei, o senhor pergunta a Quiquina,
ela lhe mostra, o senhor vai aprendendo o serviço. O senhor passa no
seu Emanuel, diga que eu mandei pedir dinheiro, ele sabe quanto.

Queria estabelecer distância, se dar ao respeito. Desde logo
viu que José Feliciano não era nada daquilo que dizia de si, muito
enxerido e perguntador é que ele era. Nos primeiros dias até pensou em mandá-lo embora, tanto ele perguntava, tanto ele queria
saber coisas. Não ficava nas perguntas corriqueiras, ela até gostaria;
volta e meia lá vinha ele com perguntas de ordem geral, deitando
uma ponte; de sua vida, até de seus parentes ele queria saber. Precisava cortar-lhe as asas, ele devia conhecer o seu lugar: ela era a dona
da casa, ele, um mero empregado.

Ninguém como Rosalina para se dar ao respeito, dona de altas grandezas, igual a seu coronel Honório Cota. Perto dela (quando o coronel Honório Cota era vivo e se dava com os outros: ela
não era uma menina, também não era moça, mas se via no seu
porte, nos gestos, mesmo no seu olhar, uma futura grande senhora,
dessas que só de olhar a gente abaixa a cabeça no respeito), assu-
mia-se uma atitude de consideração, a gente não dizia certas coisas,
policiava-se a linguagem, na muda admiração.

Às vezes a gente cismava o que seria dela, na sua travessia,
se não tivesse havido aquela eleição e aquelas mortes que inter-

romperam o seu voo. Não era soberba não, não se podia rotular assim: era uma força que vinha de dentro, uma sobranceria, uma maneira de se situar no mundo, de se inserir na vida. Ah, Rosalina não era como todos nós viventes, o comum dos mortais. Os que apenas desconfiavam, ela menina, do que havia de crescer de dentro daquele corpo espigado, mais tarde entenderam tudo, pela luz de mistério que a sua presença deitou sobre a cidade. Era bem uma filha daquele coronel João Capistrano Honório Cota, de passada e querida memória, para quem a gente se descobria no respeito. Tudo foi há tanto tempo, a gente até se esquece...

Um mero empregado. Ele viu logo que não seria nunca feito Quiquina, que ela tratava num misto de amizade, respeito e carinho. Com Quiquina ela dizia assim – Quiquina, você, íntima. Mas mesmo Quiquina, que tinha sido sua ama, sabia que o mando, as rédeas ficavam nas mãos delicadas e firmes de Rosalina.

Se Rosalina não o mandou logo embora, algumas razões pesaram. Um dia esteve a ponto de despedi-lo. Foi quando, depois de ver os dois retratos na sala, disse quem é aquele homem do primeiro retrato, dona Rosalina? Meu pai, disse ela distraída. De repente endureceu, trancou a cara para ele não continuar. Ele não reparou, disse o outro, seu avô mesmo não é? Dona Rosalina, como era? Me disseram... Se você quer saber coisas, falou ela alto, quase gritando, mexericar, vai procurar essa gentinha da rua com quem o senhor anda metido, pensa que não sei? Eu, tentou ele dizer. Não tenho nada com sua vida lá fora, com as suas companhias, mas aqui dentro não! Que é isso, dona Rosalina? Não precisa ficar zangada, disse ele. Não perguntei por mal, não dou ouvido pro que me dizem, sou assim. Se falei foi mais por falar. A senhora sabe, a gente fica aqui tão sozinho... Me dá às vezes vontade de falar, a senhora sabe, Quiquina é muda, falar o tempo todo cansa, carece um pouco ouvir voz de gente, pra espantar as sombras. Pronto, não está mais aqui quem falou, disse ele vendo os olhos duros de Rosalina.

Uma das razões por que Rosalina não o mandou embora foi exatamente o que disse José Feliciano: a gente carece de ouvir voz humana, pra sair das sombras. Um homem não é só, um lago de silêncio, necessita de ouvir a música da fala humana. Se a gente não cuida muito do que dizem as palavras, se não cheira o seu sumo, ouve apenas, a fala humana é rude e bárbara, cheia de ruídos estranhos, de altos e baixos. Atente agora não só com os ouvidos bem abertos, ouça com o corpo, com a barriga se possível, com o coração, e veja, ouça a doce modulação do canto. Só o canto, a música.

Rosalina ouvia José Feliciano. A voz de José Feliciano veio dar vida ao sobrado, encheu de música o oco do casarão, afugentou para longe as sombras pesadas em que ela, sem dar muita conta, vivia. Agora ela pensava: como foi possível viver tanto tempo sem ouvir voz humana, só os grunhidos, os gestos às vezes desesperados de Quiquina quando ela não conseguia se fazer entender? Ouvindo a própria voz. Mas a gente nunca pega no ar, com o ouvido, a própria voz. É no corpo, no porão da alma que ela ressoa como um rumor de chão. Veja-se o disco, a fala do próprio gravada, ninguém se reconhece.

De repente, acordada pelo canto, viu a solidão que era a sua vida. Como foi possível viver tanto tempo assim? Como, meu Deus? Ela estava virando coisa, se enterrava no oco do escuro, ela e o mundo uma coisa só. E dentro dela rugia a seiva, a força que através de verdes fusos dá vida à flora e à fauna, e torna o mundo esta coisa fechada, impenetrável ao puro espírito do homem.

E a voz, que a princípio chegava a doer-lhe nos ouvidos, alta demais, acordou-a para a claridade, para a luz das coisas, para a vida.

Ela não soube bem quando foi que começou o lento despertar. De repente, uma noite, se viu diante do espelho no ritual que sempre praticava no quarto antes de dormir. A rosa de seda nos cabelos, ela se olhava no espelho. Sim, ainda sou bonita, sou moça. Fez uns olhos lânguidos, em que punha todo o seu amor. Um amor, uma flor sem ninguém para colher. Os dedos ajeitaram a rosa nos cabelos. Súbito ela parou no gesto e não havia nela nenhum movimento, de pedra. Assim ficou durante algum tempo, parada. Que figura era aquela dentro do espelho, que ela não conhecia? Um ligeiro tremor principiou a mexer-lhe as pálpebras, os músculos do rosto. Tirou a rosa da cabeça, ficou olhando-a na palma da mão como se não a reconhecesse, como se não fosse ela mesma que a tivesse feito. Rosa, disse ela. Uma rosa de pano, uma flor de seda. Uma rosa branca, barroca.

E os seus olhos foram ganhando um brilho novo, a sua visão no espelho tremeu, a princípio ela cuidou que fosse do cristal. E os seus olhos foram se enchendo de lágrimas, de lágrimas foi o que ela viu com espanto, porque há muito tempo não chorava, não se lembrava mesmo quando tinha sido a última vez. E chorou um choro mudo, sem nenhum soluço, as lágrimas correndo pela face, indo molhar a rosa branca de seda.

A segunda razão poderosa por que ela não mandou José Feliciano embora foi o sossego que lhe dava a sua presença. De vez em quando ela se assustava ouvindo um estrondo na horta: era José Feliciano com a sua lazarina. Ela sorria, de uma certa maneira feliz. Os meninos deixaram o sobrado em paz, não mais saltavam o muro para roubar frutas (por que faziam aquilo? Se pedissem, ela dava, não tinha o coração de pedra, que é que ia fazer com tanta laranja e jabuticaba? pensava), para mexer com Quiquina, não mais jogavam pedras nas vidraças. Conforme ele disse, não foi preciso usar tiro de sal: aos primeiros estampidos os meninos souberam logo da novidade e trataram de fugir, uns gritando é chumbo, outros é sal. José Feliciano sorria satisfeito, entre envaidecido e orgulhoso, mostrava a sua serventia.

Outra razão da permanência de José Feliciano no sobrado foi a sua serventia. Biscateiro, pegando um serviço aqui, outro ali, na sua longa viagem de Paracatu ao sul de Minas, sabia fazer de tudo, curioso, diziam os mestres de ofício quando ele se gabava das próprias obras. Assim era que de tudo sabia um pouco: carapina, pedreiro, eletricista, pintor; desentupia canos, consertava torneira.

Só não gostava de serviços permanentes, aqueles que muitas vezes teve de pegar na sua caminhada – capina de cafezal e colheita. Serviço de eito é que não era com ele, não sou escravo, dizia com a cara mais sonsa do mundo, apelando ora para a doença fingida, ora para o olho inútil, ora para a promessa de correr mundo, que ele na verdade nunca fez nem pensou fazer.

Esses pequenos serviços aprendera na fazenda de seu major Lindolfo, com os trabalhadores que seu padrinho mandava vir da cidade ou com os empregados de lá mesmo – desocupado, olheiro, cria da casa. E ia fazendo esses serviços com alguma habilidade, a ponto de dispensar o major os trabalhadores da cidade e apelar para ele quando preciso.

Assim foi que pediu a dona Rosalina se podia comprar umas ferramentas para os serviços que ia inventando para embrulhar o tempo. Ele mesmo às vezes se espantava de ver em si tanta disposição de ânimo na invenção de trabalho. Rosalina apenas o mandava capinar a horta, plantar uns canteiros de tomate e verduras, ajudar na cozinha e na limpeza da casa, sair com Quiquina para entregar as flores e passar pelos armazéns e armarinhos da cidade, ir a seu Emanuel buscar dinheiro. Para si mesmo ele dizia que era o silêncio, a solidão que pesava demais naquela casa: Quiquina muda, dona Rosalina trancada em si mesma, de poucas palavras. Só de raro em raro ela se abria um pouco e falava, mesmo assim como que se mostrava arrependida depois, cortando-lhe as asas quando ele cuidava que o terreno era propício, todo seu. Por mais que tentasse, não conseguia entender direito as repentinas mudanças de dona Rosalina. Feito um cão que não percebe o humor do dono e é escorraçado nas suas brincadeiras de costume. Para ela ele dizia diferente: dona Rosalina, pra lhe ser franco, nunca fui de trabalho continuado, tenho muita constança não. Com a senhora é diferente, dá gosto trabalhar pr'uma pessoa assim de grandeza feito a senhora. É coisa de alma, dona Rosalina. Quem tem alma grande, por mais que forceje, não atina em ser miúdo. É o que eu digo, dona Rosalina.

Rosalina olhava-o de soslaio quando ele exagerava nas cores do elogio. Mas apreciava ouvi-lo, um homem tão despachado, de prosa tão fácil. Se ele não fosse tão enxerido, bem que era bom puxar uma conversa comprida com ele, falar da sua vida, do seu passado, das coisas que ela cansava de pensar sozinha. Mesmo depois que tudo aconteceu, mesmo depois que a mãe morreu e o pai se trancou com ela, se isolou do mundo, costumava ir à missa aos domingos, uma vez ou outra se confessava. Quando o pai morreu, nem mais à igreja ela foi: o seu território era o sobrado, acabava ali nos muros da horta.

E José Feliciano começou a botar a casa em ordem. Se sentia o seu próprio patrão nesses serviços extras. Consertava as cadeiras cambetas, as mesas rachadas, mudava-lhes o tampo quando comidas de bicho, chumbava canos furados, jogava longe aqueles tufos de pano com que Quiquina procurava vedar os esguichos d'água. Tirou as goteiras, mudou telhas, remendou o reboco caído na sala, imaginou até um plano de pintar toda a casa. Pra isso vou carecer de gente, dona Rosalina, disse quando lhe expôs o plano.

Ela ouviu-o em silêncio, preocupada com a exageração do homem. Não, ia ser uma mudança muito grande na sua vida, gente demais na casa, gente da cidade sobretudo. Era como se ela de repente ficasse nua, abrisse as portas do sobrado para a cidade. De jeito nenhum ela consentia. Não, seu José Feliciano, não quero, disse. Agradeço o incômodo. A sua intenção é boa, louvo muito, fico até comovida. Mas não quero. Esta casa há de ficar assim até eu morrer. Assim mesmo, como papai deixou. Ele não ia apreciar. Mas dona Rosalina, que é que tem o falecido senhor seu pai, que Deus guarde, com tudo isto? tentou José Feliciano. Nada, seu José Feliciano, disse ela. Ou por outra, tem. Mas isto é cá comigo, não interessa a mais ninguém. Em todo caso, agradeço muito o seu interesse, mostra zelo, o que é bom, aprecio e até louvo, já disse. Se o senhor quiser, pode continuar fazendo o que deve ser feito, mas não invente coisa de monta. Agradeço muito, seu José Feliciano, o senhor não sabe como estou agradecida.

Mesmo vendo o seu projeto recusado, ele ficou feliz. Pela primeira vez dona Rosalina se mostrava como qualquer vivente, humana, não era mais no alto, encastelada no silêncio, na sua nobreza de filha do coronel Honório Cota. A gente faz mau juízo, pensou. A gente julga um pelo que vê, não vê o que não vê, o que anda escondido no porão, os trastes do sofrimento, que a gente quer bem guardados, os outros vendo ficam sabendo que um assim tão grande é pequenininho...

Mas quando ele achava que tinha dona Rosalina nas mãos, ela mudava. Mudava tão de-repentemente que até parecia não ser a mesma pessoa de há pouco.

O tempo foi passando, passando agora apressado, desde que Juca Passarinho chegou. A gente reparava nas mudanças. Como é que não havia de reparar, se tudo andava na casa tão mudado? A gente reparava não nas mudanças de Rosalina, que esta continuava obscura, toda vez que via alguém se aproximar, fazer um principinho de gesto em nova tentativa de reverência, ela se afastava ligeira. Rosalina sempre arisca, guardando sempre aquele ódio nunca esquecido, o mesmo ódio surdo e implacável do nosso coronel João Capistrano Honório Cota, de grande memória.

A gente reparava mais era no sobrado, intrigados do que se passava lá dentro, só imaginando as possíveis mudanças na grande pessoinha de Rosalina, também Honório Cota. Alguns se lembravam com saudade dos bons tempos de bem do coronel Honório Cota, quando ele passava alto no seu cavalo e respondia no gesto largo de pessoa de casta os nossos humildes cumprimentos. E cuidavam imaginando no muito querer se não seria possível, Deus querendo, um dia ela voltar ao nosso convívio, esquecida do que se passou.

A gente reparava no sobrado. Via o serviço de Juca Passarinho e bendizia a sua presença na cidade. Via a fachada, as muitas janelas, os vidros quebrados que ele ia trocando; o telhado no seu negrume mostrava as marcas do tempo, não mais porém naquele abandono de tufos de capim brotando das frinchas nas paredes, em tempo de rachar; os remendos no reboco junto dos beirais eram um sinal de que o sobrado convalescia, não era mais ruína. A gente inchava o coração de esperança. Se levasse uma mão de tinta, pensava-se. Rosalina porém não permitia...

Mas a faina de José Feliciano não se limitava aos serviços caseiros, aos reparos na casa. Caçador que era, não ficava nos tiros de espantar menino e no divertimento de derrubar rolinhas na horta ao entardecer. Não, aos sábados combinava com uma amizade que fez, seu Etelvino, muito chegado a caçadas, que tinha até um cachorrinho bem bom com o nome gozado de Fulano, e nos domingos lá iam os dois para os matos das redondezas.

Não é mentira, ele era bom de caçada, voltava sempre com uma penca de perdizes. Fazia um gesto de cavaleiro oferecendo os frutos a dona Rosalina. Ela aceitava, dizia apenas muito obrigada, entregue a Quiquina, não queria intimidade com ele, ele era muito enxerido, se dava um pé, queria logo a mão.

Porém estava sempre esperando na janela quando ele vinha da caçada. Disfarçava para ele não perceber. José Feliciano era muito vivo, via de longe que dona Rosalina estava na janela esperando. Fazia gosto, ela faz gosto, pensava ele. E como exagerasse nos rapapés de oferecimento, ela disse, não para ele, mas para Quiquina, de maneira que ele pudesse ouvir, Quiquina, ando meio enjoada de tanta perdiz, faz um bife pra mim.

Aquilo doeu nele, tanta soberba, pensou. A gente da cidade tinha razão.

Vendo que ele ficara amuado, que o ferira mais do que desejava, queria apenas que conhecesse o seu lugar, procurou corrigir. No outro dia ofereceu-lhe um empréstimo, ele pagava depois, quando pudesse, para a compra de uma nova espingarda, aquela estava tão velha...

José Feliciano tinha os seus brios, recusou. Mais tarde ia pensar no assunto, foi o que disse, já sonhando com uma espingarda novinha em folha, com estojo de couro feito aquela de seu Etelvino, igual à outra do major seu padrinho. Um caçador de arma nova, seu Etelvino havia de ver. Se dona Rosalina consentisse, podia até arranjar um cachorro assim que nem o Fulano, o Azedinho de boa memória, e sair assobiando pelas ruas a caminho dos matos para que os conhecidos reparassem bem na sua importância.

Quando ele ia entretido com algum serviço, Rosalina ficava de longe reparando-o. Via o olho esquerdo branco, a belida que lhe toldava a vista. Que era aquilo, será que é de nascença? Não se animava a perguntar, tinha medo de ofendê-lo. Ele nunca falava no defeito, ele que gostava tanto de falar de si e dos outros. Da primeira vez, quando ele chegou aqui, será que falou comigo ou com Quiquina sobre aquela nuvem no olho? Não se lembrava, se esforçava por lembrar as minúcias da chegada de José Feliciano. Foi há muito tempo, tão longe vivia agora daqueles tempos silenciosos de quando morava sozinha com Quiquina no casarão...

Ele trançava muito, vivia trocando pernas pela cidade. Quando ela o mandava fazer qualquer coisa na rua, podia contar com a demora. Vinha sempre com uma desculpa esfarrapada. Aconteceu uma coisa lá no Ponto, dona Rosalina, vou contar pra senhora. Inventava uma história comprida, cheia de peripécias, onde ele aparecia sempre como herói. Ela ouvia-o sem prestar muita atenção, embora sentisse um certo prazer na entonação, nos volteios que ele dava. Isso era lá com ele, não queria saber de nada da cidade, daquela gente. A vida dele além da porta não lhe interessava.

Como não interessava? Por que então ficava certas noites sem dormir rolando na cama, cheia de pensamentos sombrios, quando ele custava a chegar da rua? Por onde ele andava àquelas horas tão tardonhas? Quando dava conta de si estava pensando nele na rua. Boa coisa não é, dizia com raiva de José Feliciano, com raiva de si própria por estar pensando numa pessoa tão insignificante. Mas era difícil deixar de pensar. Com certeza metido com mulher da vida, dizia com ódio. Porco, imundo. Se espojando com uma mulher qualquer, porca feito ele. No Curral-das-Éguas, ouviu da janela ele combinar com alguém no passeio. E à noite, quando ele demorava, as palavras soavam terríveis nos seus ouvidos. Curral-das-Éguas, é lá que ele deve estar. Curral-das-Éguas, o nome é bom. Éguas é o que elas são. Imundas, animais de pasto, imundas feito ele. Não tenho nada com isso, é ele que vem vindo bêbado, assobiando. Não é nada meu. É um qualquer que bateu na minha porta pedindo trabalho. Nada mais, só isso. Bêbado, ele vem bêbado das mulheres. Se estou assim é porque de noite a casa fica abandonada demais, é perigoso.

Por que antes da chegada de José Feliciano não pensava na solidão, no perigo que era as duas sozinhas no sobrado? Rosalina não conseguia achar explicação.

Se Rosalina chamava-o de José Feliciano, Quiquina quando a ele se referia fazia o seguinte: juntava os pulsos, as mãos espalmadas a modo de asas ondulavam, esticava depois o braço esquerdo, o direito junto do corpo, o dedo acionando um pinguelo imaginário, às vezes completava com a boca um estampido seco. Portanto, para Quiquina ele se compunha de duas imagens: as asas de um pássaro e uma espingarda – Juca Passarinho. Às vezes não precisava mais do que o primeiro gesto, a gente sabia que ela queria dizer Juca Passarinho.

Quando perguntavam a Quiquina o que ela achava de Juca Passarinho, ela ria de boca aberta, os olhos mais vivos que de costume piscavam, girava os polegares junto das têmporas, praticava umas momices, e a gente ficava sabendo o que ela achava de Juca Passarinho – espiritado. Às vezes se faziam de desentendidos, no divertimento, para que ela repetisse a pantomima. Quiquina, ele é doido? Ela fazia que não, de jeito nenhum. Repetia a cena, ele era mais é espiritado. Riam de sua malícia, de sua graça. Quiquina era mesmo muito gozada.

Negociar flores com Quiquina constituía para a gente um saboroso divertimento, que muitos exageravam a ponto de beirar a perversidade. Mas Quiquina achava sempre um que vinha em seu auxílio. Não faça isso com ela não. Não vê que é falta de caridade mexer com os que Deus assinala? Ela não gostava desses auxílios, ela mesma sabia se defender. Se vingava no preço, remedava o fulano pelas costas, punha a língua de fora, fazia as gatimonhas mais estúrdias que alguém já viu. E a gente que fazia coro de riso para o desocupado, acabava rindo mesmo era dele. Quiquina tinha um agasalho muito bom no coração da cidade.

Se um viajante novo, cometa mais trocista no sem o que fazer das tardes nos armarinhos e na farmácia de seu Belo, queria abusar da inocência de Quiquina (eles não conheciam Quiquina, era muito esperta nos negócios, sabia o valor das flores de dona Rosalina), tinha sempre alguém para intervir.

Moço, não faça isso não que o senhor se estrepa. A gente brinca, mas brincadeira tem hora. Na verdade a gente gosta muito, demais, de Quiquina. Depois, dizia um mais abonado, se o senhor quer dar só isto pelas flores, deixa que eu fico com elas, dou até um pouco mais. O cometa via logo que pisava terreno perigoso, podia até perder aquela praça tão boa em encomendas. Estava brincando com ela, não estão vendo? Como é mesmo o nome dela? Quiquina, eu dou o dobro do que falei, as flores são minhas. Ela ria satisfeita, e nas costas do viajante punha meio palmo de língua pra fora, na gozação.

Tínhamos de explicar tudo aos viajantes novos, gente de pouco tato e parco entendimento. Que ela era muda, mas não era surda, não careciam de gritar; era muda, mas não era pancada, tinha até muito siso; não era um desses tipos populares de cidade pequena, mas santo de nossa particular devoção. A cidade lutava por sua cria com muito zelo e brio. A gente tinha o nosso orgulho.

Porque a cidade gostava de Quiquina. A gente se deliciava com a sua presença silenciosa e cômoda, com a sua mansidão. Quiquina era mansa, de alma grande, via-se logo. No remorso antigo, a gente carecia de amar alguém do sobrado, já que Rosalina rejeitava o nosso amor, a nossa amizade, a nossa mão, mesmo os nossos olhos. Ah, ódio velho de guerra, cimentado no orgulho daquela raça de gente Honório Cota. Preferíamos até que ela fosse que nem o velho Lucas Procópio, homem sem lei nem perdão, homem dos despropósitos, mais aberto, que cuspia tudo pra fora, na espuma da exaltação. A gente fazia um juízo, fantasiava a história, compunha uma figura com os restos do ouvi-dizer da sua presença no mundo, uma figura desmedida de Lucas Procópio. Quem podia corrigir o retrato que a imaginação da cidade riscava de Lucas Procópio era o velho Maldonado. Mas este, coitado, não tinha mais nenhuma valia, nas cãs da idade, quentando sol na porta da rua, caduco, mergulhado nas nuvens e nas falas sem sentido, de miolo mole. Inútil recorrer a ele.

A gente recorria mesmo era à imaginação, ao mito. Queríamos que Rosalina fosse feito Lucas Procópio, nos lançasse na cara todos os desaforos, ao menos falasse com a gente. Mas não, Rosalina tinha puxado mesmo era àquele coronel João Capistrano Honório Cota, cuja grandeza, orgulho e silêncio muito nos amarguravam o remorso pisado.

Quiquina era a ponte, o barco que nos levava àquela ilha. A ponte que contudo não podíamos atravessar, o barco sem patrão vagando no mar silencioso dos sonhos de impossível travessia. Porque a gente indagava de Quiquina sobre a vida no sobrado. Se pediam notícias de Rosalina, ela ficava mais muda do que era, sem nenhum gesto, a fábrica de sua fala emudecia. Ela abaixava os olhos e presto se retirava. A gente sabia que era inútil, não mais perguntavam. Temíamos, com as nossas perguntas, perder também o convívio de Quiquina, aquela ponte que, ainda que não usada, havia. Aquele barco que mesmo vazio levava um pouco de nosso cheiro, do sal de nossas lágrimas.

No princípio os mais agoniados recorriam a Emanuel, quem sabe ele não podia explicar? Emanuel porém era tão discreto e calado como o pai, o falecido Quincas Ciríaco. Pra que querem saber? Não chega o que fizeram? dizia ele. Quê que é isso, Emanuel, a gente não falou por mal não, a gente só queria saber. Se é de saúde que querem saber, dizia ele cortante na resposta, ela vai bem graças a Deus, carece de nada não, eu cuido de tudo conforme desejo de meu falecido pai, na Glória de Deus.

E o sobrado ia ficando cada vez mais soberano, inacessível na sua penha.

A cidade queria muito bem a Quiquina, ela era de uma grande serventia. Trazia não apenas as flores de Rosalina para o nosso comércio; quando careciam de Quiquina no partejo, ela ali estava, sempre pronta a ajudar. Se por qualquer motivo dona Aristina não podia atender, recorria-se aos préstimos de Quiquina. Não era profissional, mas tinha adquirido muita prática ajudando dona Aristina no ofício de parteira. Muitos daqueles meninos que saltavam o muro do sobrado nas investidas de costume e mexiam com ela tinham vindo ao mundo pelas mãos ágeis e carinhosas de Quiquina. Os pais, quando tinham conhecimento daquelas reinações, ralhavam com os filhos, aquilo era coisa que se fizesse com Quiquina? Mas menino é assim mesmo, reconhecia ela no perdão. Menino custa muito a vingar no respeito. Só medo é que faz menino entender. Por isso Quiquina exagerava no escarcéu, retribuía as pedradas com igual valentia. Na rua eles eram mais comedidos, passavam de rabo entre as pernas.

A chegada de Juca Passarinho foi de uma certa maneira um alívio para ela. Não carecia de se preocupar com os meninos em cima do muro, de vigiar a horta, de se proteger das pedradas. Juca Passarinho estava ali pra isso mesmo. Ele preparava a espingarda, fazia mira pro ar e o estampido apavorava a meninada, as rolinhas voavam assustadas. A lazarina foi a primeira utilidade que Quiquina viu em Juca Passarinho.

No começo ela não via o homem com bons olhos, tinha as suas desconfianças. Em geral não gostava muito de gente de fora, da italianada nem se fala, pela gritaria que eles faziam. Ele viera de muito longe, de um lugar que ninguém sabia direito onde ficava. Ela o olhava como a um estrangeiro. Nada de bom podia sair dali. Aquele homem não é bom, a gente vê logo que ele não é bom. Não é flor que se cheire. Muita prosa, cheio de partes. Ele conta muitos casos, está sempre contando casos. A gente nunca sabe quando é verdade, quando é mentira. Depois não é sério, vive sempre de boca escancarada nos risos. Muito riso, pouco siso. Onde a risada chega, juízo bate as asas, passarinho avoa.

Bem que ela não quis que Juca Passarinho entrasse para o sobrado, fez logo que ele tomasse rumo. Foi Rosalina que cismou, quando Rosalina cisma não tem jeito. Desde menina que ela é assim. Ela bem que quis que ele fosse embora, caçar serviço noutras bandas. Além do mais, caçador, desocupado, a gente vê. Mas Rosalina chamou-o, ô moço, chega aqui. Bem que Deus podia ter feito ele não ouvir. As duas estavam mais sossegadinhas, as duas sozinhas, carne e unha, desde que seu coronel Honório Cota morreu. Podia ser mãe dela, viu quando ela nasceu.

A alegria que foi quando ela nasceu. Seu coronel mais dona Genu bendiziam Deus, Nossa Senhora, os santos todos, não sabiam como agradecer presente tão bom dos céus. Queriam que todos vivessem a mesma alegria. Aquela ela viu que ia vingar, pediu muito a Deus que vingasse. Consultava Damião com os olhos, aflita. Damião dizia que não. Aquela Rosalina Deus não ia de querer chamar tão cedo. A gente via nos olhos, no seu jeitinho todo, que ela vingava. Não ia ser um anjinho a mais. Ah, minha Nossa Senhora do Rosário, mãe dos pretos, faz com que Deus careça dela não. Os anjinhos que Damião levava todo ano pro cemitério, cada vez que a barriga de dona Genu dava o ar de sua graça. Tinha uns que nem anjinhos eram, pela metade, insucessos. Mesmo assim ela acompanhava Damião nas tristes viagens ao cemitério. Era uma sina, maldição. A gente não deve de acreditar nessas coisas. Mas tem coisas que de tão repetidas deixam a gente meio cismada. Os anjinhos que dona Genu paria pro chão vermelho do cemitério. As bocas das voçorocas ali estavam pra comer tudo, terra e gente. Um dia acabavam comendo o cemitério, de pura esganação, os ossos sem carne dos defuntos velhos, dos tempos de primeiro. Até seu Lucas Procópio. Capaz de vomitar. Todo mundo que conheceu seu Lucas Procópio não dizia que ele era ruim feito cobra, um dia acabava levando um tiro nos peitos, de a traição?

Morreu de tiro não, foi de morte morrida. A mãe contava pra ela as façanhas de seu Lucas Procópio, fazia o Pelo-Sinal. T'esconjuro. Aquele é que as voçorocas deviam de ter engolido em vida. A mãe dizia tudo de ruim dele. Escravo com ele era escravo mesmo, tinha intimidade nenhuma, perdão nenhum. Quando seu coronel Honório Cota falava nele, falava com todo o respeito. A gente cuidava até que era de outra pessoa que ele falava. É de seu Lucas Procópio que vinha aquilo tudo. Tudo de ruim. A sombra de seu Lucas Procópio crescia. A alma penada de Lucas Procópio não dava descanso, não achava paz. Não eram dele os passos que ela ouvia de noite descendo a escada? Bobagem, tem disso não, Deus é que rege, em Deus é que está o perdão. Deus quis que Rosalina vivesse pra provar que tinha sina não, que o caminho da gente é a gente que abre. Conforme o risco de Deus.

Se de uma certa maneira a presença de Juca Passarinho foi para ela um alívio, por outra lhe trouxe muita preocupação. Ela tinha de viver sempre caçando-o. Onde é que ele se metia? Estava ali perto, falando com ela, contando seus casos compridos, os casos sem fim de seu major Lindolfo, de dona Vivinha, do menino Valdemar, gente de que ela antes nunca tinha ouvido falar e que agora fazia parte de sua vida. De repente sumia, fuçando pela casa toda, que nem aquele Azedinho na caça. Quando via Rosalina ocupada no quarto ou entretida com as suas flores, ele se punha a rondar pela casa, a mexer até nas gavetas. Queria sempre saber de coisas da vida de Rosalina, de seu coronel Honório Cota, de seu Lucas Procópio. Tem gente que gosta de saber tudo, de pura especulação. Mas ele não era assim, devia ter outra intenção.

Para que queria saber tanto? Com certeza pra contar pros outros, leva e traz. Por que não fazia feito ela? Era muda de boca, por parte de Deus, mas se quisesse podia contar com os dedos, com as mãos, até com os olhos. Eles entendiam, viviam loucos por entender. Será que Juca Passarinho contava pros outros? Será que contava que de noite Rosalina bebia? Ah, se a cidade soubesse daquilo. Melhor era mandar Juca Passarinho embora. Não era melhor fazer Rosalina ver que aquele homem não podia trazer nada de bom? Rosalina sabia o que estava fazendo. Depois não via que ele contava pros outros o que se passava no sobrado. Se tivesse certeza, abria os olhos de Rosalina.

Juca Passarinho tinha um olho branco, quando queria ver melhor se virava. O olho branco lhe dava aflição, ela não sabia nunca se ele estava mesmo vendo. Porque tudo nele podia ser fingimento, o homem não prestava, a gente via logo. Será que Rosalina não via? Por que não o mandava embora?

Ele é prestativo, agora vejo que ele nos faz muita falta, dizia Rosalina. Falta coisa nenhuma, as duas sempre viveram sozinhas sem carecer de nenhum Juca Passarinho. É verdade que ele limpava a horta, picava lenha pra ela. Bem que carecia da ajuda de alguém, velha, cansada. Mas por que tinha de ser logo aquele caolho?

É, tinha de ser ele mesmo, outro não podia. Porque veio de fora. Da cidade não. Ninguém da cidade podia entrar no sobrado. Desde que seu coronel Honório morreu. Só seu Emanuel. Seu Emanuel vinha tão raro, só no fim do ano. Podia dizer que não entrava ninguém no sobrado, seu Emanuel era mesmo que da família. Filho de seu Quincas Ciríaco, este sim, homem bom. Se tivesse mais gente no mundo que nem seu Quincas Ciríaco, nada tinha acontecido, o sobrado ia viver cheio de gente, nas alegrias das festas, feito quando Rosalina nasceu. Seu Quincas Ciríaco, com seu muito siso, dando conselho pro seu coronel Honório, quando deu aquela maluqueira nele.

Uma vez seu Emanuel quis casar com Rosalina. Foi o que disseram, ela bem que desconfiou. Seu coronel ainda era vivo, dona Genu mais não. Ele fazia muito gosto, no seu jeito calado de influir mesmo que empurrava Rosalina. Ela não quis, viu logo que ela não ia querer. Depois que dona Genu morreu ela seguia igualzinho o pai.

Quando seu Emanuel vinha visitar seu coronel Honório, tomar a bênção, Rosalina se aprontava toda, que nem fosse pr'uma festa. Se não queria, se recusava, por que se enfeitava tanto? Vá a gente entender moça, ainda mais moça Honório Cota. Tudo gente cismada, sem o entendimento comum da gente. Será que alguma vez ele disse pra ela? Não, seu Emanuel era muito calado, vergonhoso. Olhar mesmo, só de rabisco. Seu Emanuel ficava mais era rodando o chapéu na mão, falando com seu coronel Honório, mas olhando pra ela com o rabo do olho. Quando ela percebia, ele mudava de rumo, fazia que estava vendo o relógio que seu coronel parou quando dona Genu morreu. Como quem estava querendo saber as horas. Será que ele não via que ninguém mais dava corda no relógio desde que dona Genu morreu?

Depois chegou a vez de Rosalina repetir igualzinho o pai. Ela descia a escada que nem uma noiva, não – uma rainha. Ninguém reparou na beleza de Rosalina, todo mundo era só medo do que podia, do que estava indo acontecer. Jesus devia de ter subido pro céu que nem Rosalina desceu a escada. Parecia que tinha uma nuvem em volta dela. O retratinho da estampa, Jesus pisando na nuvem. Os santos apavorados, não: eram os soldados de lança que tapavam as vistas, cegos de tamanha luz. Rosalina descia as escadas que nem tivesse estudado o feitio de descer. Será que ela regulava bem naquela hora? Só que Jesus vinha alegre, vitorioso daquelas maldades todas que fizeram com Ele. Rosalina tinha o ar mais triste do mundo. Branca, sem uma pinga de sangue na cor da cara. Uma hora pensou que ela fosse cair desmaiada.

Seu Emanuel olhava agora os relógios: o relógio de ouro de seu coronel no prego da parede, aquele outro de prata que foi o primeiro, cheio de figuras. Ficava olhando ora o relógio-armário, ora o patecão de ouro, ora o relógio de prata. Todos parados. Ele não queria saber as horas, era mais pra fugir dos olhos de Rosalina.

Muito vergonhoso, seu Emanuel. Nunca ficava com ela sozinho, então quando seu coronel era vivo. Indagava sempre muito aflito pelo padrinho. Ficava rolando o chapéu na mão, na aflição do sestro. Da copa ela espiava na moita aquele namoro mais estúrdio. Seu Emanuel não disse pra ela, não contou pra ninguém o seu amor. Amor assim é que é bonito: respeitoso, no silêncio escondido, sem nenhuma palavra.

Que boniteza de olhos, que figura de homem fazia seu Emanuel. Se ela tivesse querido, bem que podia ser outra agora a sua vida. Rosalina não quis se casar eu sei por quê. Mesmo com seu Emanuel, que era quase parente. Tinha de deixar a casa. Mesmo que não tivesse de deixar o sobrado, o pai ia ficar sozinho. Tinha de quebrar o trato que com certeza mesmo sem palavra os dois fizeram escondido. Abrir o coração pros outros, as portas do sobrado pras visitas. O pai não pedia aquele sacrifício, mas ela sabia que contrariando o seu desejo insinuado de que ela se casasse com Emanuel, atendia ao querer que ficava mais no fundo da alma dele. Contrariando, ela satisfazia, era a melhor filha do mundo.

Igual a ele, igualzinha a seu coronel Honório. A gente via como uma era a cópia do outro. Aquele ódio manso, medido, magoado. Antes ela fosse que nem seu Lucas Procópio, como eles diziam que ele era. Deus me livre, t'esconjuro, dizia a mãe. A gente sabia que Lucas Procópio não sofria, aquela alma ruim nunca sofria, só os outros é que sofriam por causa dele. A gente sofre é por gente assim que nem Rosalina, que nem seu coronel Honório. Sofre mais porque está vendo que estão sofrendo. Feito o sofrimento de um piá que não chora.

Será que ela não se arrependia de ter recusado Emanuel? Às vezes achava que sim. Quando seu Emanuel vinha para as contas, os acertos, nas visitas ligeiras, que nem visitasse doente ruinzinho, ela se aprontava toda, escolhia o melhor vestido no guarda-roupa. Uma vez chegou faceirosa a botar uma rosa branca de pano na cabeça. Não quis que ela ficasse na sala. Vai lá pra dentro, Quiquina, preparar café. Emanuel aprecia. Ela disse Emanuel, não disse seu Emanuel. Disse Emanuel como quando meninos os dois brincavam e ela o chamava de Emanuel. Os dois viviam nas estrepolias lá no armazém de café. Depois é que veio a cerimônia e ele ficou sendo seu Emanuel, mal conhecidos.

Seu Emanuel, não carece de explicar as contas, eu sei que estão certas, confio no senhor. O senhor não quer um licor? Quem sabe um vinho do Porto, eu acompanho. Não. Quiquina, vai lá dentro buscar café, café não tem quem não aceita, é até obrigação.

Ele era apressado, ficava nem meia hora. Ele ainda tinha medo de olhar pra ela, quando ela o olhava ele não dava os olhos, parece até que ficava vermelhinho, gaguejava, igual aquela vez da rosa branca no cabelo. Ele ficou espantado olhando a rosa branca, sem entender, ou será que entendendo?

Ele agora não podia querer, era um homem casado, tinha escolhido até uma moça muito boa chamada dona Marta. Por que Rosalina fazia aquilo? Será que ainda pensava em cativá-lo, ter alguma coisa com ele? Seu Emanuel era arisco, respeitador. Não suportava nem ao menos os olhos de Rosalina.

Por que aquilo? Meninice, ela às vezes tem coisas de menina. Porque não acabou a sua meninice direito, quando virou moça – mocice é feito assim uma menina empendoada, foi ferida no ar que nem aqueles passarinhos que Juca derrubava com a espingarda.

Ele só prestava pr'aquilo. Espantar aqueles capetinhas na horta. Capinar horta, picar lenha, ajudar na limpeza, isso até que era bom. No mais era um estorvo, um enxerido, semetedor nas coisas que não eram da sua conta.

Era tão bom antes, quando as duas sozinhas. Quando só ela saía pra levar as flores. Tão bom, Rosalina conversava só com ela, só ela ouvia a voz de Rosalina. Agora tinha ele pra beber as suas palavras. Ela até que dava muita confiança pra Juca Passarinho. Quando não tinha o que fazer a gente via que ela gostava de conversar com ele. Quando não vinha trazer conversa de rua, quando não perguntava sobre seu coronel Honório, sobre seu Lucas Procópio. Ele era esperto, matreiro, agora não queria mais saber de nada que desgostava Rosalina. Só tinha conversas boas, aqueles casos do Paracatu, de seu major Lindolfo, dona Vivinha, o menino Valdemar, aquela gente estranha que agora entrava nas conversas de Rosalina e Juca Passarinho. Ela não sabia que graça podia achar Rosalina naqueles casos de caçadas. Rosalina chegava até a rir. O riso doía em Quiquina. Como se fosse um carinho que lhe tinha sido roubado, um riso que devia ser só pra ela, só dela.

Ele não ia mais sair do sobrado, estava certa. Não adiantava ela contar tudo que fazia Juca Passarinho, inventar mentira mesmo. Rosalina carecia de voz humana, os seus grunhidos e gestos não lhe bastavam. Ele podia falar, podia entrar mais facilmente no coração trancado de Rosalina. Aquela chave ela não possuía. Quando a conversa andava mais animada e Rosalina sorria, ela sempre arranjava uma maneira de interromper aquele comércio que a lesava. Grunhia como um cachorro que ganisse para chamar a atenção do dono. No desespero, se confundia, se atropelava nos gestos. Queria se exprimir de qualquer jeito na sua semáfora patética. Produzia os gestos mais estranhos da sua fábrica. Achava que Rosalina entendia a sua aflição porque ela sempre a chamava, lhe pedia qualquer coisa. Quiquina, você prepara os panos, os boleadores. É você que vai escolher as flores que vamos fazer. Ela sorria feliz, naquele terreno Juca Passarinho não podia competir com ela. De novo Rosalina era só dela, a flor da amizade se abria como nenhuma outra flor. Rosalina, ela pensava carinhosamente. Menina endiabrada, esquecida da sua velha Quiquina.

Porque para Quiquina ela seria sempre uma menina.

Desde os primeiros dias a cidade filhou Juca Passarinho, ele era um dos nossos. De novo tentávamos construir uma ponte para o sobrado, talvez por ali a gente pudesse passar. Seria a ligação cortada, que se tentou restabelecer por ocasião das duas mortes: a de dona Genu e a de João Capistrano Honório Cota.

João Capistrano Honório Cota ao menos aceitou a sincera manifestação do nosso sentimento, naquele dia em que vimos parar o primeiro relógio. Para nós o relógio-armário era o primeiro, só depois é que a gente notou que tinha um outro preso na parede, em cima do dunquerque.

Pensamos então que ele voltaria para o nosso convívio. Depois foi o que se viu: o homem não mudara, continuava o mesmo João Capistrano Honório Cota ferido, magoado; aceitava as expressões de nosso pesar da maneira mais formal possível, era um caso de educação, não nos podia enxotar de casa quando íamos velar o corpo de nossa querida dona Genu; era o mesmo João Capistrano Honório Cota sem perdão – no seu silêncio, como que nos devolvia aquela morte, debitava-a na nossa já comprida conta.

Com Rosalina foi pior, viu-se. Não pudemos nem ao menos dizer-lhe como era sentida a morte do nosso grande homem João Capistrano Honório Cota.

Duas tentativas frustradas. O sobrado continuava inabordável. Jamais conseguiríamos chegar ao seu miolo, restabelecer a ligação perdida. Porque Quiquina, como a gente já disse, era uma ponte de nenhuma valia, apenas dava passagem do sobrado pra rua, por ela nunca que a gente podia passar. A mudez de Quiquina, e mais do que a mudez, a ausência de gestos quando queríamos notícias de Rosalina, tornava impraticável aquela via de acesso. A gente lhe dizia as coisas, mas a voz era sem eco, sem nenhuma resposta. Esquecíamos Quiquina, porque quando pensávamos nela em termos de sobrado a angústia redobrava.

Daí a presença de Juca Passarinho foi motivo de muita alegria, de toda sorte de especulação. Quem sabe a gente teria a língua que faltava? Quem sabe aquelas mudanças no corpo do sobrado não estariam também se processando na alma de Rosalina, indagavam os mais aflitos, os mais dispostos ao sonho e à esperança. O que faltava a Rosalina era uma voz humana, uma única voz que abrisse caminho à nossa própria voz, a gente pensava.

Como eram vãs as nossas esperanças, vimos. Quando perguntavam a Juca Passarinho sobre a vida no sobrado, ele falava muito, até demais. Pouca coisa porém ele dizia do que realmente a gente queria saber. É capaz dele não querer falar, diziam uns; é capaz dele não saber, diziam outros. Essas coisas são difíceis de apurar.

Depois de muitas perguntas e volteios, depois de muitos assaltos e rechaças, um de nós perguntou por todos. Juca Passarinho, diga pra gente, com toda franqueza, e Rosalina? Rosalina, quê que ela pensa da gente? Um grande silêncio, um silêncio maior do que o de Quiquina, porque Juca Passarinho podia falar, se abateu sobre ele, sobre nós. Vamos, Juca, por pior que seja a resposta, diga. A gente queria saber o que já sabia. Ele nos olhou muito demorado, um por um na roda, feito esperasse encontrar nos olhos da gente a própria resposta. Ela não pensa nada, ela não diz nada. Era pouco, apertamos mais Juca Passarinho. Ele, que falava pelos cotovelos, agora não queria falar. Vamos, homem, diga mais, conte, conte tudo. Vocês querem, ocês querem mesmo saber, perguntou ele se fazendo de rogado, prezando muito a sua resposta. Bem, eu não queria dizer, mas vocês querem saber. É pouca coisa, quase nada, um nadinha à toa. Dona Rosalina não quer nem de longe ouvir falar em vocês. Não quer ver ocês nem pintados. Pra ela a cidade morreu, ocês todos foram pro inferno. A resposta de Juca Passarinho valeu por uma punhalada.

Se a cidade filhou Juca Passarinho, ele aceitou de bom grado a filiação. Em todos os lugares que a gente ia, lá encontrava Juca Passarinho.

No Ponto, em volta do poste da Cia. Sul Mineira de Eletricidade, que os desocupados iam cortando em finas aparas e caracóis, no acompanhamento da conversa. Juca Passarinho arranjou mesmo um canivete marca Corneta muito bom e ajudava naquele trabalho moroso de ir desbastando a madeira aos pouquinhos, no sabor dos assuntos. O poste ia se afinando no meio, qualquer hora acabava caindo.

Foi o que achou a Cia. Sul Mineira de Eletricidade, que um dia mandou colocar uma cinta de aço em volta do poste, na altura em que se praticava a divertida ocupação. Se no primeiro momento se aceitou o procedimento iníquo da Companhia, bastou Juca Passarinho levantar a voz para que a gente achasse que era mesmo um desaforo muito grande aquele procedimento. Onde já se viu tamanha aleivosia, gritavam no coro. Um desacato, uma ofensa aos brios de uma cidade civilizada. Todo mundo achava aquilo mesmo, a gente metia a catana na Companhia. Porque a Companhia era de fora e, além de cobrar uma taxa exorbitante pelos seus péssimos serviços, ainda tinha o desplante de ameaçar com o corte de luz quando a gente atrasava nos pagamentos ou quando um mais engenhoso inventou um processo, com um araminho, de fazer parar o disco do relógio e só girasse uns dez dias por mês: a conta ficava num terço, o preço justo segundo alguns, do que devia de ser.

Um abuso, um desaforo, gritava Juca Passarinho apontando a cinta de aço. Ah, se fosse lá na minha terra, na presença de seu major Lindolfo, meu padrinho!

Foi a conta para explodir o paiol de ódio da cidade.

O coronel Sigismundo ia passando por ali quando ouviu a confusão em volta do poste, quis saber do que se tratava. Quando lhe disseram o que era (ele também gostava de tirar suas aparas, era um divertimento muito bom), sua ira sagrada não teve limites. Pediu uma picareta, ele mesmo ia botar abaixo aquela porcaria. Se queriam a briga, a gente ia para briga. Quando o merda do fiscal aparecer, me avisem, disse ele, que eu quero encher de tiro a cara daquele porqueira. O fiscal, que andava ali por perto, saiu correndo, foi avisar o gerente da Companhia. O gerente não quis falar com o coronel Sigismundo, conhecia a sua pessoa. Achou melhor escrever à direção da Companhia relatando o sucedido e pedindo instruções. Veio uma carta dizendo que era de bom alvitre um outro procedimento. Segue poste, terminava a carta. Assim é que em vez do poste de madeira o Ponto ganhou um poste de ferro, o único da cidade. Era até uma novidade, um progresso.

Juca Passarinho ainda quis dizer que a ofensa continuava do mesmo tamanho, apesar do progresso, etecétera e tal e coisa. Mas acharam que ele estava exagerando, a honra da cidade tinha sido lavada, onde já se viu colocar uma cinta de aço só pra ofender a gente? Viu, papuda? A Companhia viu com quem estava tratando. Depois, éramos gente pacífica, cordata, amante do progresso.

O coronel Sigismundo é que apreciou a conduta de Juca Passarinho, quis até que ele entrasse para o seu serviço na política. Juca Passarinho disse não, de jeito nenhum podia abandonar o sobrado, dona Rosalina carecia muito dele. A lealdade de Juca Passarinho foi bastante elogiada, ele cresceu no conceito da gente.

Além de frequentar o Ponto, Juca Passarinho passava pela farmácia de seu Belo, pela agência dos Correios, perguntava se tinha carta para ele, estava esperando uma (era mentira), pela estação da Mogiana na hora do expresso das cinco. Aos domingos era o campo de futebol, servia de bandeirinha. Ou ia jogar malha no Largo do Carmo com uma cambada de mocorongos. Mas do que ele gostava mesmo era de ir ver a italianada a jogar bocha no galpão de seu Ítalo Brentani. A gritaria que os carcamanos faziam, os palavrões, o nome da mãe cantado a plenos pulmões. Eta italianada boa!

Juca Passarinho passava horas no galpão de seu Ítalo Brentani. Já entendia do jogo, sabia que o melhor jogador de bocha era seu Alfio Mosca, que tinha uma serraria na rua de Cima. Para competir com ele só o moço Jacomino Guidorisi. Mas Juca Passarinho tinha uma queda especial por seu Alfio Mosca, apostava dinheiro e garrafa de cerveja, dava lambugem, ganhava sempre.

Quando o dinheiro sobrava, ia bater no Curral-das-Éguas apascentar as suas ovelhas, quietar as águas nas mulatinhas. Havia uma que ele gostava muito, a Mariinha, boa de cama, arteira. Porque não podia frequentar a Casa da Ponte, onde as mulheres eram mais lindas, a frequência melhor, de gente rica, fazendeiros. Ele tinha ideias altas, Juca Passarinho era dos sonhos. Se consolava pensando que no fundo todas as fêmeas são boas, é feito violão, depende de quem toca.

Quando Juca Passarinho passava com seu Etelvino mais o cachorro Fulano todo lampeiro, a caminho dos matos (ele alto e magro, o outro baixinho e gordo, vermelhão), eram mesmo duas figuras, a gente morria de rir. Pelas mômices que ele fazia nas costas de seu Etelvino, querendo significar na gozação que apesar de todos os petrechos especiais o homem era ruim de caça.

A gente sabia que Juca Passarinho vivia sempre mentindo, mas achava graça na queimação de campo, ele era muito engraçado. Juca Passarinho contava casos de caçada, das memoráveis caçadas do major Lindolfo do Paracatu. Só em ocasiões muito especiais, quando a assistência era maior, é que ele vinha com a história do guará-vermelho, a incrível caçada cheia de peripécias em que ninguém acreditava, mas fazia que estava acreditando: primeiro porque não é qualquer um que pega guará, bicho danado de esperto e disfarçado, corisco; depois, a história era tão bem arrumadinha – crescia um ponto cada vez que ele contava, nas cores da pasmaceira, e ele mentia muito. Mas a gente sempre pedia pra ele contar, era muito divertido, ninguém como ele para contar os casos. Casos mesmo da gente a gente pedia pra ele contar. Vivia-se a vida boa das conversas, no sem o que fazer do tempo, nas distrações das horas: a gente se afeiçoava a Juca Passarinho. Juca Passarinho há muito era um dos nossos, muito nosso, querido, do coração.

E assim Juca Passarinho ou José Feliciano ou Zé-do-Major – como queira, ia levando a vida que pediu a Deus. Semelhava um pouco os tempos do major Lindolfo, lá no Paracatu. Se ainda não encontrara um caçador feito o padrinho, se não tinha a mão segura e decidida do major para protegê-lo (ele vivia fazendo das suas, sabia que embora o major Lindolfo às vezes perdesse a paciência com ele e ameaçasse com paus e pedras, era apenas para efeito externo: em casa, sozinhos, ele sempre lhe passava a mão pela cabeça, com o amor que mãe tem pela cria), se devia abrir por si o seu caminho (lá era sempre o Zé-do-Major, tinha uma referência), por outro lado, na cidade valia pelo que era, ia acrescentando com muitas proezas a sua fama e glória.

Na cidade mesmo era inteiramente feliz. No sobrado, onde o silêncio pesava e as horas eram custosas de passar – os relógios parados, mesmo a pêndula da copa parecia não dar conta do tempo, tal a lentidão preguiçosa dos seus ponteiros – aquelas duas figuras que compunham agora a constelação da sua vida deixavam-no ansioso, à espera de que alguma coisa acontecesse, por nada acontecer, alguma coisa que eram mais os saltos do coração, os presságios, às vezes o medo. Nada acontecia, os dias e as noites eram sempre iguais: a preta na cozinha pitava o seu cachimbo, os seus gestos e grunhidos, de difícil comunicação; dona Rosalina no quarto ou na sala, no fabrico das flores.

Quando se cansava de conversar com Quiquina – só ele falava, falava sem cessar, para vencer a ansiedade que lhe davam os olhos assustados e a mudez da preta (era com dificuldade que ele vinha aos poucos entendendo a mímica de Quiquina, o seu código de gestos e imagens), quando se cansava de Quiquina, ia para a sala e ficava olhando dona Rosalina no seu paciente e delicado trabalho.

Dona Rosalina, dizia, a senhora não se incomoda se eu ficar aqui apreciando a senhora trabalhar? Ela erguia os ombros igual Quiquina, como se dissesse tanto faz como tanto fez. Mas via que dona Rosalina gostava da sua presença, daí a pouco ela se punha a falar. A sua voz tão bonita, tão bem modulada, tão assim feito canto, que ele fechava os olhos e ficava bebendo as suas palavras.

De olhos fechados, ela lhe parecia uma outra Rosalina.

Fantasiava a sua figura, os seus gestos, e ela parecia a moça mais bonita da terra. Ia compondo com a substância das nuvens, com os pensamentos ternos, com as suas lembranças da infância, de rios, matos e passarinhos, um todo tão carinhoso e terno que ele se esquecia do ser esquivo, às vezes ríspido, que era dona Rosalina.

De que mesmo ela lhe falava? De coisas antigas, de sua infância na Fazenda da Pedra Menina, que para ele agora era um lugar de sonho, nunca visto. Se ele fosse um dia na Fazenda da Pedra Menina. Não, o lugar onde a gente vai é sempre tão diferente, tão mais seco do que o lugar que a gente sonha. Falava das coisas, das coisas como vistas em sonho. Aquele cavalinho Vagalume que uma vez tinha fugido e ninguém achava. O pequira galopava agora nos sonhos de Juca Passarinho. Um assim feito gostaria de ter o menino Valdemar, a espingardinha de cano de guarda-chuva na febre queimando a apontar pros lados de Nossa Senhora, dizendo ela está soltando rolinhas pra mim atirar.

Dona Rosalina falava como se não fosse com ele, como se estivesse ali sozinha e ele fosse apenas a mola que acionava o maquinismo das suas lembranças. Falava no pai com grande ternura, na mãe caprichosa, nos seus tempos de Escola Normal – não aparecia nenhuma colega, só ela sozinha. Mas tudo matéria de sonho, o pai não era verdadeiro, a mãe de brinquedo, inventada na hora, conforme o embalo do coração. Não eram aquelas figuras de que ele ouvia falar na cidade, aquelas pessoas de quem ele gostaria tanto de saber (mais de uma vez enfrentou a ira de dona Rosalina fazendo-lhe perguntas), de que agora desistira inteiramente, com medo de perder a confiança e aquele agasalho tão bom. Falava daqueles seres envoltos num halo de luz, boiando nas nuvens, igual um menino fala de seu pai, de sua mãe, de seu cavalo.

Porque certas horas dona Rosalina não parecia a mulher feita de hoje. Era uma menina que contava os seus casos, que fantasiava a vida. Era a vida e os seres vistos através dos olhos lumeados, do peito aberto de uma criança. Os olhos fechados, ela parecia uma menina brincando com ele nos sertões distantes do Paracatu.

Se abria os olhos, a realidade era dura e seca, sem nenhuma poeirinha de sonho, o ouro das lembranças. A figura bem composta e cuidada não se casava com a voz e a fala doce e cantante que vinha de um fundo muito além, de uma outra pessoa. Só os olhos condiziam com a fala e a matéria daquelas histórias. As histórias não chegavam nunca a seu tempo de moça feita, quando de repente se rompeu a sequência e ela virou outra, segundo o modelo do pai. Ela própria como que de repente dava conta da realidade que vivia dentro dela. De vez em quando parece se assustava de estar falando, os olhos espantados diante da presença de Juca Passarinho. Voltava para o mundo existente, para a dureza das coisas. De que é mesmo que eu estava falando, perguntava como para retomar o fio de uma narrativa muito intrincada, elaborada em sonho, horas de solidão e silêncio. A senhora falava, dizia ele muito manso com medo que o cristal se partisse, que ela acordasse para a vida das coisas – aquele mundo de sonho tão bom se evaporava no ar, a senhora falava do seu cavalinho Vagalume.

Ah, o meu cavalinho pequira, dizia ela rindo. Bobagens, seu José Feliciano, coisas de menina. Aliás, eu não devia de estar aborrecendo o senhor com estas histórias. Aborrece nada, dona Rosalina. A gente deve falar sem medida, a gente deve falar sem medo, conforme dita a regra do coração.

Mas ela não continuava. Falava de outras coisas, das flores – explicava-lhe a sua arte, de Quiquina, do serviço da casa.

E se a senhora me ensinasse, hein, dona Rosalina? Se a senhora me ensinasse a fazer flor? Quem sabe eu não tenho jeito? disse ele um dia. Ela achou graça, chegou a rir muito. O senhor, seu José Feliciano? O senhor fazer flor? Qual, isto não é serviço pra homem! Suas mãos são duras, acostumadas no cabo da enxada, no machado, na espingarda, não iam se dar bem com essas sedas, esses organdis. Acabava me estragando os panos. Ia ser muito engraçado...

Ela viu que tinha se aberto demais, quis voltar atrás. Aquele homem era muito enxerido, se dava um pé, queria logo a mão, assim por diante, era o que pensava das outras vezes, quando ele avançava demais. Mas a maneira como ele a olhava, a sua cara tão simples, aquele olho bom tão limpo, parecendo de gente boa, sem nenhuma malícia – só o olho da belida a intrigava, não sabia se ele via, ou se via, o que estava vendo detrás da nuvem – impediram que ela fosse de um polo a outro, que virasse de repente aquela mesma Rosalina tão sua conhecida, em cujas roupagens vivia bem acomodada desde que a mãe morreu. Não, seu José Feliciano, de jeito nenhum, foi o que conseguiu dizer. Que haviam de pensar da gente, do senhor virando florista? Isto é ocupação de homem! Homem é na rua, no mato, nas coisas duras da vida.

José Feliciano deixou passar um pouco e disse dona Rosalina, eu não ligo um nada pro que os outros pensam, pro que os outros dizem. Mas eu ligo, disse ela rápida. Ele viu que não convinha continuar insistindo, podia ser como das outras vezes. Não tocou mais no assunto. Também, não queria tanto assim aprender a fazer flor de pano, era mais uma maneira de ocupar o tempo, ficar perto de dona Rosalina, ouvir voz de gente, cansado do silêncio grosso de Quiquina.

Ainda bem que não foi como das outras vezes, nos primeiros dias, quando tinha de tomar tento para não cair num alçapão. A cada pergunta que fazia podia se seguir uma reação tão despropositada, tão violenta de dona Rosalina, que ele tinha até medo de perguntar. Viu depois que eram somente algumas coisas que não podia saber, uma faixa restrita na vida de dona Rosalina que ele não podia pisar. Sobretudo os parentes, o estúrdio Lucas Procópio dos infernos de que a cidade tanto falava, aquele outro coronel João Capistrano Honório Cota, secarrão e macambúzio, de que ele ouvira muitas histórias. Viu que só ela podia falar neles, ele devia se limitar a ouvir. Muito ladino, aprendeu logo o terreno proibido. O campo de conversação era bastante acanhado, ele tinha de ser muito vivo para não ultrapassar as fronteiras. Da cidade, por exemplo, sabia que jamais podia falar. Mas gostava de ouvir, era bom ficar perto de dona Rosalina.

Que pessoa estranha, dona Rosalina. Ela o deixava desconcertado não apenas pela ambivalência de sua conduta mas pelo mistério mesmo do seu ser. Como é que uma pessoa era assim? Ele não entendia, por mais que verrumasse a cabeça não conseguia entender. Ela lhe dava a impressão de duas numa só: quando ele pensava conhecer uma, via que se enganara, era outra que estava falando. Às vezes mais de uma, tão imprevista nos modos, nos jeitos de parecer. Um ajuntamento confuso de Rosalinas numa só Rosalina.

Ele passava horas ouvindo dona Rosalina, vendo-lhe os mínimos gestos, o mais leve movimento dos lábios e dos olhos. Via-a de todas as posições, seguia-lhe os passos, e ela nunca parecia ser uma, a mesma pessoa. E depois, no quarto, procurava botar em ordem as ideias, compor com os fiapos que pegava no ar uma só figura de dona Rosalina: uma dona Rosalina impossível de ser. Na rua não pensava em dona Rosalina, se esquecia inteiramente dela. Aprendeu que, por mais que perguntassem, não podia falar nunca naquela mulher tão sozinha. Sua boca devia ser por vontade calada, como era por desígnio de Deus a boca de Quiquina. Se às vezes na rua o assaltava a lembrança de dona Rosalina, afastava-a ligeiro, porque, distante, a sua figura ganhava em estranheza e cores sombrias. E ele queria o ar puro da rua, a claridade do dia, onde as horas passavam, a vida era o comum da vida da gente, sem nenhum outro mistério e sobressalto senão o mistério mesmo de existir. O sobrado era o túmulo, as voçorocas, as veredas sombrias.

Não, ela não é como toda gente, dizia. Não era como ninguém que ele tinha conhecido. Às vezes de longe, quando pensava nela, dona Rosalina semelhava um pouco dona Vivinha: dona Vivinha depois que o menino morreu e ela andava pela casa que nem alma penada, a espingardinha na mão, a dizer despautérios, estúrdia. Ela ficou assim por uns dias. Juca, pega o diabo desta espingardinha e joga ela lá longe no mato. Então tudo passou e dona Vivinha voltou a ser o que era; só que mais triste, de uma tristeza sem remédio. Dona Rosalina não era que nem dona Vivinha naqueles dias, apenas dava uma ideia quando pensava nela de longe. Soberba mais pancadice, foi o que falou seu Silvino carreiro. No sobrado, de perto, as sombras se desfaziam e ela às vezes parecia até uma pessoa muito normal, de juízo assentado, não tinha aqueles desvarios de dona Vivinha. Um assim sozinho perde o pé, fica nas nuvens, dizia ele. Só isto, nada mais. Pancadice coisa nenhuma, o povo fala é demais. Seu Silvino tinha razão. Quando não entendem uma pessoa direito, quando uma pessoa não é como todo mundo, eles dizem pancadice, mais pra afastar de si a figura que exige entendimento, decifração. Seu Silvino tinha razão num ponto – soberba. Por aí não, disse ela no primeiro dia. Pelo portão do quintal, ali no muro. Com isso ela queria dizer que ele não era igual a ela, devia manter distância, conhecer o seu lugar. A distância em que sempre o colocava quando ele se chegava mais. Bobagem, carecia de dizer aquilo não, ele sabia o seu lugar. Dona Rosalina era a patroa muito respeitada, ele um mero empregado, pau-pra-toda-obra. Nem vê que ele queria atravessar a cerca. Se procurava dona Rosalina era mais por causa do silêncio no sobrado: pesava demais, sufocava. Não tinha a alma forte feito ela, capaz de aguentar anos a fio o silêncio, o tempo parado, a solidão. Por aí não, pelo portão. Aquilo doeu nele, ainda hoje quando se lembrava doía. Um cachorro escorraçado na porta da igreja. Soberba nunca é bom, tem gente que paga por isto.

Não, engano, às vezes a gente se engana. Nos primeiros dias pensou que a coisa ia ser pior. Agora se conformou, tinha mesmo se afeiçoado a dona Rosalina, pensava nela até com uma certa pena, alguma ternura. Coitada, tão sozinha, tinha razão de ser assim. Os relógios não andavam, pra ela o tempo não passava. Que agonia, meu Deus! Até parecia caçada de espera.

Dona Rosalina era vária, não se fixava em nenhuma das muitas donas Rosalinas que ele todo dia ia descobrindo e juntando para um dia quem sabe poder entender. Ele queria entender dona Rosalina para melhor viver no sobrado, não estar sempre em sobressalto, pesando as palavras, cauteloso. Dona Rosalina sumia como por encanto entre os seus dedos, visonha. Dissimulada, os olhos líquidos, quando a gente pensava que a tinha presa, ela escapulia. Que nem um guará que ele quisesse caçar. Aqueles guarás do sertão, ariscos, matreiros, coriscando por entre as moitas, se confundindo com os matos, parecendo estar em todos os lugares e em lugar nenhum. Seu major Lindolfo era sempre ligeiro na pontaria. Quando ele mirava, dava no pinguelo, o estrondo ecoava, via: tinha se enganado, o guará não estava mais ali não, mas noutro matinho lá longe, como se risse, brincando, da certeza, da aflição da gente. Dona Rosalina era que nem um guará, ele tentava pegar o guará naquele casarão. Sempre escondida num lugar qualquer do sobrado, perdida no tempo. Não a pessoa de dona Rosalina, que esta era até muito parada e silente, naquele serviço quieto e vagaroso de fazer flor. Ele não sabia ainda que buscava nela a outra pessoa: a sombra, a alma de dona Rosalina.

Mesmo no parecer da idade ela se mudava, ele nunca podia saber a idade de dona Rosalina. Cada vez que olhava, ela parecia de uma idade diferente. Ia desde a menina que falava na Fazenda da Pedra Menina à velha sisuda, de muito juízo, sábia. Dona Rosalina não era velha, ele via, por mais que ela usasse aquele penteado, aquelas roupas pretas que ninguém usa mais. Dona Rosalina compunha para si uma figura de outros tempos, recortada de uma gravura antiga. Deve de regular pelos trinta anos, foi o que lhe disseram na cidade, quando ainda cuidava em obter dos outros informações sobre dona Rosalina e o sobrado. Trinta anos é que ela nunca parecia ter, sempre mais, sempre menos. Às vezes mentalmente desmanchava o penteado de dona Rosalina e ela lhe parecia uma moça muito bonita, os traços finos e bem desenhados; só a boca era carnuda, vermelha, como se não assentasse bem com o todo severo e seco, com aqueles olhos negros tão limpos, lumeando uma pureza, uma doçura que o amolecia, invadindo-o em ondas quentes e boas. Se ela quisesse, ninguém, nenhuma moça da cidade competia com ela em formosura. Tão linda que ele chegava a sonhar com ela: muito vaporosa, os cabelos soltos, os gestos de quem dança nas nuvens e lhe dizia palavras que ele nunca conseguia entender. Quando sucediam esses sonhos, temia sempre acordar, lhe dava uma sensação boa de paz, de uma vida completa e feliz.

O tempo parado, sufocante. Os relógios da sala, os ponteiros não se moviam. O tempo não vencia naquela casa. Dona Rosalina fora do tempo, uma estrela sobre o mar, indiferente ao rolar das ondas.

De primeiro, quando ele ainda queria saber, nos dias quando chegou, aqueles relógios deixavam Juca intrigado. O relógio-armário grande, lustroso, os pesos lá embaixo, na corrente comprida. Devia ter uma batida bonita, um rolar de sinos que enchiam o ar de finas e redondas alegrias.

Dona Rosalina, disse ele, por que este relógio parado? A senhora querendo, eu dou um jeito nele ou levo lá pro seu Larisca, que é um relojoeiro muito bom, já vi ele trabalhar. Ela não disse nada, será que não ouviu? Dona Rosalina, disse ele. Não sou surda, disse ela brusca, os olhos duros e sombrios. Este relógio não tem defeito nenhum. Ele não parou por defeito, papai é que quis ele parado. Como aqueles outros dois, na parede. Um fui eu que parei, quando papai morreu...

Mesmo não querendo perguntar, o desejo era mais forte do que ele, disse por quê, dona Rosalina, por quê?

Ela fuzilou-o com os olhos, ele teve medo. Não é da sua conta, disse ela. O senhor cuida do seu serviço, do que eu mandar. Não tem nada de querer ficar sabendo o que só a mim interessa. A mim e a papai. Pergunte pros outros, pra esta gentinha da rua. Se o senhor quer ficar aqui, não me pergunte nada, ouviu? Nada!

6

O VENTO APÓS A CALMARIA

UMA A UMA ELA FOI CONTANDO as batidas da pêndula. Depois da décima pancada esperou ainda uma outra. Nada, só o silêncio da casa àquela hora da noite. Ele ainda não chegou, no Curral-das-Éguas com certeza. Era para lá que ele ia agora quase todas as noites? Não, toda noite não, o dinheiro que ele ganha não dá para isso. Elas só se interessam pelos homens quando eles podem dar alguma coisa. Quem sabe ele não arranjou um amor por lá, ela não cobrava nada. Não conseguia entender a vida daquelas mulheres, não sabia por que tinha ódio. Ele podia não estar lá, num botequim qualquer, bebendo e ouvindo conversa boba. Pelo assobio sabia quando ele chegava, vinha sempre assobiando, feliz da vida. Porco, por que ainda o mantinha em casa? Aquelas mãos sujas pegando nas coisas em que ela depois tocava. Nunca tinha pensado nisso antes. Deixa pra lá, não tinha nada que ficar pensando nele, não tinha nada com a sua vida. É só não relaxar no serviço, é só não trazer aquelas conversas da rua pra dentro de casa.

A névoa do vinho, o calor no peito, as ondas quentes. Ainda não estava tonta, ainda lúcida. Daí a pouco, mais um pouco, e o mundo seria a fluidez, a macieza, o afastamento.

Quiquina certamente ainda acordada. Não faz muito ouvira os seus ruídos apagados no fogão. Quiquina não ia dormir enquanto ela não subia para o quarto. Quiquina na vigília, Quiquina seu cão de guarda. De dia ainda aparecia, vinha para perto dela, ajudava-a a recortar os panos, a preparar os boleadores. As flores diurnas, as flores sem perfume de sua vida. Depois da janta, quando a noite caía, ela ficava sozinha ali na sala, o livro na mão, fazendo hora para dormir. Então era mais solitária do que nunca, as horas custavam a passar. De dia as flores ocupavam as mãos, distraíam o espírito. As horas custavam a passar, o silêncio vagaroso. De vez em quando os passos de Quiquina, a sua presença na copa, na cozinha. De noite ela nunca atravessava a porta da sala. Por quê? Não conseguia entender direito Quiquina. Jeito dela, tão boa, deixa pra lá. Se precisava dela, era só gritar Quiquina e ela surgia ao seu lado como por encanto. Na copa Quiquina ruminando; na cozinha ronronando, no borralho. Às vezes ela ficava no escuro, Rosalina imaginava os olhos dela como duas brasas, os olhos de uma gata no escuro, o cachimbo lumeando. Como é que uma pessoa podia ficar tanto tempo assim no escuro?

Hoje a luz está acesa, os olhos apagados. Se pedia para Quiquina ficar ao seu lado, ela vinha, ficava um pouquinho só, mostrava que tinha sono, abria a boca num bocejo exagerado, se recolhia. Mentira de Quiquina, ela não ia dormir coisa nenhuma. Daí a pouco ouvia (aguçava muito o ouvido, Quiquina quase não fazia barulho de noite) os passos de flanela de Quiquina na copa, no corredor, na cozinha. Por que ela não ia dormir? Não sabia, ela vigiava.

Ali a licoreira aberta na sua frente. Debaixo da mesa escondia a garrafa de vinho Madeira, tinha de poupar. Quiquina não podia ver. Com certeza ela pensa que porque sei que ela está acordada não vou beber demais, não vou ficar bêbada. Bobagem, não vou ficar bêbada, estou acostumada, é só um pouquinho mais, pra dar lerdeza, pra dar sono. Enquanto ele não chega. Não há de ser esta bebida doce que vai me derrubar. Debaixo da mesa, escondido. O vinho Madeira, tinha de poupar o vinho Madeira. O vinho do Porto, para oferecer-lhe, ele nunca aceitava, quando viesse. Seu Emanuel, quem sabe o senhor aceita um vinho do Porto? Ele nunca aceitava, mesmo assim oferecia. Não aceitava, não queria ficar muito tempo junto dela. Será que tinha medo de beber com ela? Será que percebia? Será que se lembrava daqueles tempos, quando ele quis namorá-la? Se lembrava, não podia ter esquecido. Quando o olhava mais demoradamente ele abaixava os olhos, confuso, vermelhinho. Engraçado: Emanuel. Quando foi que começou a chamá-lo de seu Emanuel. Emanuel, Emanuel. Era bom quando o chamava assim. Depois ele se casou. Era como se mal se conhecessem. Um vinho do Porto? Café ele aceitava. Os dedos trêmulos, a xícara tilintava no pires. Será que ele tem medo de mim? Se tudo passou, por que tem medo de mim? O corredor escuro entre as pilhas de sacas de café. Ele ficava tão pouco, vem aqui tão raramente. Podia ficar mais tempo, não custava nada. Os dois brincavam no armazém, corriam por entre as pilhas de sacas até o teto, subiam lá em cima, na pilha mais alta. O cheiro quente, a gastura da aniagem dos sacos, o cheiro quente, bom, resinoso, do café em grão. Isso não são modos de menina, já está grande, parece uma moleca, dizia a mãe. Deixa, disse o pai, é criança, tem importância nenhuma. A mãe punha sempre muita maldade: homem, Emanuel é menino- -homem, ouviu? Não está vendo? Você é mesmo um anjo, João Capistrano. Ela não sabia por que a mãe falava assim, não via nenhuma maldade naquelas brincadeiras, nas correrias no armazém. A mãe vivia repetindo aquilo, ela devia virar moça logo, deixar os modos de menina, os brinquedos. Vem cá, vem, dizia ele lá do alto de uma pilha. Você não é capaz, zombava ele vaidoso de sua proeza de estar na montanha mais alta, a cabeça raspando as telhas. Feito uma gata, o vestido entre as pernas, pra facilitar, pra que algum empregado lá embaixo não visse as suas calças. Uma gata, num instante ela estava ao seu lado. Viu? seu bobo. Ficava ofegante junto dele. Lá no alto, perto das telhas onde o sol batia forte, era mais quente. O rosto vermelho, afogueado. Ali ficavam deitados, só ela é que falava, ele calado assim feito o pai. Desde pequeno ele calado, quieto. Só uma vez ele foi mais ousado. Queria que ele mandasse nela, queria muito obedecê-lo. Chamava-o de bobo, mas era de brincadeira, da boca pra fora. Por dentro brincava de chamá-lo de senhor meu marido. Gozada a cara dele, afogueado feito ela. Uma vez, só uma vez. Rosalina! Rosalina, gritou o pai lá debaixo. Emanuel! a voz grossa do padrinho Quincas Ciríaco. Ela ia responder, ele não deixou. Psiu, quieta, tapou-lhe a boca. Para tapar-lhe a boca ele ficou abraçado com ela. O calor do seu corpo suado, o bafo quente, ele fungava. Feito assim uma vez o Vagalume ficou, suado de tanto galopar, cheirando-lhe as coxas, rinchando. A respiração quente de Emanuel no seu pescoço dava cócega, aflição. Mas deixava, queria, deixava. Ela também começou a respirar fungado, só pelo nariz, a mão dele apertava-lhe a boca. Sentia o suor da camisa empapada, o corpo queimando debaixo da camisa. As coxas de fora, ela não cuidava de se cobrir, deixava vermelha que ele visse. Nunca esperou que ele fizesse, queria, nunca, fizesse aquilo. Até as calças sujas, de fora. Ninguém mais no armazém, foram embora. Mesmo assim ele continuava a tapar-lhe a boca, abraçados. Quanto tempo ficaram assim, muito tempo, um tempo sem conta, um tempão. A respiração dele agora mais apressada, mais quente. Os olhos em brasa queimando nas suas coxas. A mão livre alisava a coxa, cada vez mais em cima, cada vez mais quente, perto de onde ela estava mais queimando. Ela não queria, deixava, fingia que estava sendo forçada. Aí ele mais ousado, mais aflito, fungando mais fundo. A mão dentro de suas calças, bem lá no quentinho molhado. Podia ter deixado, queria, só pra ver. Mas contra todo o seu desejo, deu-lhe uma mordida na mão, ele gritou. Uma gata que arranha. Ele ficou espantado olhando pra ela, não entendia, vermelhinho que nem papo de peru. Ela saiu correndo do armazém. Depois passaram uns dias feito estranhos, não se conhecendo. Nem olhava pra ela quando perto do pai. Será que pensava que ela contou? Bobo, nem vê que ela contou. Depois, de repente, passaram a se falar, esquecidos de tudo, como se nada tivesse acontecido. Se esqueceram, amigos, meninos outra vez. Será que ele se lembrava quando olhava pra ela? Não do caso antigo, mas de depois, quando homem feito, respeitador, sério. Depois, quando ele quis namorá-la, vinha sempre vê-la a pretexto de falar com o pai. Se lembrava, não podia deixar. Ele era tão fechado, tão direito, igual ao pai, aquele padrinho Quincas Ciríaco amigo verdadeiro da gente. Ele nunca aceitava o vinho. Será que ele tinha medo de queimar outra vez? O vinho.

Tinha de poupar o vinho Madeira, o vinho do Porto para ele, mesmo que ele não aceitasse, ali estava, pra ele. Para ela, o vinho Madeira. Seria ótimo se ela pudesse tomar só vinho Madeira, aquele seco, com o R no rótulo, era tão bom, tão mais forte, de mais efeito do que aquelas bebidas adocicadas que Quiquina preparava. A garrafa pelo meio, daí a dois ou três dias ficava vazia, mesmo poupando, Quiquina tinha de providenciar outra. Poupar, devia poupar. Poupar mais. Mas como poupar, se o vinho era tão bom? Para que a sua conta no armazém não desse na vista, não fossem falar. Não queria saber o que a cidade pensava dela, pensassem o que quisessem. Mas o vinho não, a cidade nunca podia saber de sua fraqueza. Para a cidade ela devia ser feito o pai, no seu desprezo, no seu ódio silencioso, na sua vingança. Nunca, eles nunca saberiam. Poupava ao máximo o vinho Madeira. Começava pelo Madeira, passava para o vinho de laranja, o licor de jabuticaba, quando a garrafa de Madeira se esvaziava. O vinho de laranja, o licor de jabuticaba eram adocicados demais, enjoavam, depois dava azia.

Encheu mais um cálice de vinho Madeira, pensou ver a sombra de Quiquina no corredor. Por que Quiquina nunca mostrava o seu desagrado por ela beber tanto vinho? Quiquina sempre boa, uma espécie de mãe pra ela. Quiquina não fazia um gesto, fingia não perceber o que se passava de noite na sala. Um acordo silencioso entre elas. Toda vez que deixava a licoreira vazia, no outro dia encontrava cheia no armário. Não deixava nunca faltar o vinho Madeira. Nem uma só vez ela teve de pedir, Quiquina providenciava. Era só deixar a garrafa em cima da mesa e Quiquina entendia, vinha com mais. Não lhe entregava o vinho diretamente, colocava-o no dunquerque, a rolha solta. Quem sabe no armazém eles pensavam que o vinho Madeira era para Quiquina? Se tivesse certeza, bebia mais. Não, eles iam desconfiar, sabiam que se Quiquina fosse beber, bebia cachaça, preto gosta de beber é cachaça. Como aquele José Feliciano, que deve beber cerveja e cachaça. Só que José Feliciano não é preto, até que é meio barata-descascada. Mas é a mesma coisa. E se ela pedisse pra Quiquina comprar uma garrafa de aguardente? Ela diria aguardente, o outro nome era quase um nome feio. Não, era demais, abusar de Quiquina, não tinha coragem. Se pedisse, Quiquina comprava, era tão boa pra ela. E se dissesse que era remédio pra tosse, não sei, coisa assim? Não, de jeito nenhum. E se ela mandasse José Feliciano... Não, este não. Será que ele sabe? Deve desconfiar, se já não viu, vive rondando a casa, me espionando. Por que fui botar este homem pra dentro de casa? Bem que Quiquina não queria, desconfiava dele. Agora não tem mais jeito, é aguentá-lo, é usá-lo. Depois não posso mandar ele embora, ele me faz tanta falta. Ele não devia saber, saía toda noite. Com certeza no Curral-das-Éguas. Ela esperava ele sair, para começar. Depois que ele virava a esquina é que ela abria o armário.

Aguardente, se ela pedisse, Quiquina comprava. Por que ficam botando apelido em aguardente? Cachaça, pinga, tudo nome feio. Branquinha até que era um bom nome, como aquele outro restilo, mas não podia pedir branquinha, era ridículo, nela. Aguardente era um bom nome, dizia tanto. Água-ardente, uma coisa queimando dentro dela num quentume gostoso. Uma vez experimentou. Quando Quiquina andou meio adoentada e teve de preparar uma garrafa de carqueja. O pouco que sobrou, ela bebeu. Era muito forte, queimava na garganta, dava lágrimas nos olhos. Tossiu. Mas depois era tão bom, aquela quentura no peito, o peito largo, amplo, uma sensação de conforto, de confiança, quase de paz, feliz. Num instantinho a zonzeira, o brilho das coisas. Como as coisas dançavam e brilhavam, como dançavam no brilho uma ciranda impossível. A girândola, a luz, a festa. Ela menina brincava correndo no largo, cantando; ela menina no seu cavalinho Vagalume, lá na Pedra Menina.

Não, era abusar de Quiquina. E se ela arranjasse uma doença, pensou outra vez. Quiquina não ia acreditar, sabia do seu vício. Mas comprava. Isso não, humilhar Quiquina, a pobre da Quiquina, tão boa, tão minha amiga. Melhor ir ficando com isto mesmo, um pouquinho de vinho Madeira, este vinho doce, este licor açucarado. E se pedisse pra Quiquina fazer mais forte, não assim tão doce. Não pedia nada, era um acordo sem palavras entre as duas. A garrafa de Madeira vazia, Quiquina comprava outra; a licoreira no fundo, no outro dia aparecia cheia. Quiquina devia ir pro céu. E eu pro inferno? Riu sem graça repuxando o canto da boca. Mamãe deve estar no céu, papai não sei onde. No inferno só vovô Lucas Procópio. Diziam, sabia. Lucas Procópio sabia viver, Lucas Procópio é que tinha razão, era o pai falando depois que tudo aconteceu e ele se trancou com ela em casa. Queria ser assim feito Lucas Procópio, ela. Lucas Procópio que não sabia mesmo como era, foi. Se foi pros infernos, pros quintos dos infernos, diziam, não pra ela, entre eles. Olhava o retrato na parede, ele vivo. No retrato era tão sério, na vida não, diziam. Queria ter aquela força escura, o poder misterioso de Lucas Procópio. O retrato esfumado, a névoa do vinho. Eles diziam Lucas Procópio, por que nunca diziam meu pai, meu avô? Homem de muito respeito, de muito despropósito, de muita loucura braba. Quem sabe Lucas Procópio não morreu de todo, vivia ainda dentro dela? Ela semente de Lucas Procópio. No canto mais escuro da alma, de onde brotava toda a sua força sombria. Uma força que precisava ser libertada, queria ar livre. Lucas Procópio, mesmo escuro na sua força, era do sol, do verde, da claridade. Ela podia ser feito Lucas Procópio. A ideia assustava-a um pouco, certas horas tinha medo. Não agora, levava o pensamento até o fim. Loucura, a gente herda o corpo, a alma vai pro céu ou pro inferno. Lucas Procópio devia estar no inferno, cercado de suas negras, nas safadezas, sendo chuchado por mil capetas. E se dentro dela ainda morasse um restinho de Lucas Procópio, quando a alma se desprende? A gente deixa sempre presença no mundo, nos outros. É o que fica, o resto evapora. Se ela fosse que nem Lucas Procópio, quem sabe onde estava agora? Na Casa da Ponte, disse uma voz dentro dela. Quem sabe num lugar mais baixo, no Curral-das-Éguas, disse outra voz. Era lá que devia de estar, José Feliciano. Se divertindo com as mulheres, deitado com elas, imundo, no bem quente. Meu Deus, meu Deus, por que tenho esses pensamentos? É deixar a rédea solta e lá vou eu por este mundo sem fim. Sei, não sou Lucas Procópio, de jeito nenhum. Era mais o pai, homem reto, cidadão. Não lhe imitava os gestos, a postura diante da vida? Ela descia a escada, todo mundo de olho nela. Foi colocar o relógio de ouro que o pai usava bem ao lado do outro, o relógio da Independência. Igualzinho ao pai.

Sou igual a papai, sou ele não. Ele morreu tem muito tempo, nem cheguei a conhecer Lucas Procópio. Sou de alma o coronel João Capistrano Honório Cota, disse alto o nome todo, pronunciando bem as palavras. Será que Quiquina ouviu? Que importa? Nada tinha importância. Ela vivia sozinha no mundo, tinha mais ninguém não. Só ela e Quiquina. O cálice vazio na mão, um restinho de vinho no fundo, uma borra. Podia quebrar o cálice entre os dedos, ferir-se, o sangue nas mãos. O pai bebia só em ocasiões muito raras. Aquele vinho Madeira, o que ele mais gostava. Eu, João Capistrano Honório Cota. Achou graça, começou a rir. Riu alto, que Quiquina ouvisse. Assim chegava na sala, vinha ver como ela estava. Quase bêbada, pensando, dizendo bobagem. E se Quiquina bebesse com ela? Gozado. Quiquina bêbada, a fala de gestos bêbada. Riu mais alto, imaginando Quiquina, muda, bêbada. Riu tanto que os olhos se encheram de lágrimas. Deixou cair a cabeça entre os braços, o rosto colado na mesa, os olhos fechados, o rosto molhado de lágrimas.

Assim ficou algum tempo, sem pensar no que fazia. Os olhos cheios de lágrimas, nem mesmo dava conta de que chorava. O pensamento boiava longe, num azul lá longe, numa paisagem sonhada, era como se sonhasse. Morava num outro país, era Margarida, o senhor reitor tinha sempre muitas conversas com ela. O outro homem, cavalheiro. Aquele amor tão puro, tão bom, os sentimentos sempre tão delicados. Tinha gente assim no mundo? Só numa aldeia, em Portugal, há muitos e muitos anos. Era onde vivia às vezes, quando fechava o livro e se punha a sonhar. Será que aquilo tudo aconteceu mesmo? Havia? Misturava a sua vida com a vida das personagens do livro e se via a rir, a amar, a chorar, a chorar de pura alegria. As emoções claras, límpidas, o grande amor. Emanuel nunca que seria assim, mesmo vestindo outras roupas. Será que aquilo tudo se passou daquele jeito? O homem inventou, eles sempre inventam, o mundo não tem criaturas assim.

Lera o livro várias vezes, sabia-o quase de cor. Os três livros que vinha lendo desde mocinha: As pupilas do senhor reitor, as Mulheres de bronze e aquele terrível, a Vingança do judeu. Lia-os repetidamente, passava de um a outro, sempre aqueles mesmos livros. A garrafa debaixo da mesa, o cálice cheio, começava a ler. Tudo esfumado, numa neblina. As personagens saíam do livro, passavam a viver cá fora, chegava a ouvir-lhes as vozes, fantasmas de sua solidão. De vez em quando Emanuel entrava no livro, pegava a dizer coisas tão lindas, de que ele nunca seria capaz. Vestia-o com uma casaca, punha-lhe uma gravata como aquela do desenho da capa. Pegava-a pela cintura, punha-a na garupa do seu corcel branco, raptava-a, levava-a pra bem longe, pra um país onde a neve caía branca. Depois o cavalo galopava no ar, cruzavam um campo revestido de flores, ela pedia pra ele parar, queria colher um ramo de flores. Ele dizia que não, tinham de fugir, os homens estavam no seu encalço.

Os olhos de novo frios olhavam os móveis da sala, o relógio--armário parado, o lustre de cristal, as mãos abertas sobre a mesa, as suas mãos vazias. Tinha vontade de chorar, de uns tempos pra cá tinha vontade de chorar. Ela, que antes não chorava. Como viver ali, naquela sala, naquela casa, naquela cidade hostil, quando havia uma vida tão diferente lá fora, no grande mundo de Deus?

As lágrimas secaram, abriu o livro ao acaso. Os olhos encontraram uns versos soltos na brancura amarela da página. As letras dançavam, tinha de firmar bem a vista para distinguir as palavras. As letras embaralhadas, ela tonta, uma névoa envolvia-a toda. As letras pareciam bichinhos inquietos. Conseguiu ler apenas, com dificuldade – Trigueira! se tu soubesses. Trigueira, não sabia o que era trigueira. Para ela trigueira queria dizer alegre, viçosa. A palavra brincava dentro dela, se repetia como um eco repete várias vezes o nome da gente, o grito da gente. Trigueira, eu sou trigueira, gritou pra Quiquina, pra alguém poder ouvir. Ninguém chegou na porta e ela foi repetindo baixinho trigueira, trigueira, até que seus lábios emudeceram e um grande silêncio cresceu dentro e fora dela. Os olhos fechados, não dormia nem sonhava. Apenas aguardava não sabia bem o quê, aguardava que um ruído qualquer quebrasse a pele do lago de silêncio agoniado.

Lá fora a noite estrelada, o céu negro muito alto onde boiava uma fina lua crescente, como um barco estilizado. Uma viração cheirosa buliu as cortinas, enfunando-as levemente como as velas de um barco que começa a se mover ao primeiro vento após a calmaria. Ela não via as velas, começou foi a ouvir um assobio vindo de dentro da noite. Um assobio muito longe, de alguém que vinha chegando.

José Feliciano vinha assobiando da sua peregrinação noturna. Estivera no galpão de seu Ítalo Brentani, onde ficou de sapo vendo os italianos num jogo de cartas que ele não conhecia (de noite não tinha bocha por causa da barulheira infernal); se aborreceu do jogo, foi ver a rapaziada jogar bilhar, os olhos vadios seguindo as carambolas, o barulho seco das bolas de marfim; se cansou, foi para o botequim, pediu com muito jeito fiado uma cerveja e um traçado de pinga e cinzano, conseguiu; pensou em ir ver Mariinha no Curral-das-Éguas, os bolsos vazios, quem sabe ela não queria um pouco de prosa? não convinha; ficou bebericando numa roda de conversa boba, mas sempre era uma conversa; melhor ir pra casa, já passava das dez e meia, a prosa mole daqueles mocorongos não tinha nenhum interesse.

Eta vidinha miúda, arrastada, disse ele num tédio que há muito não sentia. Bom mesmo era uma caçada de paca, a noite estava pra isso. Ninguém pra ir com ele, também não tinha cachorro paqueiro; ninguém, sozinho. A sua pica-pau não era boa pra capivara, só servia pra sair com seu Etelvino, na passarinhação. Seu Etelvino sempre burro, gastando munição à toa, espantando caça. Bom era se encontrasse alguém feito seu major Lindolfo. Qual, caçador feito ele tinha mais não, pensou com tristeza.

Se de natural era alegre e falastrão, quando bebia um pouco lhe dava uma tristeza mansa, emudecia. Gozava aquela tristeza como se goza uma tristeza de amor. O corpo cheio, carecia mesmo era de mulher. Mais de semana sem ver fêmea. Lá na pensão. Mariinha boa, arteira, inventava uns modos. No seu estado, qualquer uma servia. Ficou pensando nas várias mulheres. Elas eram boas, tinham sempre um carinho. Mesmo pago, era um carinho, o amor. Mas sem dinheiro, sem munição, que é que um caçador, que é que um homem feito ele podia fazer? Se já ia afundando raízes na cidade, se não pensava mais em sair dali, por que não assentava juízo, arranjava uma moça boa, moça boa é que não falta, tomava estado? Uma mocinha jeitosa, caseira. Aquele casarão tão grande e vazio, dona Rosalina bem que podia deixar ele levar a moça pra lá. Deixasse de sonhos, de jeito nenhum dona Rosalina ia permitir, não queria saber de ninguém da cidade dentro de casa. E se ele fosse buscar aquela Toninha, do Guaxupé, com quem ele uma vez se engraçou?

Nessa ordem de pensamentos ia subindo vagarosamente a rua, estava quase no largo. As casas fechadas, a rua vazia, ninguém. As luzes dos postes muito espaçadas, fracas e amarelas. Eram amarelas e tristes, mais tristes do que ele aquela noite.

Ouvia os próprios passos, ele era mesmo muito sozinho, carecia de alguém feito Toninha. Toninha de olhos graúdos de fora lumeando nos risos claros em que ela se dobrava quando ele dizia uma coisa mais engraçada. Os dentes brancos, certinhos, brilhavam mais que os olhos, molhados. Os peitinhos duros espetados no vestido, a carnação dura, cheirando a mato. A pressão dos peitinhos no seu braço, quando ele fingindo que sem querer por eles roçava. Querendo, como agora, podia sentir na lembrança a pressão, a quentura daqueles peitinhos no braço. Ela só deixava segurar as mãos, não podia avançar um carinho mais demorado e atrevido. Os cabelos compridos, lustrosos, soltos em ondas sobre os ombros. Se dona Rosalina deixasse o cabelo dela era assim. Ele ficava brincando com os dedos na macieza quente, viva, daqueles cabelos estalando. O cheiro dos cabelos, um cheiro tão bom que ele respirava fundo, levava o cheiro gostoso para casa. Para pensar em Toninha de noite, para ver se sonhava com ela. O cheiro do cabelo de Toninha ficava com ele, com ele agora.

Devia ter ficado por lá, arranjava um serviço qualquer, mesmo pesado servia. Um homem quando quer se casar tem que dar duro. Toninha havia de querê-lo, via que não desejava outra coisa. Os quadris grandes, mulher boa pra gente tirar família. Muitos filhos, o primeiro era homem. Fazia pra ele uma espingardinha de cano de guarda-chuva, assim igual fez pro menino Valdemar. O menino Valdemar ardendo de febre. Melhor não pensar nisso, no sem jeito da vida. O que ficou pra trás, pra trás ficou, volta mais não. A gente recomeça sempre é o movimento. Daqui pra diante, não recomeça de trás, de onde parou. A gente nunca volta pra casa, a casa nunca é a mesma. Seu major Lindolfo morto, dona Vivinha morta, o menino morto. Toninha com certeza também mudou, quem sabe se casou, ela só pensava em casar. O mundo não tem paradeiro, a gente recomeça do principinho, de onde mesmo principiou. Não é feito lousa de escola, basta um pano molhado pra apagar as contas, as letras da escrevinhação. A gente longe, tem sempre alguém que continua escrevendo.

Se encostou num poste, fez um cigarro. Tirou a binga do bolso, deu fogo, chupou forte a fumaça, o mais que o fôlego dava. Uma baforada pro ar, ficou vendo a fumaça subir em direção aos bichinhos voejando em volta da lâmpada. Deu mais uma tragada. O pigarro na garganta, o amargo da cerveja na boca. Tinha fumado muito, o cigarro sem gosto. Tossiu, jogou fora o cigarro.

Agora olhava pela primeira vez o céu, a noite estrelada, a fatia fina da lua no céu sobre a sua cabeça. Ele era uma agulha no palheiro de Deus. Deus certamente nem que ia cuidar dele, da sua tristeza miúda, uma cabecinha de alfinete espetada naquele mundão sem fim. O céu estrelado dava muita aflição, ele era mais triste ainda no descampado, no sertão da vida.

Voltou a andar, a ouvir os próprios passos. Foi então que começou a tirar um assobio bem de dentro de si, uma toada triste que ele tinha ouvido alguém cantar numa noite de chuva. Não, não era ninguém que cantava, se lembrou melhor. Era o assobio daquele homem em Divinópolis, o guarda-linha, a lanterna colorida balançando na chuva, que mergulhava na noite, se perdia na escuridão lá na curva dos trilhos, e ele ficava ouvindo o assobio que aos poucos ia morrendo, morrendo, e ele não ouvia mais. Só ouvia a chuva caindo fininha no telhado da plataforma. Ele esperava o trem noturno, atrasado, sempre atrasado.

No largo a escuridão era maior. Só a luz de um poste solitário brilhava no canto da praça, junto da igreja, um coágulo de luz. Do outro lado, a rua escura que ia dar no cemitério.

Só no sobrado havia luz. No quarto de dona Rosalina e na sala debaixo. Ela ainda não se recolheu, senão a luz debaixo estava apagada. Sempre esperava a sua chegada, sabia. Por que será que ela me espera sempre? Diz que não liga pra minha vida cá fora, mas quer tomar conta de mim, está sempre agora me vigiando. Finge que não é por mim, pensa que não sei. Será que antes, quando ele não morava ali, ela dormia cedo? Não, não devia ter sono, o dia inteirinho ali parada, quieta, na fábrica das flores. As flores tão bonitas que ela fazia. Pra divertimento, era rica, não carecia. Quiquina muito viva. Quem parte e reparte, fica com a maior parte. Às vezes ela dava algum pra ele, quando via os seus olhos compridos. Quiquina sempre de guarda, um cachorrão no escuro. O cachimbo fumegava, os olhos de cachorro. Qualquer barulhinho, levantava as orelhas, farejando o ar. Perdigueira. De noite trancava a porta da cozinha, ele não podia entrar no corpo da casa. Se tinha sede, se valia da bica do tanque. Ela dormia lá dentro, no quartinho junto da despensa. O quarto dela, de dona Rosalina, era em cima. Só o seu quarto e uma sala (de pouco uso, ela preferia a de baixo) funcionavam, os outros quartos trancados a chave, no mistério. Como era a vida do sobrado noutros tempos. Nos tempos de bem de seu coronel Honório Cota, como eles diziam. Quando o sobrado vivia, os quartos abertos, as luzes todas acesas. Devia ser bonito, alegre. O casarão todo iluminado. Muito dinheiro correndo, muita gente, muita alegria cantando. Depois que ele chegava, sabia (às vezes saía de novo, saltava o muro com muito cuidado pra não fazer barulho e ficava de longe, na praça, vendo a sombra da dona Rosalina passar detrás da cortina de seu quarto iluminado) a luz da sala se apagava. A luz do quarto continuava por muito tempo acesa, pensava no que ela devia de estar fazendo. Que vida, a dela. Sozinha.

Sabia o que ela ficava fazendo enquanto ele não chegava. Todas as noites. Quem começa assim, acaba nunca. Às vezes chegava de mansinho que nem um gato, subia cautelosamente numa pedra que ele deixava antes de propósito debaixo da janela e espiava lá dentro. Dona Rosalina junto da mesa, o livro aberto, o copinho de lado. Das vezes que ele viu, o livro aberto, ela não lia, os olhos afundados num oco lá longe. Que será que ela via, em que ela pensava? Assim imóvel, ele escondido podia reparar melhor. Bonita, triste, era muito bonita. Podia ser outra, alguém podia ter querido se casar com ela. Ninguém pra colher o amor de dona Rosalina. Dona Rosalina era uma dona branca no seu castelo. A respiração suspensa, ele olhava dona Rosalina. Ela se mexia. A dona branca deixava cair o braço, apanhava a garrafa debaixo da mesa. Debaixo da mesa, certamente pra Quiquina não reparar, pra ninguém ver. Ele se contraía desgostoso de ver sumir no ar aquele quebranto, aquela lindeza toda. Ela não devia se mexer, devia ficar assim pra sempre. Mulher que bebe não era com ele, não gostava de ver mulher bebendo.

Abriu o portão. Ele devia entrar sempre pelo portão. Foi o que ela quis dizer da primeira vez, naquele dia faz muito tempo. Entrou na horta, a escuridão era mais pesada. Folhas e galhos secos estalavam sob seus pés. O ar cheirava a resina, a umidade fresca das mangueiras bojudas. Foi até à bica. Abriu a torneira e ficou vendo a água correr, o barulho que fazia no fundo do tanque. As mãos em cuia, levou a água até à boca. Bebeu em grandes goles, repetiu a operação várias vezes, estava com muita sede. O gosto da cerveja quente ainda na boca, o gosto do cigarro. A água não estava muito fresca, bom era água de moringa, fresquinha, o barro frio suado, gostosa. A porta da cozinha devia estar fechada, Quiquina sempre fechava. Molhou a cara na água. Depois ficou olhando para a sombra da mangueira, a escuridão mais encorpada, só as folhas de cima tinham algum brilho. Olhou outra vez o céu estrelado.

Dirigia-se para o seu quarto, o barracão no fundo da horta. Quando viu a porta da cozinha entreaberta, o leque de luz no chão. Quiquina tinha saído? Ela nunca sai de noite. Não era um dia especial, não tinha procissão nem nada. Foi lá pra ver. Devagarzinho empurrou a porta, ela rangeu, parou um pouco. Melhor voltar, ir pro quarto, não tinha nada com o que se passava naquela casa, com os assuntos de dona Rosalina. Não era o que ela sempre dizia? Mas não queria voltar, a curiosidade empurrava-o. Quem sabe tinha acontecido alguma coisa, não careciam dele? buscava uma desculpa. Empurrou mais a porta, desta vez com mais cuidado, pra não ranger.

Pé ante pé, entrou na cozinha. Onde Quiquina? Curvada na mesa, a cabeça entre os braços, ela roncava. Se cansou de esperar, estava no melhor do sono. Será que ela fala dormindo? Será que ela fala nos sonhos? pensou fazendo graça para vencer a aflição. Assim devia se sentir um ladrão quando entra de noite numa casa. Se ela acordasse de repente com a sua presença, dizia que viu a porta aberta, veio ver o que se passava. Tinha vindo beber água da moringa, a água da bica era muito quente. Será que ela acreditava? Se não acreditasse, melhor pra ela, tomasse mais cuidado das outras vezes. Também, por que trancava a porta, por que ele não podia entrar de noite na casa? Era um empregado, uma pessoa de toda confiança, disse. Mesmo assim, tratava de não fazer nenhum ruído. Rente à mesa, se curvou pra ver a cara de Quiquina dormindo. De vez em quando Azedinho sonhava, latia. A boca aberta, uma baba escorrendo, ela respirava fundo e roncava. Podia latir, no sonho. Cachorro de guarda também cochila, de repente acorda latindo. Desdentada, cachorro velho. Preta dos infernos, dorme, infeliz. É o melhor que você pode fazer na vida.

Passou para a copa, correu os olhos pelas paredes. A estampa de Nossa Senhora do Rosário, a pêndula marcando dez para as onze, o armário grande com xícaras dependuradas no teto das prateleiras. A mesa coberta de linóleo, as cadeiras bem arrumadinhas junto da mesa. A ordem, a limpeza. O silêncio das coisas, dormindo de luz acesa. As coisas limpas e frias, mesmo assim tinham uma vida silente, um sono, como se de repente pudessem estalar. Cuidou ouvir um ruído na cozinha, parou assustado. Nada, com certeza era Quiquina que se mexia no seu sono, o cachorrão rosnando. Dorme, Quiquina, dorme de mansinho.

Quem sabe não era melhor voltar? Por que aquela ousadia? Por que queria saber o que dona Rosalina estava fazendo, se estava cansado de saber o que ela fazia? Bebendo, certamente ela está bebendo. Ela fica tonta? Diz bobagem? Dona Rosalina bêbada. Ela tonta, sem nenhuma soberba. Ela devia rir. Quem é sério e triste quando bebe costuma rir, quem ri fica triste que nem eu. Careço de beber, às vezes careço de beber. Mesmo triste, é bom ficar tonto, no pastoso, na engrolação. Desmancha a dureza, quebra as quinas da vida. A bebida que tomou no botequim já perdera o efeito, agora lúcido e transparente. Bom era a lerdeza, as brumas.

Parado no meio da copa, não se animava a avançar. Agora lhe deu vontade de beber. E se dona Rosalina lhe oferecesse um golinho. Gozado, mesmo bêbada, dona Rosalina jamais se desmanchava, nunca que era capaz de convidá-lo. Doido de pensar nisso. Mesmo bêbada que nem um gambá, não o convidava ao menos pra se sentar. Ele sentado ao lado dela. Mulher muito orgulhosa, orgulho assim não se abate. Quem sabe não era orgulho, apenas infeliz demais? Quem chora ri, quem ri chora. Devia chorar escondido, não é possível alguém aguentar sempre frio aquela tristeza toda. Era triste, via, era triste demais da conta, de uma tristeza de morte.

Tonta, ela devia rir, rir mesmo, não rir assim de boca fechada feito ela sempre ria, rir com todo o corpo, livre. Devia ser muito engraçado. Sem nenhum orgulho, ela era uma pessoa comum, boa, até humana. Que nem todo mundo, gente. Falava com desembaraço, sem nenhuma trave. Dona Rosalina solta, se dobrando de rir. Os dentes brancos todos à mostra. Mandava às favas a memória, a sombra do pai, a mão pesada que mesmo morta, de longe, a mantinha presa. E se ela fosse violenta? Brigona. Tem gente que fica assim, brigão quando bebe. Ela não era assim, não tinha jeito. O jeito de menina às vezes. Bonita, certas horas era bonita, demais, a gente reparando. Se soltasse o cabelo, bem bonita, imaginava. Dona Rosalina de cabelos soltos, galopando no seu cavalinho Vagalume. Rosalina entre as nuvens, menina. Vagalume galopava. Boas as histórias que ela contava. Parecia uma menina. Uma menina uma vez, no Paracatu...

Parou na porta da sala, temia prosseguir. O lustre de cristal rebrilhava. Coisa de sonho, o lustre. Nunca tinha visto o lustre de perto iluminado. O reflexo azulado nas quinas das mangas, nos pingentes facetados. Um sol frio brilhando dentro do sonho. O castelo iluminado de que falava dona Vivinha nas suas histórias para o menino Valdemar. Que ele não sabia como era, mesmo assim sonhava. O castelo devia de ser assim, cheio de lustres de mil brilhos, de vidrilhos.

Ah, ali, ela. Como costumava vê-la da janela. Junto da mesa as mãos cruzadas sobre o livro. Empinada, dura, quieta. Nenhum movimento, de cera, sem vida. A cara de uma brancura lívida, de louça. Não pensava nada, os olhos fixos, o mínimo sopro de vida. Parecia olhar o relógio parado nas três horas. Mas o olhar como que não chegava até ao relógio, intermediariamente suspenso, mergulhado no vazio, no oco do tempo. Temia acordá-la, ela não dormia, os olhos abertos, via. Ela via não para fora mas para dentro? Os lábios grossos, entreabertos, molhados, brilhando. Só eles davam mostra de vida. Como uma pessoa pode ficar assim, ser assim? Teve medo, quis voltar. Podia assustá-la, ela gritar. Quiquina vinha correndo, que desculpa ia dar? Que tinha vindo ver se ela carecia dele? Não acreditava. Se fosse pra isso, não era tão sorrateiro. Pesado de culpa, em todos os seus gestos vislumbrava uma atitude suspeita. O escândalo, posto pra fora de casa. Podia vir gente da rua, estava perdido. Não tinha nada demais no que fazia, mas por não ter nada demais é que era difícil de explicar. Agora era ir em frente, não podia mais voltar. Que importava se o mandasse embora, queria ir até ao fim, ver o que ia acontecer.

O que ia acontecer. Ele avançou mais, sentiu a tábua do assoalho ranger. Agora ela sabia alguém ali, ia gritar. Mas estranhamente não gritou não fez nenhum gesto. Apenas moveu vagarosamente a cabeça na sua direção. Os olhos muito abertos, vidrados, em cima dele. Feito que não o vissem, parecia não vê-lo, e se o visse, era como se não o reconhecesse. Sou eu, tentou dizer, a voz presa na garganta, não conseguiu dizer. Eu, dona Rosalina, disse com muito esforço. A voz grossa, rouquenha, como se não fosse dele. Ela custava a voltar a si, ao mundo existente, às coisas em redor. Ainda tinha os olhos cheios de sombras, feito viesse do miolo da escuridão. Piscou os olhos, sacudiu nervosamente a cabeça, procurava se desvencilhar das roupagens do sonho pegajoso.

Esperava agora ela gritar, não gritou. Os olhos foram ganhando um brilho mais normal, perdiam o vidrado do espanto. Como uma flor murcha por encantamento súbito recebe o sopro da vida e se ergue na haste e recompõe as suas pétalas, ou ao contrário: viva, começa a murchar, a pender da haste, numa visão, num sonho. Confuso, não conseguia pensar o que fazer, paralisado. Todo ele um núcleo sombrio de força, ofuscado pelo brilho daqueles olhos; estranhamente lúcido, atento às mínimas aparências, ao menor gesto, ao menor ruído; crescia. A casa soterrada, o mundo de um silêncio branco terrível. As sensações ensurdecedoras. O zunido.

Eu, dona Rosalina, disse de novo depois de um tempo infinito. Eu, pensou, dona Rosalina, porque agora sabia que ele era ele mesmo, ela era a dona Rosalina de sempre, na sua própria substância. A sala, os móveis, o relógio, o piano de rabo, tudo voltava ao silêncio, à dureza, à opacidade das coisas sem vida. Não mais a casa suspensa, etérea na luminosidade do sonho.

Ela abaixou os olhos, as pálpebras tremiam levemente. Porém nenhum movimento de surpresa, nenhum susto, como esperasse pela sua chegada. Ah, você, disse ela mansa, a voz crespa.

Agora ele podia falar, dono do corpo, das sensações. Vim aqui porque, começou a dizer. Ela levou os dedos aos lábios. Pedia pra ele não falar ou só pra falar baixinho? Quiquina podia escutar. Dona Rosalina, disse baixinho, a porta estava aberta, eu pensei... Sim, sei, disse ela cortando sem esperar ele acabar.

Novamente calados, ela de olhos baixos, sem olhá-lo, pensando. Que será que ela pensava? Que será que ela procurava dentro de si? Ele, aflito, torcia os nós dos dedos, como se quisesse desconjuntá-los. Pouco acostumado ao silêncio, não suportava o silêncio agoniado. Olhou o relógio-armário parado, como esperasse o ponteiro se mover. Chega, pensou. Melhor ir embora. Não suportava por mais tempo aquele silêncio. Mas os pés presos no chão, ele não podia se mover.

Dona Rosalina, acho que estou estorvando, disse ele mais dono de si. Ela olhou-o, procurava ler nos seus olhos o que ele tinha dito. Eu, disse ele. Sim, você, eu sei, é você que está aí, disse ela. Mas não precisa gritar. (Ele não gritara, falou até mais baixo que de costume.) E com os olhos ela mostrou uma cadeira ao lado. Ele não entendeu, ou entendeu e teve medo de se mexer. Ela podia ter uma reação com que ele não contava, tão acostumado agora às suas súbitas mudanças. Quem sabe ela não o experimentava? Temia que ela voltasse a ser a dona Rosalina diurna, a dona Rosalina de sempre. Não, ela não estava ainda no seu normal, embora tivesse perdido a aparência estúrdia de gente do outro mundo, de quando ele entrou na sala e ela o olhou de olhos vidrados. Bêbada, ela deve de estar bêbada, pensou ligeiro. Ela queria ele sentado ao seu lado. Onde o orgulho, a distância? Se sentar ao lado dela, nunca julgou possível. Olhou o cálice vazio, procurou ver a garrafa debaixo da mesa. Bêbada. Será que ela sabe o que está fazendo? Me enganei, ela não me mandou sentar, quis dizer outra coisa. Não podia ter se enganado, ela disse com os olhos sente-se. Devia ter lido nos lábios úmidos o que os olhos disseram, sente-se. Era uma ordem, não um convite.

Mesmo assim não se movia, esperava que ela dissesse. Desta vez não ia ser um enxerido, não passava da sua cerca. Ela devia falar, ele esperava. Orgulho hoje não, pensou por ele uma vingança surda. Hoje não. Ela devia ver quem era ele.

E como ele não se mexesse, ela disse sente-se, faz favor. Faz favor, disse ela, ela disse faz favor. A voz pastosa, a língua grossa na boca. Ela sabia o que estava fazendo?

Ele procurou com os olhos uma outra cadeira, não aquela que lhe tinha sido apontada. Quando ela viu o que ele ia fazer, disse não, aqui, e mostrou com os olhos a cadeira ao seu lado.

Então ele se mexeu, afastou a cadeira da mesa, sentou-se. Uma sensação de desconforto. Nunca estivera tão perto dela, quase podia sentir-lhe o calor do corpo, o seu cheiro. Tinha de ser dono de si, não demonstrar nenhum medo. Ela queria, ele precisava mostrar que era homem, o homem que sempre existiu dentro dele, não o seu empregado diurno. Mas o desconforto, não sabia onde punha as mãos.

Ela não o olhava com os olhos, mas sabia que ela o olhava com o ouvido, com o corpo, com a pele. As mãos brancas em cima da mesa, ele reparava. As mãos finas, de uma transparência luminosa, branca. As veias azuis, salientes, debaixo da pele. Os dedos tremiam levemente, ela devia sentir nas mãos o calor dos seus olhos. Assim, com a gordura do olhar, ia apalpando as mãos dela.

Ela puxou as mãos para junto do corpo, como se tivesse sentido muito forte a quentura, a mornidão, o unto dos olhos. Enfiou as mãos debaixo da mesa. Tudo sem pôr os olhos nele.

Ele reparava agora no rosto, no perfil delicado, no nariz fino de raposa – a pontinha levantada, nos lábios grossos e molhados que tinham mais vida que os olhos, só eles pareciam viver no rosto de porcelana. Os lábios entreabertos, a pontinha dos dentes brilhantes aparecendo. Um brando tremor nos lábios, como se quisesse balbuciar.

De repente uma outra presença na sala. Quiquina no vão da porta. Voltou-se rápido. Ninguém, deve de ser cisma. Ela não ia ser tão ligeira a ponto de não deixar nem sombra de si. Cisma, emoção. Uma tremura no corpo, o coração batendo surdo. Os joelhos é que mais tremiam.

Não era Quiquina, ninguém. Cisma, medo. Se fosse Quiquina, dona Rosalina tinha visto, o rosto agora de frente para a porta. Resolveu continuar. Continuar o quê? Continuar o diálogo mudo, a comunicação sem palavras. Ele agora não sentia a menor necessidade de falar. Um prazer estranho invadia-o em ondas quentes.

O cabelo puxado para trás, preso num pente de respaldo comprido, cheio de furos, com desenhos de pedrinhas brilhantes. O cabelo preto, lustroso. Os cabelos de Toninha tinham um cheiro quente, pretos assim, estalavam quando ele alisava no carinho. Quê que você está fazendo? Deixa. Não, na minha nuca não, que faz cosca. Quando ele quis beijá-la ela fugiu, ele ficou feito bobo beijando o ar. Esperta, Toninha era muito visonha e esperta, ligeira. Visonha, dona Rosalina. Guará.

Continuava. Os olhos colados nos lábios, na pele macia, nos olhos vistos de lado. Os olhos rasgados. Ela devia sentir, ela devia estar sentindo o contato de seus olhos. Os olhos como placas, ventosas, um morcego que chupava o sangue dela de noite. Via, não podia deixar de ver. Os olhos na nuca, no ponto em que tentou beijar Toninha, onde fazia cosca. Ela não ia deixar, loucura pensar nisso. Melhor ir no repente, no que acontecesse. Não era Toninha, dona Rosalina. Misturava as duas no prazer de olhar.

Há quanto tempo assim? Não sabia, não podia saber, não queria saber. Podia continuar assim por mais tempo, não carecia de falar, era bom. Assim a noite inteira, se ela quisesse, se aquele prazer quente não o empurrasse louco pra diante. Nunca tinha sentido o prazer do sutil, do miúdo das coisas vistas através de lentes de aumento. Um prazer morno, feito de medo e espera. O prazer do jogador que move imperceptivelmente a sua pedra sem que o outro possa ver. Mas ela percebia, ela via com todos os sentidos, com o corpo. E deixava, calada, ele prosseguia, cada vez mais para a frente.

A orelha bem cortada, o lóbulo grosso onde tinha um furinho de brinco. A porcelana do rosto, a veiazinha azul que ele buscava debaixo da pele. O sangue correndo dentro dela, quente, silencioso, selvagem. O sangue que ele sentia nas têmporas, no peito; quente, grosso, espumoso. Um breve tremor no rosto, um esgar no canto da boca. Um começo de riso, a boca fechada.

E agora ela ria um riso nervoso, arrancado das profundezas. Ria de qualquer coisa que tinha se passado com ela e ele não percebeu. O corpo sacudido igual num soluço. Os dentes certinhos, brilhando. Temeu que o riso viesse destruir a longa, paciente construção do sonho, das sensações, da alma.

Quiquina no vão da porta. A porta vazia. Ninguém.

Voltou-se para Rosalina, para o riso agora claro e aberto.

Acho que estou meio tonta, disse ela buscando uma desculpa. Ele não disse nada, sorriu. Os olhos se encontraram, os dois riam. Viu que ela olhava o seu olho inútil.

Gozado, não? disse ela; sim, disse ele trêmulo.

A porta vazia, ninguém. Quiquina no vão da porta? Precisava continuar. Gozado, a gente aqui assim, disse ele se arrependendo de ter falado. É, disse ela; é, disse ele se arrependendo de ter falado. É, disse ela; é, disse ele rindo. Ela também ria.

Ela segurou o cálice vazio, virou-o. Ficou vendo a pocinha no fundo.

Quer? disse ela; sim, disse ele. Lá, disse ela apontando para o dunquerque. Ele percebeu o que ela queria dizer. Foi até ao armário (Quiquina no vão da porta), voltou com um copo. Enquanto ele tinha ido até lá, ela produziu a garrafa debaixo da mesa. Quando ele voltou, viu a garrafa com um *R* no rótulo.

A garrafa pela metade, a garrafa luminosa. Agora ele precisava beber, o vinho era pouco, não dava para a sua sede, para o seu tremor, para o oco sem fundo no peito.

Quieta, os olhos no chão da mesa, agora sem riso, ela esperava que o primeiro movimento partisse dele. O primeiro movimento em direção da garrafa.

Ele esperava que o primeiro movimento partisse dela. E se a parada botasse tudo a perder? Não podia querer que ela o servisse, era demais. Levou a mão à garrafa. Quando a sua mão chegou à garrafa, lá estava a mão dela primeiro. As mãos se tocaram, ele ficou segurando a mão dela em volta da garrafa. Sentiu o frio daquela mão, a macieza, a brancura, o calor daquela mão. Ela fechou os olhos, reduzida, minúscula; ele sentiu o tremor que vinha do outro corpo através daquela mão: passava para ele como uma corrente, eletrizado.

Ela riu, e o seu riso era fino e nervoso. Ele também riu, riu muito, ria mais do que tinha necessidade de rir. De fora deles, o encontro das mãos era a coisa mais gozada do mundo. Assim parecia dizer o riso. Porque por dentro eram sérios e compenetrados, tensos, sem nenhum riso, aflitos, à espera do que ia, do que estava podendo acontecer. Nenhum deles sabia o que podia, o que ia acontecer. Esperavam.

Ela esperou um pouco mais para ver, deixava. A mão grande e grossa sobre a sua, cabia inteira dentro da outra. Ela olhou para a porta, retirou rápida a mão. Quiquina no vão da porta, pensou ele ligeiro. A porta vazia, ninguém. Voltou-se para ela, ficou sério olhando o riso branco, o brilho nos olhos dela.

Ele se serviu, serviu-a. O cálice na mão, ela recuou um pouco, os olhos fixos no cálice. Depois, com o seu cálice, ela tocou o copo dele no ar. O barulhinho fino de cristais que se chocam.

Ela riu alto, alto demais. Não ria tanto assim, pediu ele com os olhos. Quiquina podia vir. Quiquina no vão da porta. Ninguém. Ela recolheu o riso, ficou apenas com o brilho de uma alegria escura no rosto.

Como aquilo ia acabar ele não sabia, queria que não acabasse nunca. Um sonho, tudo um sonho, a névoa luminosa de um sonho, as sombras nas bordas luminosas de um sonho. Não podia acreditar no que estava acontecendo, no que via. Ela não podia mais fugir, dera o primeiro passo, não recuaria mais para a escuridão fechada do seu orgulho, do seu silêncio enclausurado. Ela saíra para a luz, para um descampado coberto de luz.

Como se a comunicação silenciosa não bastasse, bom este vinho, nunca tinha experimentado, disse ele. É estrangeiro? Mais, perguntou ela. Agora foi ela que o serviu. Ele virou o copo ligeiro. Ela bebia vagarosamente, vagarosa demais para quem já está meio tonta, degustando o vapor, o perfume do vinho. Como se esperasse que aquele fosse o último vinho de sua vida.

Bem junto dela, ele sentia agora o cheiro quente de seu corpo, o cheiro macio de seu cabelo. O cabelo que ele mentalmente tocava, mentalmente despenteava. Os cabelos soltos sobre os ombros, o cabelo em ondas. Como aquele outro cabelo, Toninha. Aquele outro cabelo empalidecia, perdia todo o brilho, feito cabelo de santo, fosco diante do cabelo onde agora seus olhos pastavam. Nunca tinha visto uma mulher assim, todas as mulheres de sua vida eram seres pequenos e miúdos, pálidos diante de tamanha luz, de tanta grandeza. Deus, foi o que ele pensou sem saber por que dizia Deus, apenas Deus. Como se quisesse significar que aquele era um prazer dos céus, a alegria única dos deuses. Ele não tinha desses pensamentos, era mais uma força sombria dentro dele, uma força que crescia negra como uma onda volumosa.

A sensação boa da bebida, no peito um calor demorado. A felicidade sem alegria, a felicidade séria, feita de aflição e espera, pela primeira vez ele sentia.

Mais, perguntou ela. A garrafa quase vazia, ela olhava para o fundo da garrafa com uma certa tristeza. Ele bebeu rápido, não notou a súbita tristeza nos olhos dela.

E se o vinho acabasse de repente, ele se perguntou. Aquela felicidade só era possível com o vinho. Se o vinho acabasse, ele estava perdido, a comunicação partida. Ela o deixava: ele sozinho na sala, sozinho no mundo.

Tem mais? disse ele apontando a garrafa. Ela fez com a cabeça que sim, uma, disse ela e olhou para a porta. Quiquina no vão da porta, pensou ele seguindo a direção do seu olhar. Quiquina podia surgir, que era dos dois? Nada, Quiquina é só uma empregada, pensou ele esquecido de sua condição. Quiquina onceira, na guarda.

E de repente ela começou a falar. Falava muito, falava e ria. Falava coisas meio desconexas, ele não entendia direito. Falava de sua vida, do cavalo Vagalume, de rosas de cetim, de organdi, de rosas no cabelo, de festas, de bailes. De vez em quando um ou outro nome surgia na sua fala. Uma vez ele ouviu ela dizer Emanuel, Emanuel, apenas Emanuel, não seu Emanuel, feito ela sempre dizia. Que tinha seu Emanuel que ver com aquilo tudo? E outros nomes de que nunca tinha ouvido falar. A confusão, a fala atropelada. Ela não está acostumada a falar assim, com a alma, com o coração, cuidou ele. É por isso. Por isso ela fala pra ninguém, não fala pra mim. Deixa.

Ele levou a mão ao ombro dela como para acalmá-la, como se quisesse dizer ela não devia se afligir, devia falar mais devagar, não carecia nenhuma fala. Mas ele não dizia nada, a mão de propósito esquecida no ombro dela. Ela deixava, fingia não notar. De vez em quando ela fazia uma pressão com o ombro, ele sentia na palma da mão o calor, a tremura, o perfume quente do corpo de Rosalina.

Chegou-se mais para junto dela, a respiração ofegante, o coração batendo descompassado. Todo ele era quentume, corpo, narinas abertas, ouvidos, olhos, um feixe de sensações se abrindo. Vagarosamente foi encostando o joelho no seu vestido, até sentir a dureza, a quentura da coxa. Ela falava mais depressa, como se quisesse separar a fala do corpo, se dividir em duas: uma, pura voz; outra, o corpo queimando que se comunicava por ondas quentes e sucessivas com aquele outro corpo. Como se aquela fala não viesse de dentro daquele corpo. Só o corpo quente e escuro de Rosalina vivia. Ouvia a voz de Rosalina, mas não sabia do que ela estava falando. Queria apenas o som, a melodia, o embalo da voz quente. Até era bom que ela falasse. Se de repente silenciasse, talvez se visse obrigada a reagir, a tomar uma decisão. Ele era cada vez mais ousado, podia sentir o quentume de seu hálito, de seu rosto afogueado.

Ouviu um retalho de sua fala. Dizia agora: eu pensava que era igual a ele, não sou igual a ele não, sou igual a ele, o outro. Quem era ele, quem era o outro? Tudo muito confuso, muito apressado, muito quente. Olhou para onde ela olhava e viu os dois retratos na parede. Os retratos, o pai e o avô. Ela falava para os retratos, não falava com ele. Dele era o corpo, um corpo vibrante, as ondas do corpo.

Quiquina no vão da porta. Pra que olhar, só valia aquele corpo, só aquele corpo contava. Um corpo que podia ser dele, o corpo já era dele nas sensações.

O joelho não bastava, queria tocá-la com as mãos, senti-la nos dedos. Retirou a mão do ombro, foi levando-a lentamente, medrosamente, ao cabelo. A mão trêmula, não podia conter o tremor que vibrava em todo o corpo, feito ele fosse uma barra de ferro percutida, um sino vibrando. Quiquina no vão da porta. Os dedos tocaram de leve o cabelo, sentiram a macieza eletrizada dos fios. Um vácuo, um silêncio: ela parara momentaneamente de falar. Voltava um pouco o rosto para sentir na pele a parte carnosa de sua mão. Um pigarro preso na garganta seca. Ele podia desmaiar, ela podia gritar ou desmaiar. Tudo podia acontecer de repente, soterrado. Mas carecia continuar, continuar sempre e sempre.

Tudo sem que ela pelo menos o olhasse, sem que os olhos se encontrassem. Não queria mesmo que ela olhasse, os olhos podiam denunciar, podiam botar tudo a perder. Ela fechou os olhos para sentir, pra sentir, pensou ele. De olhos fechados, melhor. Era como uma flor se abrindo dentro do corpo, no meio da noite, na escuridão do corpo. Uma flor cujas pétalas os dedos tocavam.

A mão trêmula demais, retirou desajeitadamente o pente que prendia o cabelo. Os cabelos soltos caíram sobre os ombros. Cuidou ouvir o barulhinho dos cabelos caindo nos ombros. As ondas macias do cabelo, o negrume luminoso. Como ele pensava, muito mais vivos do que ele pensava.

Não só o corpo, toda ela agora atenta aos menores movimentos. Os olhos não mais nos retratos, mesmo sem ver os olhos viam os seus mínimos gestos. Ele ouvia a respiração apressada, sentia-lhe o respiro. Quase não respirava, pouco ar lhe bastava. Sabia que ela o acompanhava.

Começou a alisar, não com as pontas dos dedos medrosamente, mas com a palma da mão, o cabelo. Ela deixava, ela queria, agora ela queria e deixava. Não vou pensar, depois ele ia pensar no absurdo de toda aquela noite.

Pela primeira vez ela voltou o rosto inteiramente para ele. Viu os olhos sem espanto, os olhos com brilho de brasa, os olhos afogueados. Ele tentou um leve sorriso, não conseguiu. Ela era séria, de uma seriedade severa e funda. Era uma mulher sem o menor gesto, sem o menor ruído, uma mulher de sombra e pesado silêncio. Apenas uma mulher.

Foi então que ela fez o primeiro gesto, como se o espírito se encontrasse com o corpo e se fundisse na mesma substância. Como para dizer-lhe que não era só o corpo, toda ela participava. Desabotoou os primeiros botões da blusa branca. Quê que ela vai fazer? pensou rápido. Não. Ele viu que ela tirava qualquer coisa escondida nos seios. Uma rosa branca, vaporosa, uma rosa como uma aranha de pétalas. Uma rosa de pano, viva. Uma rosa mais viva do que as rosas de carne e seiva dos jardins. O brilho da rosa, a sua vida. Rosaviva.

Minha, disse ela. É pra mim, disse ela, mas confusa ofereceu-lhe a rosa. Ela sorria, ele viu que ela sorria. Sorria só com os olhos, a boca fechada, o rosto mudo. Ele viu a pele branca dos seios, uma carne arfante e gelatinosa, brilhante. Pensava depois, depois ia pensar. Quiquina.

Pegou a rosa entre os dedos, esperava as pétalas se abrirem. Bobo, olhava-a feito quem olha um bicho se mexer. Teve vontade de beijar a rosa, cheirar o perfume ainda quente dos seios.

Viu o que ela queria, o que ela queria dizer. Prendeu a rosa no cabelo, meu Deus, ela é linda. Nunca vi uma mulher assim feito ela. Que estava reservado para ele? Quiquina no vão da porta. Quiquina, a sombra, o medo, a angústia, o pesadelo.

Ele puxou-a para junto de si, abraçou-a. Os lábios roçaram a pele macia do rosto, sentiu-lhe o fundo perfume, o calor irradiante.

Os úmidos lábios entreabertos, ela olhava para ele. Ela olhava para ele com os olhos de uma mulher úmida de fogo, com os olhos de repente de uma menina que vai deixando que se faça sem entender o que está acontecendo, deixando, imóvel, paralisada. A sua mão livre procurava debaixo do vestido a nudez quente e úmida. Ela deixava, ela deixava. Uma menina. Os lábios bem junto dele sentiu o quentume dos lábios, a respiração apressada. Era toda ela cheiro, calor, umidade. Beijou-a longamente na boca, no calor molhado da boca. Sentiu a mão dela na nuca, dolorosamente apertando, como se quisesse machucá-lo, feri-lo. As unhas agudas na pele. Ela podia continuar, mais, sempre mais.

Quiquina no vão da porta, viu Rosalina. Rosalina se desvencilhou dele, deu um grito de horror apontando a porta onde viu Quiquina.

Quiquina já não estava mais lá, a porta vazia.

Quando ele procurou por Rosalina, viu-a no meio da escada, correndo, fugia.

A rosa branca caída no chão, aranha murcha, morta.

7

A ENGRENAGEM EM MOVIMENTO

O SOL ACORDOU-A, a claridade queimava-lhe os olhos. O quarto um lago de luz, o ar faiscando pontinhos luminosos, róseo. Os olhos ainda fechados, a manhã ensolarada lá fora. Detrás das pálpebras a claridade rósea. Temia abrir os olhos, ser ferida pela luz, partida ao meio pela claridade feito um cristal se parte a um som muito alto. Como, a cabeça dentro de um sino, de repente percutissem.

Vinha de um sono profundo, de um sono sem sonhos, de um sono onde luz e sombra não existiam, de um sono neutro e pastoso, de um sono mórbido. Como se acordasse de um sono letárgico, aos poucos procurava tomar conhecimento do corpo, do quarto. Não do quarto em si, mas de onde estava: em que quarto, em que casa, em que mundo ela acordava. Procurou tomar conhecimento do corpo, quedo, mudo, morto. Como se o espírito voltasse das sombras (as névoas brancas, o mundo silencioso, anterior à dor, em que a sua consciência durante horas se perdera) para a posse da velha morada. A brancura, a ausência de sonho durante a noite davam-lhe uma dolorosa e terrível sensação de ressurgir.

Ressurreição e dor. A dor, a sensação de existir. Assim, os olhos fechados, o mundo era róseo, róseo e dolorido. Luz e dor, o primeiro conhecimento do mundo. Os olhos agora doíam intensamente, fulgurantes, a cabeça pesada doía, todo o corpo um feixe de dor. A dor e o peso, o corpo pesado. A dor e o remorso de um corpo que perdeu o equilíbrio. Tonta, o próprio corpo é que sabia não ser possível se erguer, o mundo girava feito uma máquina infernal. Luz e movimento, dor.

Assim ficou muito tempo, até que pudesse se mover e abrir os olhos. De onde vinha, onde estava, mesmo quem era? Eu, Rosalina, conseguiu pensar em dificuldade. Eu, viva. À dor de viver, preferia estar morta, não ter acordado nunca. Eu, por quê? Por quê, como se procurasse uma conexão com o mundo e a existência. Eu, como uma liturgia, um batismo; para começar a viver, para se livrar do vazio, da angústia, do nojo no corpo. Eu, como se chamasse alguém para a posse daquele corpo fulgurante, luminoso de dor.

Quis encher o peito de ar, mas a dor foi tão intensa que parou. A respiração suspensa, permaneceu quieta e imóvel enquanto durou o fôlego. Soltou vagarosamente o ar. Como alguém procura de olhos abertos se acostumar com o escuro, assim ficou de olhos fechados na claridade. Ela, seu quarto, sua cama, ia pensando lentamente enquanto as mãos corriam a colcha de crochê. Minha, minha cama, eu. Meu quarto, minha casa. A janela aberta, a janela dormiu aberta. Como foi? O remorso no corpo. Apalpou o corpo, meu. Vestida, dormira vestida. Como foi que aconteceu? Que aconteceu? Como? Quem?

Súbito se cristaliza: ela e o corpo, ela.

Depois de algum tempo tentou abrir de novo os olhos; o sol doía tão amarelo nos olhos que ela fechou-os instantaneamente, se protegia. Dormiu de janela aberta, vestida. Bêbada, ainda estou bêbada, pensou. Não, não é bebida, já bebi mais de outras vezes. Alguma coisa mais tinha acontecido, não conseguia se lembrar. Novamente abriu os olhos, agora era mais fácil. Só que não podia mexê-los, a cada movimento uma dor intensa estalava dentro do olho, na cabeça. A lâmpada acesa, pálida, a luz inútil. Também a luz dormiu acesa.

Quando, se apoiando nos cotovelos, procurou erguer a cabeça do travesseiro, o quarto girou numa velocidade espantosa, horrível. Náusea, o estômago embrulhava. Levou a mão à boca para conter o vômito. O vômito não veio, ficou entalado na garganta. A ânsia seca, melhor ter vomitado, ter posto tudo pra fora. Um suor frio na testa, no pescoço. Doente, estou doente, não vou sair daqui. Quiquina.

O nome de Quiquina lhe deu um remorso fundo, não mais no corpo, na alma. A cara de Quiquina de repente. Quiquina no vão da porta. Os olhos arregalados, os olhos que lhe diziam coisas terríveis. Ele. Aquele outro olho, leitoso, sem ver, branco. Quiquina me viu, ela viu tudo. Quiquina viu o quê? Quiquina viu o que ela tinha feito. Que eu fiz, meu Deus? O olho branco, cego. Ah, sim, aquilo, ele. O olho leitoso que ela tinha vontade de tocar com as pontas dos dedos. A mão no seu ombro, a mão quente e trêmula. O olho leitoso, o outro olho luminoso, negro, faiscante. A voz trêmula. Com ele, justamente com ele. Por que não outro, meu Deus? Com outro, quem? A belida no olho esquerdo misterioso. Só ele, só podia ser ele, não tinha mais ninguém. Emanuel. Seu Emanuel, aceita um pouco de vinho?

De novo a ânsia seca, o princípio doloroso de vômito. Não, ainda desta vez não. Precisava se levantar, depois sim. O vômito preto, amargo, azedo, das outras vezes. O nojo, o suor frio. E se tomasse um gole de vinho, um só. Assim de estômago vazio não. Melhoraria.

Seu Emanuel, só um, não aceita? Ele tirou o meu pente, os meus cabelos estão soltos. A mão dele tremia, o olho direito faiscava, o olho da belida como um ovo mal formado no oveiro de uma galinha. Branco, pegajoso. Vontade de tocá-lo. Os cabelos soltos, a mão dele tremia. Tremia ainda mais quando começou a alisar. O bafo quente no pescoço, na nuca. Os olhos em fogo, a respiração quente, o cheiro quente. Desabotoou a blusa, a rosa.

Por quê? Por que aquilo? Por que ela quis? Porque deixou. Bastava ela gritar, ele teria ido embora. A rosa branca no cabelo. Onde estava a rosa? Agora. Quiquina no vão da porta, ela viu. Ela estava vendo desde o princípio? A boca úmida, quente. Na boca, sim, tinha certeza. Ela queria que ele pedisse. Mentira, não queria, não queria nunca ouvir a sua voz. Quando ele fazia aquilo. Ela é que falava, antes, aflita. Porque as mãos dele avançavam trêmulas. Ela queria. Na boca. Ela quis. Por quê?

Se não fosse Quiquina. E se tudo não aconteceu? Se sonhou? Não sonhei, tenho certeza que não sonhei. O escuro do corpo sem sonho. E se imaginei, se sonhei acordada, às vezes me acontece, enquanto esperava por ele. Não, aconteceu mesmo. Ainda guardava na boca a lembrança do quente, o molhado.

Quiquina no vão da porta. Os olhos de Quiquina. A belida, aquele olho que ela tinha vontade de descascar. Sangrava? Branco, leitoso, sem sangue. Se não fosse Quiquina, tinha ido mais longe, meu Deus. Até onde?

Por que Quiquina foi aparecer? Não que eu quisesse mais. Não devia ter querido, não devia ter permitido, bastava ela gritar. Por que foi, no vão da porta. Ela mesma, não podia ter dúvida. Não podia ter dúvida: ela viu, viu tudo. Por que foi aparecer, pra que eu visse que ela viu?

Agora tinha de enfrentá-la. Como vou enfrentá-la? Com ele ela dava um jeito, depois. Mas Quiquina. Como é que ela agora ia olhar Quiquina nos olhos, se aqueles olhos tinham visto tudo? Sem ela teria sido mais fácil. Hoje mandava ele embora. E se ele reagisse? Não tinha importância, ela não teria visto. Ela, Quiquina, é que contava. E se Quiquina não fizesse o menor gesto, assim como não tivesse visto? Como faz com a bebida, quando a garrafa vazia. Ela não gosta, sei que não gosta. Mas não diz nada, nem com os olhos. Que sorte ela ser muda. Não, pior: muda, os olhos eram piores, muito piores do que se ela falasse. Difícil a primeira vez, a primeira vez que visse Quiquina.

E se não descesse, se não descesse nunca mais? Como deixou de sair de casa. Elas tinham de se encontrar. Senão hoje, amanhã, qualquer dia. E se Quiquina morresse, não. Se Quiquina sumisse de casa, se nunca mais tivesse notícias dela? Era melhor. Mesmo assim sabia que ela viu. Os olhos espantados, duros. Viu. Por que ela foi ver? Por que ela vivia espionando desde que ele chegou? Por que ela vive rondando atrás dele. Será que desconfiava? Não, não podia desconfiar do que ia acontecer. Nem eu pensava, nem eu queria, nem eu pensava antes o que ia, o que podia acontecer. Por que foi acontecer? Por que ela foi ver, Quiquina? Quiquina no vão da porta. E se tudo foi angústia, aflição? Se tudo ilusão? Não, aqueles olhos existiam, aqueles olhos eram mesmo de Quiquina. Ela era, Quiquina. Viu.

De novo o engulho. Agora premente, incontrolável. Não podia sujar a cama. Levantou-se rápida, tonta, cambaleante. Não deu dois passos, caiu. O vômito no assoalho, o vômito negro, azedo. Limpou a boca. O suor frio, o corpo mais aliviado. Agora ia se sentir melhor, sabia. Das outras vezes era assim. O cheiro azedo, grãos de arroz, sangue, era sangue? Não, das outras vezes não era assim, nunca ficou assim feito agora. Das outras vezes ainda podia andar. Agora não, como ia fazer se a tonteira não passasse?

E se ficasse de cama, se dissesse que estava doente quando ela batesse na porta? Antes dela entrar. A porta entreaberta, precisava fechar a porta. Também a porta dormiu aberta. Antes que ela viesse. Ela não vinha tão cedo, era certo. E se ela não viesse, não viesse nunca mais? Absurdo, podia não vir agora, mas vinha. Mais tarde ela vinha. E se ela fingisse que estava dormindo? Um dia tinha de abrir os olhos. O olho dele era branco. Ela voltava, Quiquina não ia abandoná-la. Um dia tinha de abrir os olhos e ver os olhos de Quiquina, aqueles olhos.

E se ela dissesse, se ela contasse tudo antes que Quiquina pudesse olhá-la? Ela perdoava? Doideira, ficava diminuída, um trapo de gente. Não era um trapo? Ficava diminuída perante Quiquina, nunca mais podia lhe dar uma ordem. Escrava, ela ficava escrava de Quiquina. O orgulho, o orgulho do pai, o orgulho daquela raça deles.

Se fosse Lucas Procópio. Com Lucas Procópio podiam até olhar, ninguém tinha coragem de olhar nos olhos de Lucas Procópio. Não era Lucas Procópio, sou eu aqui sozinha. Ela me perdoa, é mesmo que uma mãe pra mim. O que é pior, muito pior. E se eu saísse antes dela me ver. Emanuel, procurava Emanuel. Pedia dinheiro, o mais que ele pudesse dar, o meu dinheiro. O trem da Mogiana, o expresso das onze horas. Deixava a cidade, esta maldita cidade. Ninguém mais ouvia falar de mim. Mas Emanuel não, não podia. Emanuel estranhava, ela nunca tinha ido lá, nunca mais saiu de casa. Desde que papai morreu. Desde aquele dia, desci as escadas devagar pra que eles vissem bem. – O relógio de ouro, o relógio de papai junto daquele outro.

Doideira, Emanuel não ia dar, vai pensar que fiquei doida. E se não estou mesmo doida, se tudo isto não é doideira? E se tudo não aconteceu e eu estou mesmo doida? E se eu ficasse doida, se começasse a fazer uns gestos disparatados, umas viragens, a dizer coisas desencontradas, os cabelos despenteados, barafunda. Não, pra quê?

Duro é ver os olhos de Quiquina pela primeira vez. Não podia evitar. A primeira vez. Os olhos amarelos. Quiquina. Ah, meu Deus, se eu pudesse morrer. Morrer, não pensar mais, não ver os olhos de Quiquina. Não ver que ela sabe. Agora tem isto entre nós duas: ela sabe, viu. Os olhos, Quiquina muda, os olhos de Quiquina, mais terríveis porque ela muda.

Deitada no chão, agora não pensava em mais nada. Os olhos cheios de lágrimas, ela agora chorava. Como se chorasse de uma só vez toda a angústia, toda a infelicidade que era a sua vida, todas as lágrimas sufocadas pela desesperança, pelo orgulho, pelo medo.

Se alguém a visse de longe, se Quiquina a visse assim, teria pena daquela menina chorando. De mim, continuou ela a pensar.

Recomposta, ela desceu. Agora procurava Quiquina. Procurou-a na copa, na cozinha, na horta. O quartinho onde ela dormia, fechado. E se batesse na porta, chamasse por ela? O medo susteve a mão no ar. Mesmo sabendo que ela não devia estar lá. Com certeza não está, saiu. Saiu para não vê-la, para não ter de se encontrar com ela, lhe dizer mudamente que sabia. O quarto fechado aumentava o mistério da ausência de Quiquina. Ela nunca saía de manhã, sempre atarefada no serviço que ia inventando de fazer. Só de tarde é que saía para entregar as encomendas de flores ou para as compras. Àquela hora da manhã (a pêndula marcava nove horas, nunca se lembrava de ter acordado tão tarde) a porta do quarto estava sempre aberta, ela na cozinha ou na horta, o serviço da casa adiantado.

Na horta olhou a janela do quarto: também fechada. Será que ela está lá dentro trancada no escuro, pra não me ver? De jeito nenhum, tinha saído. Mas tudo é possível, tudo hoje é possível.

Ele também não estava. Mas ele não era novidade, quando não tinha o que fazer vivia sempre na rua batendo pernas, assuntando conversa, parolando, se metendo na vida dos outros. Mas não era por ele que procurava. Ele, ela não queria mesmo ver, com ele agora sabia como lidar, tinha pensado muito no caso, tomado uma decisão. Só um certo medo de encontrá-lo antes de Quiquina, antes de saber se ela sabia mesmo, antes de encontrar a censura ou a proteção de Quiquina. Mas ela sabia como ele era, sabia que só voltaria mais tarde, ressabiado, sondando o terreno, assobiando. O assobio quando ele chegava tarde da noite. Quiquina é que ela queria e ao mesmo tempo não queria ver.

Agora queria vê-la, tirar de uma vez por todas as suas dúvidas; não queria, tinha medo de fitá-la nos olhos, naqueles olhos que viram. Sim, era ela no vão da porta. Ela viu, viu tudo desde o princípio, quando tudo começou. E se ela desconfiava que aquilo um dia ia acontecer e ficou vigiando, na vez. Se não era ela, se não viu, por que tudo está hoje tão diferente na casa? Demorou a se levantar e sair do quarto, ela não foi lá para ver o que havia, não foi chamá-la. Por que tinha saído? Onde tinha ido? Viu.

Na sala, na copa, na cozinha os sinais da passagem de Quiquina. Na sala, as janelas abertas, a mesa limpa, as cadeiras no lugar. Tudo dizia que ela tinha andado por ali bem cedinho. Na copa, a mesa do café posta, a cesta de pão coberta pela toalhinha de xadrez; na cozinha, o café em banho-maria, o fogo aceso, o fogo baixo nas brasas – tinha saído há algum tempo. Onde ela foi se meter? Onde será que ela foi?

Ela podia demorar, a angústia insuportável. Agora precisava urgentemente de Quiquina, queria saber, queria saber se tinha sido ela, queria saber se ela sabia. Não podia suportar por mais tempo a dúvida, agora desejava que tudo acontecesse, que ela dissesse mesmo sem gesto, só com os olhos: eu sei, vi. Queria ver nos olhos de Quiquina, queria ver se eram os mesmos olhos da noite passada. Ela parada no vão da porta, aqueles olhos espantados, amarelos. E se tudo não passou de ilusão, de delírio, se nada aconteceu? Precisava ver Quiquina, precisava conferir nos olhos de Quiquina. Tudo aconteceu, tinha certeza. A casa arrumada, a mesa posta, o quarto fechado, a casa vazia.

Na aflição em que andava, as ideias mais absurdas lhe ocorriam. E se ela tivesse ido... Não, impossível, ela não tinha coragem, a ousadia. Quiquina não ia fazer nunca isso com ela. As duas tinham de resolver sozinhas os seus problemas, como sempre fizeram. E se tivesse ido procurar Emanuel? Absurdo, doideira. Mesmo que quisesse, ela não sabia contar, era difícil pra ela. Mesmo que ela quisesse contar, ele não ia entender. Quiquina está doida, era o que havia de pensar, tão absurda a história que ela procurava contar com os gestos. Quando Quiquina estava nervosa e confusa, era duro entender os sinais. Só ela, só ela entendia o que Quiquina queria dizer na sua mudez, na sua semáfora patética. Se ele não entendesse, ao ver o desespero de Quiquina, vinha saber o que tinha acontecido. Embora só a procurasse raramente, era tão prestativo, cuidava tanto dos seus interesses desde que padrinho Quincas Ciríaco morreu. Meu Deus, como ela havia de explicar, como ia ter coragem de dizer que tudo era mentira, invenção, doideira de Quiquina? Mesmo assim ficava sempre uma semente de dúvida. Ela não podia mais recebê-lo, quando ele vinha ela se escondia no quarto, dizia que estava doente. Ele desconfiava, ele também sabia.

161

Foi até à janela, olhou a rua em toda a extensão. E se Quiquina voltasse com ele? Confusa demais, a cabeça pesada doía. Nada disso podia acontecer, absurdo. Ela queria tanto e tinha tanto medo que alguma coisa acontecesse. Mas não ele, não Emanuel. Preferia os olhos de Quiquina, por mais terríveis que fossem. Não, ela foi fazer qualquer coisa, saiu apenas pra não me ver, se preparar pra me ver.

E se ela tivesse ido embora de vez, se a tivesse abandonado? Não tinha desejado isso no princípio quando a angústia física, a angústia do despertar era maior? Quiquina não ia fazer isso com ela, seu coração não era esse. Quiquina feito uma mãe pra ela. Quiquina não havia de abandoná-la naquele estado, sozinha no mundo. Quiquina era a única pessoa com quem ela contava, a única pessoa que tinha no mundo.

De novo diante do quarto fechado, a mão parada no ar. Trancada lá dentro no escuro com a sua dor, a sua vergonha. Para não vê-la tinha se escondido no escuro. O coração martelando surdo, ela esperava sem se animar a bater. E se ela gritasse Quiquina? O grito era pior, a fala era pior. Bateu levemente para ela não ouvir. Nenhuma resposta, nenhum sinal de vida lá dentro. Bateu mais forte, uma, duas, três vezes. Como viu que não tinha ninguém lá dentro, gritou Quiquina, Quiquina! Não está, suspirou aliviada; naquele instante não queria mais ver Quiquina. A casa vivia o seu silêncio mais denso.

Na sala ela reparou: os boleadores, os arames, os panos para as flores. Ela cuidou de tudo, para que nada faltasse. Cuidou de tudo como se fosse me abandonar. Sozinha nesta casa, sem ninguém no mundo. Os olhos cheios de lágrimas, ela ia novamente chorar. Se Quiquina a visse chorando talvez se arrependesse, talvez não dissesse nada com os olhos. Não valia mais a pena chorar, era inútil chorar. Julgou ter chorado todas as lágrimas possíveis.

O relógio-armário parado nas três horas. Nas três horas quando mamãe morreu. Tudo começou com eles, malditos relógios. O relógio da Independência foi o primeiro. Depois o relógio-armário. Chegou a minha vez de colocar na parede o relógio de ouro. Por que aquilo tudo? Por que todos aqueles gestos repetidos com a meticulosidade de quem prepara um crime longamente meditado? Aquele orgulho, aquele silêncio, aqueles ponteiros que não avançavam. Eles deviam esperar pacientemente em silêncio a hora da vingança, a hora final, a hora da morte. Orgulho e loucura mansa do velho, ele pensou que podia com o tempo, que podia com eles. Eles venceram a gente, meu velho.

Ali estava ela sufocada pelo tempo, vencida no mundo. Os relógios na sua linguagem muda, ela também uma vez falou por eles. Bem alto, em silêncio, do alto da escada, pra que todos vissem. Por que tinha deixado se arrastar pelo orgulho, pela loucura do pai?

Relógios desgraçados, disse ela, os punhos cerrados.

Como se ameaçasse destruí-los, como se quisesse destruir as horas antigas por eles marcadas uma a uma, indiferentes, juntando-as detrás dos ponteiros no fundo abissal do tempo. As horas de sua vida, da vida de João Capistrano Honório Cota.

Deixou cair os braços, de nada valia a ira contra os relógios. Não podia destruir o que ficou para trás, na sementeira dos dias. Eram uma parte de sua vida, da vida que conscientemente mesmo sem querer construíra, pacientemente construíra com a mesma meticulosidade do pai. Aquela era a sua vida, a sua claridade; aquele, o seu dever, o seu silêncio. Não a nebulosa informe da noite passada, a força sombria que a arrastou para o redemoinho de águas lodosas. Não as águas enganosas, tanto tempo escondidas, tanto tempo soterradas.

Agora ela estava estranhamente mais calma, subitamente tranquila. A confusão que lhe provocara a ausência de Quiquina deu lugar a uma certeza fria. Ela saíra por qualquer motivo, não por ela, não viria com ele. Daí a pouco Quiquina estava de volta. Ela esperava o que ia acontecer, não seria seu o primeiro passo. Quiquina fizesse o que bem entendesse, ela suportava tudo em silêncio. Nada mais podia acontecer com ela. Estava certa: Emanuel nunca ia saber de nada, ninguém na cidade ia saber de nada. Ele, o outro, também não contava, tinha interesse em não contar: com certeza vai querer que tudo se repita. Passado aquele dia, ela continuava levando a sua vida de sempre.

De novo na copa, sentada à mesa, olhando a xícara de café com leite, o pão, a manteigueira de vidro verde em formato de uma galinha ajeitada no seu ninho, ela riscava com a unha a toalha de linóleo, escrevia o seu nome. Precisava comer, o estômago vazio, achou que podia agora comer. Precisava comer antes que Quiquina voltasse e visse que só agora ela se levantara. Ela não podia vê-la ali na mesa. Por que tinha hoje de esconder tudo de Quiquina? Não queria pensar em Quiquina, não queria voltar àqueles olhos amarelos porque sabia que dentro dela, no fundo de sua alma inquieta, a mesma angústia trabalhava. Quando levou o pão à boca e sentiu o cheiro da manteiga, um engulho muito forte e doloroso revolveu todo o seu corpo. Não podia comer, se tentasse era pior, o vômito no chão da copa, feito no quarto. Felizmente foi só o engulho seco.

Esvaziou a xícara na pia, embrulhou o pão num papel, guardou-o no bolso, mais tarde jogava fora.

Outra vez na sala, espalhou sobre a mesa os panos, os boleadores, as tesouras, a tigelinha de goma. Ia fingir que estava trabalhando quando Quiquina chegasse. As mãos trêmulas, o espírito inquieto, aquelas flores não tinham mais nenhum interesse para ela.

Para passar o tempo podia fazer, por exemplo, uma rosa. Onde estava a rosa branca que ontem ela tinha guardado nos seios? Ele prendeu-a nos seus cabelos soltos. Depois que tirou o pente? Minha, lembrou de ter dito oferecendo-lhe a rosa. Que vergonha, meu Deus, foi ela que deu a rosa pra ele colocar nos seus cabelos. Como agora ia encará-lo? Ele não era problema, o problema era Quiquina. Não queria pensar naquilo da noite passada, devia esquecer. Quiquina ali na porta. Virou-se assustada para ver se era ela, como se voltasse o mesmo terror da noite passada.

Mas Quiquina custou a vir, só chegou lá pelas dez horas. Como sempre silenciosa, evitando fazer barulho. Desta vez parece mais cuidadosa. Mas Rosalina, os ouvidos voltados para onde ela devia estar, percebia o chape-chape das chinelas de liga. Agora ela está na cozinha, atiçando o fogo, mexendo nas panelas, ouvia o barulho; agora ela está na copa, viu a xícara vazia, a manteigueira mexida, o miolo de pão esfarinhado sobre a toalha, vê os sinais de minha estada na copa; agora de novo na cozinha, na pia, abriu a torneira, o barulho da água correndo; agora silêncio, será que ela está na horta? uma porta range, ela está no quarto; quando será que ela vem? será que tinha visto ela ali na sala? Vem, Quiquina, pelo amor de Deus, venha de uma vez, não me faça esperar nesta aflição.

Quiquina não vinha, ela esperava. Devia estar evitando-a. Ia ficar assim o dia inteiro? Não suportava, chamaria Quiquina, gritava Quiquina. Meu Deus, por quê? Ela deve de estar na mesma aflição, não deve querer me ver, não sabe como me olhar pela primeira vez. Quiquina vai entender. Mas ela viu, viu tudo com aqueles olhos amarelos. Viu o quê? Não, não queria se lembrar.

De repente sentiu-a na sala. De olhos baixos, procurava ver em que ponto da sala estava Quiquina. Junto da porta, parada no vão da porta como ontem? Esperando que ela se voltasse para vê-la, como ontem? Como ontem não, ontem ela ficou parada no vão da porta me espiando. Agora ela caminha: ouve os seus passos, bem atrás dela. Não ia se voltar, não mostraria sequer espanto. Quiquina que desse o primeiro passo.

Agora Quiquina ficou bem ao alcance de seus olhos. Na janela. Abriu a cortina, o sol inundou a sala. Via Quiquina de costas. Quiquina parada olhando o largo lá fora. Debruçou-se na janela, procurava qualquer coisa. Ele, ela agora procura por ele. Não devem ter se encontrado, ele saiu mais cedo do que ela. Que é que ela ia fazer agora?

E então ela se voltou. Quando deu com os olhos de Rosalina, recuou um passo, assustada, como se não esperasse encontrá-la. Imóvel, a boca aberta, os olhos parados, a cara de pedra, fula.

E então os olhos se encontraram, sem se moverem os olhos se encontraram e se falaram. E Rosalina viu, sem que Quiquina fizesse um só gesto, um só repuxar de lábios, um só tremor de músculos, um só mover de olhos, Rosalina viu que ela tinha visto tudo, ela queria dizer vi tudo ontem. Sem um gesto ela disse que sabia, tinha visto tudo. E Rosalina agora sabia tudo terrivelmente verdadeiro: era ela no vão da porta. Tinha visto tudo, sabia de tudo. E Rosalina sabia que ela sabia que ela sabia. Sabiam, e uma sabendo o que a outra sabia tornava a coisa mais insuportável. Sabiam, era terrível. Se Quiquina tivesse feito um gesto, um gesto sequer, ainda podia duvidar. Mas assim mudas, só olhos, tinham se dito que sabiam; agora era impossível esconder ou fugir. Quiquina talvez disse mais do que queria dizer. Talvez não tenha querido dizer, por isso se afastou um passo, assustada. Mas os olhos se encontraram e uma teve de dizer à outra o que sabia. Agora não podiam nunca mais ser as mesmas, uma barreira entre elas. Porque sabiam.

Quiquina, quê que você vai fazer agora, perguntou com os olhos. E os olhos de Quiquina disseram eu vi, vi você, vi ele, vi os dois aí juntos. Quiquina, mas eu, quis dizer. Os olhos de Quiquina só sabiam dizer que sabiam. Quiquina, me bate, me dá um tapa na cara, quis pedir, mas os olhos de Quiquina estavam agora no chão, ela não via. Os olhos no chão, Quiquina era murcha e triste, como súbito uma nuvem cobre o sol. Na nuvem, na escuridão momentânea, o silêncio e a imobilidade de Quiquina doíam mais que uma bofetada.

Aí Quiquina se moveu, foi para junto do dunquerque. Os dedos de Quiquina alisavam o branco frio da pedra-mármore. Como se procurassem ler alguma coisa nas suas manchas e estrias. E a que não sabia ler, ela que não sabia falar. Que não sabendo falar, sem precisão de gesto, disse eu vi.

Um momento longo demais, esticado demais para a angústia de Rosalina. Ela agora queria falar com Quiquina, queria lhe dizer qualquer coisa, quebrar o silêncio.

E Quiquina tornou a olhá-la. Desta vez os olhos não diziam nada, se tinham visto ou não: eram vazios.

Quiquina, eu, queria, disse ela finalmente rompendo em dor o casulo do silêncio. Mas não pôde continuar, Quiquina levou dois dedos aos lábios pedindo que ela calasse. Não carecia de dizer uma só palavra.

Ele só apareceu na hora do almoço. Vinha ressabiado, assobiava alto pra disfarçar. Quando viu Quiquina na porta da cozinha parou o assobio. Ela não olhou para ele. Ele ficou indeciso entre ir para o quarto e entrar na casa.

Saíra na alva da manhã, o dia mal nascido, o céu cinzento frio. Quiquina acordava cedo, ele não queria se encontrar com ela antes de saber o que ia fazer. Queria dar tempo ao tempo, ver o que elas iam fazer. Sobretudo o que dona Rosalina ia fazer. Nunca tinha certeza do comportamento dela, para ele sempre estranha e vária. Mas hoje é diferente, pensava. Depois do que aconteceu ontem.

Agora havia alguma coisa de comum entre eles, de que Quiquina não podia participar. Ela viu tudo, desde o princípio estava vendo. Um fantasma no vão da porta. No começo só ele percebia a presença estranha na sala, embora nem uma só vez tivesse visto Quiquina no vão da porta. Nem mesmo quando Rosalina gritou: quando ele viu, o vão da porta continuava vazio. Não era ilusão, ela também viu. Desde o princípio Quiquina estava espionando, tinha certeza.

Mas não se preocupava muito com a reação de Quiquina. Só não queria se encontrar com ela sozinho. Queria que as duas estivessem juntas, queria se encontrar primeiro com dona Rosalina. Conforme a reação dela ia ver como lidar com a outra. Para os seus planos (agora a sua cabeça andava cheia de planos) Quiquina era indiferente. Porém tinha medo de que as duas tivessem se entendido a seu respeito. Havia uma intimidade muito grande entre elas, um entendimento silencioso de que ele não participava. Um entendimento profundo, muito anterior à sua chegada. Eram quase mãe e filha. Não, Quiquina não era como ele, sabia.

Agora Quiquina não era mais do que ele. Agora havia entre os dois uma noite de carinho, uma noite de amor, pensava ele com medo da palavra amor, pelo ridículo que podia significar, conforme a atitude que ela viesse a assumir. Não, não era amor, era alguma coisa muito diferente, alguma coisa estranha e estúrdia que ele não sabia como chamar. Alguma coisa tão forte, tão trêmula, que ele mal conseguia pensar. Não podia ser amor, ela nunca poderia amá--lo. Sabia da sua posição, reconhecia a sua inferioridade perante dona Rosalina. Não era amor, era outra coisa cujo nome ele não conseguia alcançar.

Quando saiu do quarto a porta da cozinha ainda estava fechada. Foi até ao tanque, lavou bem a cara como se quisesse tirar dos olhos a massa meio pastosa de sonho em que se revolveu a noite inteira. Dormira mal, inquieto, agitado, acordando a todo instante. Só metade do corpo parecia dormir. O espírito lúcido e frio percebia quando o sonho se intrometia no seu pensamento, quando ele procurava mil vezes rememorar o que acabara de viver.

O sonho levava mais para a frente o carinho interrompido. E ele via Rosalina deitada a seu lado: nua, quente, dizendo palavras que ele não entendia bem. No escuro o corpo dela brilhava branco, iluminado de uma luz mortiça. As mãos apalpavam o volume dos seios e eles eram duros, quentes, pesados. As mãos corriam as ancas, seguiam o arredondado do seu desenho. E ela falava afogueada, pedia. As mãos chegavam no volume macio dos pelos, na região mais quente do corpo. Uma flor aberta pulsando. Ele não completava nunca, de repente acordava, o coração batendo forte, ouvia as batidas do coração na garganta. Era uma felicidade estranha, medo e sobressalto.

Voltava a pensar no que tinha mesmo acontecido, conferia na memória as mínimas sensações, para ver se não se enganara. A moleza no corpo, a bambeza nas pernas, as pálpebras pesadas, sem perceber a linha divisória ele passava de novo para o território do sonho.

No princípio ainda podia perceber que era sonho. Como se ele fosse ele mesmo ali com ela e um outro que o espiava, que os via nus, abraçados, na cama. Queria que o novo sonho retomasse o sonho anterior onde acordara. Mas era impossível, agora ele estava noutro lugar. Na Fazenda da Pedra Menina, de que ela lhe falava tanto. Os dois corriam no pasto: ela menina, ele homem e menino ao mesmo tempo. No alpendre da casa-grande dona Vivinha seguia-os de longe. Ele via que dona Vivinha queria lhe dizer alguma coisa, mas ele tinha medo de ouvir o que ela podia dizer. Seu major Lindolfo meu padrinho podia chegar no alpendre a qualquer hora, a espingarda brilhante carregada de chumbo paula-sousa. Melhor puxar Rosalina pra detrás duma moita, onde dona Vivinha não podia ver. Quis se voltar, dizer para dona Vivinha que os dois não faziam nada demais, apenas procuravam o cavalinho Vagalume que andava perdido. O capim orvalhado e gorduroso molhava as calças cheias de carrapicho. Ela levantava a saia pra não molhar a barra do vestido e ele via as suas pernas compridas de menina. Ele não ia fazer nada com ela, queria dizer pra dona Vivinha, que do alpendre parecia que olhava de binóculo, juntinha deles. Ele não ia fazer nada com ela, ela era uma menina. Uma menina que ria alegre a propósito de nada. Mas nos olhos de Rosalina lumeava uma brasa viva, um fogo de mulher feita. Se ele quisesse, ela deixava, feito uma menina deixa espantada. Se não eram os olhos de dona Vivinha, pensou dentro dele um instinto. Puxou Rosalina pra junto do riachinho dizendo o Vagalume está ali. A água clarinha e fria borbulhava nas pedras das coroas, fazia espuma. Ela pegou uma pedra redondinha, brincava; depois jogou a pedrinha pro alto, ele apanhou a pedra no ar. A pedrinha brilhante e lisa parecia coisa de lapidador. Guardou no bolso como lembrança. Rosalina ficou brincando no riachinho, os pés descalços na água clarinha e brilhante, as mãos em cuia aparando a corrente. Depois ela jogou água nele, a água era fria e gostosa; ele lavou a cara, e tudo de repente ficou mais claro, limpinho. O olho doente começou a ver e ele viu que o mundo era mais luminoso do que pensava. Eu estou bom, gritou para ela, estou vendo você com os meus dois olhos. Ela riu para ele, contente com o milagre que tinha feito. Ele beijou as suas mãos finas de dama, olhou para o riso aberto, viu Rosalina tremeluzir detrás da cortina d'água, da água do rio e das lágrimas.

Ele lavou a cara no tanque. Fechou o olho bom, tentou ver com o olho da belida. Quem sabe podia acontecer. Viu apenas a claridade leitosa de sempre, a névoa branca. O olho inútil. Queria ter outro olho, queria ser outro. Quem sabe ela não o aceitava sem a bebida? Ela bêbada. Não bêbada demais, dava conta do que fazia. Se não fosse Quiquina. O hálito quente, a boca sabendo a vinho. Os lábios molhados e quentes, a respiração quente e ofegante. Passou o dedo no sabão, esfregou os dentes. O gosto ruim de sabão custava a sair, por mais que ele bochechasse. Não devia ter lavado a boca, melhor o gosto pastoso de sonho do mingau das almas. Lá tinha ido embora o gosto do beijo, o gosto dos lábios molhados, o gosto do sonho.

Quando agora pensava no beijo era uma sensação fria, como se não tivesse acontecido. O gosto de sabão ainda na boca. Bochechou outra vez. Levou a mão na nuca, onde ela apertou. A pele ferida, a marca das unhas. Verdade, tudo verdade. Alegre e feliz, ele apertou a pele como se as suas mãos fossem as dela apertando, dolorosamente apertando, feito se pega um gato pelo pescoço.

A porta da cozinha fechada, Quiquina ainda não tinha acordado. Foi até ao fundo da horta, rachou um pouco de lenha. Colocou a lenha picada junto da porta. Quando ela abrisse a porta saberia que ele tinha se levantado antes dela, feito o seu serviço, ido embora. Nunca fizera isso antes, não sabia por que estava fazendo. Sempre era Quiquina que pedia pra ele picar lenha. Quem sabe ele queria dizer que era mais esperto do que ela? Quem sabe ele não estava só querendo agradar Quiquina? Bobagem, ela viu, viu mesmo, não ia ser a lenha picada que ia fazer Quiquina mudar de juízo.

Tudo vai depender de Rosalina, de dona Rosalina. Do entendimento que elas iam ter. Dona Rosalina era esperta, visonha. Que nem um guará. Ela sabia como se arranjar, não carecia do seu auxílio. Ele estava na dependência dela. E se ela se arrependesse, não quisesse mais? Impossível depois do que aconteceu ontem. Antes ela era visonha, ele nunca conseguia alcançá-la. Quando tentava criar uma intimidade com as suas conversas. Quando achava que a tinha nas mãos, ela cortava-o ríspida, fechava a cara, não era mais a mesma pessoa. Visonha, corisca, ela estava sempre numa outra moita, não naquela que ele pensou. Agora não, teve-a entre os braços, beijou-a na boca. Ela agora não podia mais recuar. Se ela quisesse recuar, voltar à frieza antiga, ele estava ali para lembrá-la. Bastava olhar para ela, piscar o olho. Se ela fingia não perceber, ele lembrava. Não era pra isso que tinha boca? Bobagem, ela gostou, ela quis. A gente só não foi pra frente porque Quiquina chegou na horinha pra atrapalhar tudo. Ela vai querer continuar. É capaz dela não querer, eu faço ela querer. Ele tinha as suas armas, sabia, ela devia saber. Bastava insinuar que o segredo podia não ficar só entre os três. Se ele contasse, será que na cidade alguém ia acreditar? Estavam loucos para acreditar, queriam acreditar em qualquer coisa que se passasse no sobrado. No começo não viviam sempre especulando? Bastava ele dizer aquela gentinha vai saber, pra ela mudar de ideia. Ela agora estava nas suas mãos. Visonha comigo não, disse vitorioso. Bom caçador, ela ia ver. Faz o que eu quero agora. Vamos ver, vamos ver, ia dizendo, um riso duro nos lábios, enquanto abria o portão e ganhava a rua.

No largo ele fez um cigarro, acendeu-o, deu umas duas tragadas. O estômago vazio, a bebida da véspera, sentiu uma tonteira, jogou longe o cigarro. Respirou fundo enchendo o peito. O ar fino e puro da manhã acinzentada (o céu aos poucos se azulando com a vizinhança do sol) tinha um cheiro bom e frio, novinho. Um cheiro de terra fresca, úmida de orvalho. Respirava em grandes haustos, tragando o ar com as narinas bem abertas, procurava distender as fibras do peito com o hálito perfumado da manhã.

Com um arrepio, um frêmito de vida nova percorreu-lhe todo o corpo. Que noite, que manhã! Uma manhã tão nova como ele, uma noite negra de surpresas e pesadelos.

Olhou o sobrado, a janela do quarto de Rosalina aberta, a lâmpada esbranquiçada. Ela não cuidou de fechar a janela nem de apagar a luz. Bêbada, ela deve ter dormido bêbada, de um sono só. Um sono pesado de criança, uma menina dormindo. Uma menina, ficou pensando sério, os olhos meio tristes na lembrança. Uma menina inocente dorme. Uma menina que deixa a gente fazer. De jeito nenhum inocente: ela fora ativa (levou a mão à nuca), beijava com esganação. Não era uma menina, era uma mulher que carecia de outras coisas. Afogueada, ela tinha fogo por dentro. Pensava em Rosalina menina porque queria ficar terno, na lembrança triste.

Menina era aquela outra, a Esmeralda. Lá na fazenda, no Paracatu. Dez anos, uma doideira. Não fosse ele sentir os passos, o vozeirão de seu major Lindolfo, tinha feito. Ela deixava, os olhos redondos espantados, deixava sem reagir. Como uma menina deixa o dentista mexer na boca, o médico examinar. Rosalina não era uma menina: mulher feita, mulher quente. Depois nunca mais quis ficar sozinho perto de Esmeralda. Mas a capetinha sempre junto dele, os olhos redondos brilhando, provocava-o. Será que ela sabia o que estava fazendo? Ele era um homem, tinha medo do que podia acontecer. Uma doideira o que ia fazendo. Dez anos, uma cria da casa, menina dos olhos de dona Vivinha. Seu major dava até um tiro nele, seu major não era brincadeira, ele próprio gostava de fazer justiça. Depois, com treze anos, ela se perdeu, caiu na vida, foi para um bordel no Paracatu. No princípio ele às vezes passava debaixo de sua janela na pensão. As outras buliam com ele, oi Juca Passarinho, sua espingarda nega fogo? e riam. Ela não, ela séria espiava-o de olhos compridos e tristes, mas tinha sempre um sorriso de boca fechada. Feito assim ela querendo dizer que tinha sido ele o primeiro. Não foi o primeiro; seu major meu padrinho com seu vozeirão e as suas botas grossas de lama chegou bem na horinha pra me salvar.

172

Nem o segundo, ele nunca sozinho com ela depois daquele dia. Seu Romão vaqueiro, homem desabusado, foi o primeiro. Deu no pé, com medo do chumbo paula-sousa. Ninguém nunca mais ouviu falar nele. Na presença do padrinho ele disse horrores de seu Romão, isso não se faz! Fazer aquilo com uma menina, desrespeitando a casa de seu major! Treze anos, uma menina, isso não se faz! disse ele sério. Seu major aprovou com um pigarro, não desconfiava de nada. Teve medo, ela podia contar aquela vez que os dois por um triz não acabaram fazendo. Não disse nada a capetinha sabida, suspirou aliviado. Depois ele evitava de passar em frente do bordel para não ver os olhos compridos, o riso de boca fechada de Esmeralda. Vida mais desencontrada. Não queria pensar naquele caso, era raro pensar. Quando vinha, ele afastava a lembrança feito a gente espanta uma mosca. Uma menina, ele não entendia.

Dona Rosalina não era uma menina, era mulher, dona da sua vida. Uma mulher como ele nunca viu. Tanto fogo, tanta esquentação. Por que aquilo foi acontecer logo com ele? Não adiantava mais pensar, não conseguia entender. O melhor era esperar pra ver o que acontecia, deixar o tempo passar, o tempo dá jeito em tudo. Feito assim numa caçada de espera. A caça pode vir, pode não vir. Sempre vem. Às vezes.

As casas todas fechadas, ninguém na rua, a vida da cidade ainda não começara. Nos fios dos postes as primeiras andorinhas pousavam, vindas dos beirais das casas. Em pouco os fios estariam pretos de andorinhas. Um galo cantou num quintal, um cavalo rinchou. Os primeiros sinais do dia, da vida que recomeçava. O céu puro e azul-acinzentado. Nenhuma nuvem, uma limpeza fria e cheirosa. O sol aparecia detrás das mangueiras dos quintais. Em pouco estaria mais alto, secaria as gotinhas de orvalho nas folhagens. Era o dia.

Enquanto a vida da cidade não começava e as gentes saíam para a rua, ele resolveu dar um passeio mais comprido. Sem que soubesse por quê, seus passos o levavam em direção da estrada que continuava a rua e ia dar no cemitério. Por onde ele veio quando pela primeira vez chegou na cidade. Seu Silvino mais o menino Manezinho que tinha tanto medo do buracão. Feito ele ficou espantado, foi medo? quando viu as goelas abertas das voçorocas. Aquela esganação doida, aquela começão de terra. Gozado seu Silvino, só viu seu Silvino mais umas poucas vezes. Seu Silvino perguntou como ia a vida no sobrado. Assim-assim, dizia, não é má. Eu não disse que era capaz de dar certo, seu Juca? Fico até satisfeito de ter prestado um ajutório. A vida é assim mesmo, uma mão lava a outra. E ela, como é a dona? Não é má não, seu Silvino. Até que aprecio muito o jeito dela, o seu juízo assentado. Olha, seu Silvino, nunca encontrei uma patroa assim. Tem suas esquisitices, mas quem é que não tem? Foi o que eu disse? dizia seu Silvino. E a cidade, ela já está de bem com a cidade? Ah, isto não, seu Silvino, ela não perdoa. Tem lá suas razões, dizia seu Silvino e gritava ei boi, tocando o carro.

Agora na estrada, as casas ficaram para trás. Os muros caiados do cemitério eram mais brancos com a luz nova da manhã. O ar fino, puro, claro, nenhum mistério. É pra lá que a gente vai, mais dia menos dia, disse ele, mas sem pensar muito na morte: a vida fervilhava brilhante dentro dele. A gente tem de viver bem a vida, com todo o peito, pra morte não chegar que nem assombração, de repente. Quem tem medo da vida não acha paz na morte, disse ele como resposta a um pensamento que se formava no fundo de sua alma – Rosalina, sempre ela. Não conseguia pensar noutra coisa desde ontem. Não distinguia com precisão o que tinha acontecido do que tinha pensado, do que tinha sonhado.

Um pintassilgo veio voando, veio e pousou no arame farpado da cerca. Deu um trinado comprido, dobrou no canto. Vendo o pintassilgo, sentiu uma súbita alegria, feito encontrasse um velho conhecido. Assobiou remedando o passarinho, fez dueto com ele. Passarinho era a melhor coisa do mundo. Pintassilgo nem se fala. Quando menino gostava de pegar passarinho com vara de visgo. Nas gaiolas de taquara eles cantavam que era uma beleza. Ficava horas vendo, ouvindo.

O pintassilgo parou o canto, saltitava no arame. Depois um cabecinha-de-fogo se apoleirou mais adiante. O cabecinhade-fogo ordenava as penas úmidas com o bico. Vida leve a de passarinho, pensou continuando caminho. Levava no ouvido as notas finas do canto dos passarinhos.

Diante das voçorocas parou. As voçorocas não mais o assustavam, tão acostumado agora à sua presença, de tanto que passava por ali toda vez que ia caçar com seu Etelvino. Nunca porém deixava de olhá-las, preso ao seu segredo, ao seu mistério, ao seu visgo. Uma vez chegou a descer por elas, foi parar lá no fundo do vale. Seu Etelvino ficou de longe espiando feito bobo, por que ele fazia aquilo, lá não tinha caça nenhuma. Me perdoe o atraso, seu Etelvino, disse ele, mas é que nunca tinha descido uma voçoroca, queria ver como é ela lá dentro. Tem nada demais não, não é, seu Juca? disse seu Etelvino. É, tem não, disse ele. Até que no fundo a terra é firme, tem até um riachinho correndo lá embaixo. Seu Etelvino riu, achava muita graça nele, toda vez que ele abria a boca, seu Etelvino escancarava um riso bobo. Meio bobo, seu Etelvino, com sua espingarda nova e tudo.

Bobagem aquilo que pensou da primeira vez, quando chegou na cidade. A gente tem cisma, superstição. Vê uma brasa alumiando no escuro, pensa que é assombração, vai ver é o pai da gente pitando. É o que dizem. Bobagem, vadiação do espírito, aragem. Quando teve o sonho ruim do menino e seu major dava um tiro nele; quando viu o cemitério, as voçorocas, o redemunho no Largo do Carmo; quando ouviu a conversa de seu Silvino sobre a gente do sobrado. Tudo parecia um aviso pra ele. Não adiantava fugir, o que tinha de acontecer acontecia mesmo, não era o que dizia dona Vivinha no caso do pai com a filha?

Nada aconteceu, nada de ruim aconteceu. Bobagem, cisma. Tudo se desfez no ar, como as sombras da noite se dissolvem com a luz nova da manhã. O sol brilhava a meia altura no céu, uma bola de fogo ofuscante, ele mal podia olhar. O mundo luminoso, de cores limpas e puras; o canto da manhã ensolarada.

Nada aconteceu? E ontem? Ontem, começou a pensar meio assustado. Quem sabe aquilo tudo não era mesmo um aviso pra ele? Quem sabe não devia fugir, largar o sobrado de banda, a cidade, pegar viagem, andejo? Não. Por quê? Porque tudo de ontem foi bom? E Quiquina? Quê que podia acontecer? Nada. Queria acabar o que tinha começado, o que Quiquina atrapalhou. O que podia acontecer era ele gozar uma mulher feito aquela, uma mulher como ele nunca conheceu. E se o perigo estivesse exatamente ali, no prazer, no gozo? E se ela tivesse por dentro o visgo daquelas voçorocas? Tudo que podia acontecer era ela não querer mais. Era ela despedi-lo. Isso ela não podia fazer, sabia. Não agora, depois de tudo que aconteceu. Bastava ele falar de longe na gente da cidade, abrir o bico.

Cisma, tentação. Melhor não pensar. Quanto mais reza, mais tentação aparece. A vida é pra frente, o que ficou pra trás é escuridão, poeira só, lembrança.

Olhou de novo as voçorocas, as feridas mal cicatrizadas. O sol devassava de luz as entranhas vermelhas. Tudo claro, nenhum mistério, nenhum sinal aziago. A vida tinha uma limpidez de água minando da fonte. Ele podia ser feliz.

Continuou a andar, deixou as voçorocas para trás. No portão do cemitério parou. Sentou-se no degrau de pedra, tirou o canivete do bolso. Para se distrair começou a limpar as unhas com a ponta da lâmina.

Ouviu um bater surdo de cascos, um cavalo se aproximava. Era seu Ismael, no seu cavalo pampa rico e ajaezado, vindo cedinho da fazenda.

Bom-dia, seu Ismael, disse ele. Uai, você por aqui a estas horas, Juca Passarinho? disse seu Ismael. Diminuiu a marcha, parou. Não vai me dizer que veio aqui por causa de enterro, disse ele. Enterro coisa nenhuma, seu Ismael, estou mais é refrescando as ideias, tive uma noite danada de ruim, cheia de pesadelos, disse ele. E cemitério é remédio bom pra isto? disse seu Ismael rindo. É, não tinha pensado mesmo nisto, disse Juca Passarinho. Fez um nome do padre exagerado. Só mesmo você, Juca Passarinho, pra ter uma ideia dessas, vir no cemitério pra refrescar as ideias, disse ele. Quem sabe cemitério não é mesmo bom? disse Juca Passarinho. A gente, vendo os mortos, se lembra que está vivo e fica mais vivo ainda. Seu Ismael deu uma gargalhada. Qual, Juca Passarinho, você não tem mesmo jeito! Vou passar uns dias na cidade, veja se aparece pra contar uns casos, estou querendo me divertir um pouco, disse ele. Hoje não estou pra riso, seu Ismael. Mas eu estou rindo, disse seu Ismael. O senhor está rindo é porque é bom de riso. Não disse nada engraçado, estou até meio triste, disse Juca Passarinho. Isto passa, Juca Passarinho, tristeza em você não dura muito. Vou indo, estou com pressa, passar bem. Passar bem, seu Ismael, disse Juca Passarinho vendo-o calcar as esporas no cavalo e retomar a marcha, desaparecer no fim da rua.

Ele ficou ali sentado fazendo hora, embrulhando o tempo. Ele que sempre gostava de gente, agora queria ficar sozinho. Não pensava em nada de especial, deixava o pensamento vadiar. De vez em quando, como o pêndulo lento e comprido de um relógio-armário, Rosalina. Ele deixava as lembranças e os sonhos mansamente se formarem, nuvens preguiçosas, redondas, no céu. Uma vaguidão morna, uma lassidão, um prazer vagaroso tomava conta do seu espírito. No fundo, a inquietação, que ele procurava esquecer.

Quando os homens chegaram com as suas pás, ele se levantou. Olha quem está aqui, disse um deles. O seu enterro é sem acompanhamento? disse o outro. Sério, ele olhou para eles. Estavam tão acostumados a vê-lo brincar, que se viu obrigado a fazer graça. Ainda não chegou a minha vez, disse. Tão cedo vocês não vão botar a mão neste corpinho, seus urubus de beira de telhado. Eles riram. Um dia chega, disse o primeiro. Mas veja se não tarda muito, seu Juca Passarinho, quero lhe prestar este serviço, disse o segundo. É, disse ele de poucas palavras, para encurtar a conversa. Já vou indo, bom dia. É cedo, homem, disse um terceiro. Espera um pouco, não demora vem um enterro, a gente está aqui pra isto mesmo. Não, já vou, disse ele e foi se afastando.

Na cidade a vida recomeçara. Os armazéns se abriam, as lojas, gente vindo da missa, indo para a ocupação; na farmácia de seu Belo já tinha gente; na agência dos Correios a charrete que ia apanhar as malas na estação já estava pronta, seu Cassiano na boleia pitava um cigarrão de palha, deu um sinal com a cabeça mandando ele subir, companheirão, ele enjeitou com a cabeça, não disse nada, não falava com ninguém; no Ponto já tinha uma roda bem boa, podia ter ficado, bem que chamaram, continuou.

Ficou andando sem rumo. As horas custavam a passar, não queria voltar tão cedo pra casa. Voltava, tinha de voltar. Ao menos pra pegar uns trens, a sua espingarda. Porque às vezes pensava em ir embora, deixar a cidade. Capaz de ser melhor. Não, não é melhor, o melhor é voltar pra casa, ver o que vai acontecer. Depois então tomava um rumo.

E sempre por onde passava mexiam com ele, convidavam para um dedo de prosa. Ele recusando. Está de pouca conversa hoje, hein, Juca Passarinho, diziam espantados com o seu silêncio e arrepio. Ele dava de ombro, prosseguia o seu caminho sem rumo.

No armazém de seu Emanuel parou. Seu Emanuel dava ordens para uns homens que iam descarregar um caminhão de café. Um homem forte, bem apessoado, seu Emanuel. A cara fechada, uns olhos cinza muito claros. Trabalhador, sério, seu Emanuel. Homem direito, feito o pai, Quincas Ciríaco, não tinha conhecido, diziam. Emanuel, ela disse ontem Emanuel. Será que ela teve alguma coisa com ele? Ele vai lá tão pouco, só foi lá uma vez desde que eu estou lá. Ficou pouco, eu espiando detrás da porta. Ele acanhado diante dela, rodando a aba do chapéu na mão, a cabeça baixa, os olhos no chão. E se ele estava acanhado porque tinha acontecido faz tempo? Casado, um homem direito, respeitador, diziam. Não era como aqueles outros, os outros viviam às voltas com as mulheres da Casa da Ponte. Se teve alguma coisa com ela, chegou até o fim? Não, não podia. Ela beijava esganado, não sabia beijar. Não quer dizer nada, pode ter sido uma vez só. Ele pode não ter chegado até o fim. Feito com ele ontem. Depois ela cortou, não quis mais saber de história. Tem mulher que não aprende nunca a beijar, a fazer. Carne morta, carne fria. Depende do homem. É feito violão, só dá música na mão de quem sabe tocar. Ele sabia tocar, perguntassem pra Mariinha, no Curral-das--Éguas, e as outras. Virgem, ela ainda era virgem. Seu Emanuel não tinha cara de ter feito nada, acanhado, sempre de olhos no chão. Se não fosse virgem, melhor pra ele, mais fácil. E aquela aflição quando ela beijava, aquele calor? Levou a mão na nuca. As unhas afiadas. A marca ainda ali. Virgem não é assim, virgem deixa. As moças que ele conhecia, nenhuma feito ela. Com Esmeralda ele não fez, foi seu Romão vaqueiro que acabou fazendo o serviço. Esmeralda, uma menina, doideira. Ainda bem que não fez, seu major chegou bem na horinha. Bobagem, mais tarde seu Romão acabou fazendo. Veio dar na mesma, tinha de acontecer. Tem mulher que nasce puta, tem jeito não.

Mas ela não era uma menina, não era que nem Esmeralda. Às vezes tinha um jeito assim de menina, um feitio de menina nos olhos. Ela disse Emanuel, se lembrava dos olhos dela quando disse Emanuel. Disse também outros nomes, ele não se lembrava. Nenhum conhecido. Se fosse de conhecido tinha guardado. E se teve outros antes de seu Emanuel? Qual nada, quando o pai morreu ela era muito nova, diziam. Assim da idade de Esmeralda quando seu Romão fez? Não, mais velha, Esmeralda era muito menina. Depois nunca mais saiu de casa, ninguém entrava no sobrado, só seu Emanuel. Assim mesmo de raro em raro. Se foi alguém, foi ele. Foi ele não, tinha cara disso? Homem sério, respeitador, diziam. Feito o pai. Casado, pai de filhos, direito. E se foi antes de casar? Se foi antes de casar, por que não casou com ela? Sei lá, tão esquisita...

Vendo-se observado tão atentamente, seu Emanuel se voltou para ele. Quê que há, Juca Passarinho, alguma coisa? Nada não, disse ele, estava só vendo. Alguma coisa lá no sobrado? Dona Rosalina mandou alguma ordem? Nada não, seu Emanuel. Carece de nada não.

Seu Emanuel estranhava a presença silenciosa de Juca Passarinho, sempre tão falante, matraca-de-semana-santa. Os olhos de Juca Passarinho, aquele olho branco cego. Juca Passarinho não tirava os olhos de cima dele. Que será que ele quer, que será que anda maquinando? Que precisão tinha Rosalina de botar um estranho feito ele dentro de casa? Da cidade não podia ser, bem que ele tentou arranjar alguém para ajudá-la, Rosalina não queria saber de ninguém da cidade, a não ser ele. Só ele podia entrar no sobrado. Cada dia ela fica pior. Quando ele ia lá, ela se aprontava toda, punha cheiro, se aprontava pra ele. Os olhos que ela punha nele. O jeito era evitar de ir lá. Já ia tão pouco... não entendia aquela gente Honório Cota. Pai é que entendia.

Bem, Juca Passarinho, se você não tem o que fazer, eu tenho, disse ele ríspido. Voltou para o trabalho. Dava ordens, era duro.

Nem se despediu, foi se afastando com raiva de seu Emanuel. Não era cachorro pra ser tratado assim. Pensa que tem o rei na barriga. Ninguém me trata assim, só ele. Pensa que não sei...

Foi para a estação. Ficou vendo carregar um vagão de café. Um menino vendia café e broinha. Ele comeu. Agora podia fumar um cigarro. Sentou-se no banco da plataforma, junto à janela do telégrafo. O barulhinho da máquina semelhava um relógio, só que às vezes mais apressado, às vezes mais devagar, às vezes disparava, às vezes emudecia. O relógio nunca, a pêndula, dona Rosalina dava corda. Só os relógios da sala parados. Quiquina adiantada no serviço. Ele queria chegar só na hora do almoço. Quando as duas juntas. Ou só Rosalina...

Se levantou, foi até a bilheteria, perguntou o preço de uma passagem até Tuiuti. Vai viajar, Juca Passarinho, perguntou o bilheteiro. Pode ser, disse ele misterioso. O homem riu. Todo mundo ria dele, era ruim, pensou pela primeira vez. Triste. Não se lembrava de ter ficado antes tão triste e calado. O que aconteceu não é pra deixar ninguém triste. É porque estou aflito, não sei o que vai acontecer. Pode não acontecer nada. A passagem era cara, o bolso vazio, se quisesse deixar a cidade tinha de ser a pé, como tinha vindo. Por que ia fugir? Não era um homem? Ele ter medo de dona Rosalina, uma mulher, tinha graça. Quis rir, não conseguiu.

Ficou andando de um lado para o outro da plataforma vazia. Como quem espera um trem atrasado. O relógio da agência marcava nove e meia. Bom ir andando, dez horas era o almoço no sobrado.

Diante do sobrado parou. Quem sabe era melhor não entrar? Olhava o sobrado como se o visse pela primeira vez. Como da primeira vez ele ficou indeciso se batia ou não na porta. Ela mandou ele tomar o portão da horta, por onde deviam entrar os empregados, gente feito ele. Orgulhosa, soberba. Depois foi o que se viu, ontem à noite. Riu mau, vingativo. Olhava o sobrado, procurava decifrar o seu enigma.

Abriu o portão, entrou. Assobiava alto para disfarçar a ansiedade. Na porta da cozinha Quiquina fingiu que não via. Ia pro quarto ou entrava logo na casa? Vacilou um momento, parou de assobiar. Vamos acabar com isto de uma vez, disse.

Bom dia, disse ele a Quiquina. Você hoje acordou tarde. Cedinho ainda eu já estava na rua. (A voz era trêmula. Enfiou a mão no bolso para Quiquina não ver que ele tremia.) Deixei um pouco de lenha picada, pra você não ter trabalho...

Ela não levantou os olhos do chão, evitava encará-lo. Bobagem o que tinha dito, aflição de falar. Tinha raiva de si próprio, não conseguia manter a língua presa quando aflito.

Quiquina, disse ele procurando ver se ela o olhava. Ela ergueu os ombros, voltou-lhe as costas, entrou na cozinha. Ele seguiu-a.

Ela atiçou o fogo, destampou uma panela, cheirou a fumarada. Ele ali junto dela, sem saber que fazer.

De repente ela se voltou. Os olhos de Quiquina eram duros, de um ódio silencioso. Ela viu com estes mesmos olhos, ela viu. Um frio correu-lhe todo o corpo, as pernas bambas. Ela porém não fez um só gesto, imóvel. Os olhos parados em cima dele. Como se desejasse matá-lo. Abaixou a cabeça, evitava os olhos de Quiquina.

Quiquina, eu queria, começou ele, mas não pôde concluir o que queria dizer: ela apontou a cabeça na direção da sala, queria dizer é lá com ela, fale com ela, vamos ver.

Na porta da sala ele parou. Sentada junto à mesa cheia de panos, arames, tesouras, boleadores. As mãos imóveis, o olhar mergulhado no vazio, Rosalina como que não via. Ele puxou um pigarro para se anunciar. Ela voltou os olhos para ele.

Só no primeiro instante ela pareceu vacilar, vermelha, abaixou os olhos.

Ele avançou dois passos em direção à mesa. Sentiu Quiquina atrás dele. O coração batia apressado. O relógio-armário. Ele olhava ora ela ora o relógio parado.

De repente ela ergueu os olhos para ele. Os olhos eram frios e vagos. O vermelho do rosto desaparecera para dar lugar à mesma brancura de sempre. O rosto parado, nenhum tremor. Ela era dura, sabia se dominar, não era como ele. Os olhos agora espantados estranhavam a sua presença. Os olhos de antigamente, não os de ontem à noite: os olhos diurnos. Será que ela queria voltar ao que era antes? Será que ela pensa tudo pode ser esquecido? Quem sabe não era a presença de Quiquina atrás dele?

Um longo silêncio. Ele não sabia onde meter as mãos, onde punha os olhos. Abaixou-os, tinha medo de fitá-la. Era pequeno diante dela.

Isto não se faz, foi ela dizendo – a voz firme, nenhuma indecisão, nenhum tremor na voz. Você saiu cedo, sem avisar. Logo hoje, que eu precisava de um serviço seu.

Que mulher, meu Deus, de pedra. Ainda tinha a coragem de censurá-lo, depois do que aconteceu. Quem sabe ela não fingia, por causa de Quiquina ela disfarçava. Ah, se ele soubesse ser assim.

É que eu, disse ele gaguejando, procurava uma desculpa. Eu não estava me sentindo bem, meio atrapalhado, depois de ontem...

Imbecil, ele era um imbecil! Tinha sempre de dizer alguma coisa que não devia.

Como? disse ela.

Quiquina bem junto dele, podia ouvir a sua respiração, os olhos postos em dona Rosalina. Acuado feito uma caça cercada de cachorro por todos os lados. Tinha chegado a sua vez.

Eu, Rosalina, disse ele desamparado buscando um apoio nos olhos dela. Os olhos secos e vazios, limpos.

Como? gritou ela. Rosalina? Dobre a língua! Ponha-se no seu lugar!

Os braços caídos ao longo do corpo, ele olhou Quiquina. Viu na sua cara um sorriso de satisfação.

Assim eles passaram o dia sem se falar. Eram mundos gravitando em torno do mesmo centro de sombra, do mesmo segredo. Sem encontro possível, nenhuma comunicação. Se o silêncio era a natureza da casa, nesse dia ele se tornou por demais pesado, agressivo, sufocante.

Dos três, quem menos suportava o ar denso do sobrado era ele. Porque elas estavam acostumadas, não tinham nenhuma saída. Se entendiam, em silêncio elas se entendiam. Sem carecer de palavras, como sempre viveram, se entendiam. Estranhamente (ele via) Quiquina tinha mesmo um gesto de carinho para ela, uma atenção mais cuidada: assim alguém leva a um doente a sua canja, o seu remédio. Como se ela quisesse dizer que Rosalina não devia falar, o médico recomendara silêncio e recolhimento. Embora não se aproximasse muito, andava sempre por perto. A qualquer sinal ou suspeita de que ela carecia de alguma coisa, Quiquina aparecia. De olhos baixos, não ousava fitá-la.

Poucas vezes os olhos das duas se encontraram, poucas vezes elas se falaram. Rosalina tentou continuar a frase interrompida, a explicação que Quiquina não deixou dar. Nesses momentos fugidios, Quiquina dizia com os olhos não carece de falar, ela entendia tudo e perdoava. Num instante abaixava os olhos, como se fosse ela a surpreendida, ela a culpada: se afastava ligeira para os fundos da casa. Depois voltava, ficava vendo Rosalina de longe; havia angústia, ternura e amor nos seus olhos. Assim alguém espera aflito que o delírio e a febre de uma criança passem.

Esse entendimento tácito entre elas, esse silêncio, esses gestos mudos, essa ausência de fala com que elas se comunicavam, deixava Juca Passarinho ainda mais isolado. Ele não entendia, jamais chegaria a entender Rosalina, jamais chegaria a entender Quiquina. Elas se entendiam, estavam combinadas; estão contra mim, dizia. Vão ver, vão ver quem sou eu!

Mas não sabia o que fazer. Todas as ameaças, todas as vinganças imaginadas pareciam inúteis e infantis. Era tão estranho agora aos seus olhos o mundo do sobrado, mais estranho do que quando ali pisou pela primeira vez (o mundo do sobrado se regia por leis próprias, onde a razão e o entendimento do mundo tinham se afastado), que ele nada mais podia fazer senão se revirar no ódio impotente. De que adiantava contar para a cidade, se elas (ela sobretudo) não se importavam com o que se passava na cidade, com o que podiam pensar. Passaria por bobo, mentiroso já era. Ninguém acreditava. Se acreditassem, de que valia? Que podia fazer a cidade contra Rosalina, fechada no seu sobrado, senão maldizer e sentir satisfeito o seu remorso, o seu ressentimento? Qual era o lucro, de que adiantava falar? Quem tinha a coragem de bater na porta do sobrado para dizer alguma coisa? Seu Emanuel? Não, seu Emanuel era calado e violento, não dava confiança para ninguém. Seu Emanuel não admitia que falassem com ele dos assuntos do sobrado. De manhã não o olhou de maneira tão dura, não mandou ele procurar caminho? O jeito era esperar para ver.

Esperou. O dia inteiro esperou que Rosalina lhe dirigisse a palavra, ao menos voltasse os olhos para ele, para saber o que ela pensava. Não o olhava. Quando o olhava, os olhos eram tão vazios e neutros, frios, de nada valia ela olhar. Os olhos nada diziam, nem um só momento ela vacilou: nada tinha acontecido, ontem não existiu. No princípio ele pensou que era a presença de Quiquina, ela não queria que Quiquina percebesse o que havia entre os dois. Mas não, mesmo sozinhos, nas duas vezes que ele conseguiu se aproximar de Rosalina sem a presença da preta, os olhos eram os mesmos, a mesma a sua ausência de alma, a sua neutralidade.

Quem sabe ele se enganou, ela não se lembrava de nada? Não era possível, quando ele a viu pela primeira vez ela ficou embaraçada, abaixou os olhos, vermelhinha. Depois é que se refez, voltou a ser o que sempre fora: pior do que antes, agora ele nem ao menos podia falar com ela, a voz estrangulada na garganta, o medo no peito. Dona Rosalina era imprevisível. Vamos ver de noite, pensava. Quem sabe ela pensa que de noite...

Tentou conversar com Quiquina. Falou de assuntos de serviço, coisas do dia a dia da vida. Ela não respondia, ele gaguejava. Evitava falar no nome de dona Rosalina como se fosse palavra proibida. Ela nem sequer o olhava, fingia-se entretida no serviço. Ele desanimava, saía para a horta, voltava. Quiquina não sabia esconder, não era feito dona Rosalina. No silêncio pesado e agressivo, nos olhos baixos, ela queria dizer que sabia, viu tudo ontem à noite. E que tinha ódio; suma da frente, esconjurado!

Uma hora ele não aguentou. Quiquina, você carece de mim pr'alguma coisa? E como ela nem ao menos levantasse os olhos, ele cutucou-a com a ponta dos dedos. Ela se voltou rápida, fez um gesto de irritação, olhou-o com ódio.

Ele se afastou, saiu de casa. A espingarda a tiracolo, não sabia para onde ir. Queria sair para o mato, longe daquela casa, longe daquela cidade.

Quando passou pela porta de seu Etelvino, seu Etelvino estava na janela, fingiu não ver.

Hei, Juca Passarinho, gritou seu Etelvino. Não podia fingir que não tinha ouvido, voltou-se. Onde você vai, Juca, a esta hora da tarde, de espingarda e tudo? Por aí, disse ele de pouca conversa. Por que não me chamou? A hora não é boa pra caça, ao menos pra um papinho eu ia, disse seu Etelvino. Vou caçar não, disse ele. Vou por aí dar uns tiros a esmo, botar a alma pra fora nuns tiros, hoje estou meio azinhavrado. Vendo a cara fechada de Juca Passarinho, seu Etelvino disse que aconteceu, homem, me conte, sempre é bom falar. Nada não, seu Etelvino, coisa aqui minha, não é coisa de falar não. O senhor não ia entender, eu mesmo não entendo o que está se passando comigo. Mais tarde a gente se fala. Seu Etelvino ficou olhando-o intrigado, nunca vira Juca Passarinho assim. É, disse ele, então vai, sempre é bom. Passar bem. Passar bem, seu Etelvino.

Se afastou ligeiro, com receio de que seu Etelvino teimasse em acompanhá-lo.

Tomou a estrada. Passou pelas voçorocas, deu um tiro bem carregado na direção das goelas abertas, ficou ouvindo o estrondo, o eco reboando. Desgramadas, filhas da puta, gritou. Não sabia quem estava xingando, xingava pra aliviar o peito. Como atirava pro ar sem alvo nenhum.

Passou pelo cemitério, não parou. Queria andar até não aguentar mais de cansado e depois, quando a noite caísse, voltar estropiado, moído de cansaço, anestesiado, sem pensar. Maldita vida, maldita invenção de moda, por que não fiquei no meu lugar? Ponha-se no seu lugar! foi o que ela disse.

A noite caía, as primeiras estrelas piscavam no grande céu da mata. Mais do que a escuridão que se avizinhava, onde os grilos e bichos da noite já estalavam, ele conhecia a noite da alma, o negrume do desespero, a melancolia sem remédio. Apenas a esperança de que a noite fosse diferente iluminava palidamente a sua alma cansada, feito um bichinho cantando claro na escuridão.

E ele voltou para a cidade: o polvorinho vazio, a alma ainda azinhavrada.

E ele passou pelo largo, olhou o sobrado, continuou o seu caminho sem rumo.

E foi pelas ruas da cidade: nem ao menos respondia aos cumprimentos que lhe davam, às graças que diziam sobre a sua espingarda a tiracolo e o bornal vazio, o seu silêncio encasmurrado. Não sou palhaço, vocês vão ver, elas vão ver!

Na estação ele parou. Cansado, as pernas bambas, se deixou cair num banco da plataforma. A plataforma vazia, as lâmpadas acesas onde mosquitinhos voejavam, os trilhos mergulhando na escuridão. Nenhum trem àquela hora, a bilheteria fechada, a agência fechada, as portas do armazém fechadas. Só ele na plataforma vazia e iluminada, na noite parada. Mais tarde ele voltaria para casa, na hora em que ontem voltou. O estômago vazio, pensou elas devem estar estranhando a minha ausência. Que estranhassem! Vão pros quintos dos infernos! Mais tarde ele voltaria. Ela sabia a que horas ele voltava.

Ouviu passos dentro da noite, alguém vinha vindo pelos dormentes. O guarda-linha ia levar a lanterna acesa para a sua guarita. Fechou os olhos, fingiu que dormia. O guarda-linha parou, olhava espantado de ver Juca Passarinho àquela hora na estação. Deu de ombros, continuou a andar. A luz vermelha bamboleante da lanterna sumiu na escuridão.

Mais tarde ele voltou para casa. Devia ser a mesma hora de ontem, verificou pelas casas fechadas, pelas janelas que aos poucos iam se apagando.

No Largo do Carmo parou, tinha medo de se aproximar do sobrado. A luz da sala acesa, a luz do quarto acesa. Feito ontem, tudo feito ontem, pensou. Ela devia estar à espera. Como ontem? Tudo se repetia.

Abriu o portão, entrou. Foi até ao quarto guardar a espingarda. Pegou uma garrafa de pinga debaixo da cama, tirou a rolha com os dentes. Bebeu dois ou três goles no gargalo. Precisava estar pronto quando chegasse a hora. A pinga queimou-lhe no estômago vazio, a barriga roncou. Mas sentiu uma sensação boa de conforto, o peito largo, tinha confiança em si. Levava a garrafa com ele, não iam ficar naquela bebida de efeito custoso.

Esperava que tudo se repetisse. Ao contrário do que esperava, a porta da cozinha fechada. Desta vez ela foi viva, Quiquina. A luz apagada. Com certeza, a orelha colada na porta ouvindo os seus passos. Toma, velha, disse ele.

Abriu o portão, saiu para o largo. As janelas da sala fechadas, a luz apagada. Ela fugiu, não quer mais. Só o quarto dela continuava aceso, a janela fechada.

A luz do quarto continuou acesa durante mais algum tempo. Não sabia o que fazer, a garrafa na mão, os olhos presos no quarto, a absurda esperança de que a janela se abrisse.

A janela não se abriu, a luz se apagou.

Numa sofreguidão desesperada ele virava a garrafa na boca. Tonto, rangia os dentes, ameaçava com os punhos a janela fechada. Impotente no seu ódio, bebia. Cambaleante, foi para o meio do largo, junto do cruzeiro. Jogou longe a garrafa vazia, querendo atingir o sobrado. Os estilhaços quebraram o silêncio da noite. No movimento de jogar a garrafa ele caiu. Ficou imóvel, o ouvido colado no chão como procurando escutar o rumor escuro da terra.

No outro dia tudo continuou como sempre, a vida se repetia com a monotonia das horas. Aparentando segurança e frieza, Rosalina nem de longe demonstrava o menor embaraço: voltou às suas ocupações habituais, às flores de pano, falava com Quiquina, dava ordem a ele. Perplexo, ele obedecia. Em nenhum momento pensou interrogar dona Rosalina; humilhado, preso, aceitava como definitiva aquela situação.

Sem a ansiedade da véspera esperou a noite.

E veio a noite. Quando voltou para casa viu o sobrado todo escuridão.

Desesperado, nada mais podia acontecer. Queria acabar de vez com aquilo tudo. Queria partir, queria ficar. Devia antes destruir Rosalina. Ela porém era mais forte do que ele, resistia; ele esperava.

Ele ainda esperava. Se não esperasse, teria ido procurar Mariinha no Curral-das-Éguas. Teria se afundado no lodo daquela carne barata. Partiria.

Não partiu, esperou a terceira noite.

Na terceira noite, ao voltar para casa, viu a sala acesa, as janelas escancaradas. Ela esperava-o, desejava voltar antes do ponto em que Quiquina chegou no vão da porta. O coração em sobressalto (não era alegria, ele esperava tudo de Rosalina) ele veio até à janela, viu-a junto da mesa, o livro aberto diante dos olhos, o cálice pelo meio ao alcance da mão. Tudo como da primeira noite, pensou rápido e trêmulo.

Abriu o portão, foi até a porta da cozinha. Não era como da outra vez. Quiquina tomou seus cuidados.

Voltou para debaixo da janela da sala. Não podia demorar a agir, a luz se apagava, perderia a sua última oportunidade. Afastou a cortina, enfiou a cabeça dentro da janela. Ela parecia não dar pela sua presença no quadro da janela. O coração batendo no pescoço, um tremor insuportável nos joelhos, esperava que ela se voltasse e o visse. Ela podia gritar, assustada com a sua cara na janela. Nada mais importava, ia chamá-la.

Psiu, fez ele. Agora ela sabe que estou aqui, pensou; ela não se voltou, mas ele viu o corpo de Rosalina estremecer.

De novo a imobilidade. Que se passa com ela?

Rosalina, disse ele alto, mais alto do que queria, a voz de uma flauta rachada.

Então ela se voltou, viu-o. Os olhos brilhantes e redondos, os lábios entreabertos, assustada com a sua presença. Os olhos voltavam de um sonho, procuravam se acostumar ao mundo real. Nenhum grito, nenhum gesto; quieta, ela fitava-o como se não o conhecesse.

Rosalina, sou eu, disse ele, a voz rouca.

Aí o rosto branco de pedra se moveu, as pálpebras tremeram. Ele acreditou ver nos lábios dela um breve sorriso. Se afastou e ficou à espera de que ela chegasse na janela. Esperou algum tempo, ela não chegou. Ouviu um barulho, viu um friso de luz surgir entre as abas da porta.

Preso ao chão, ele não se animava a avançar. Não podia ficar ali assim, não ia perder aquela oportunidade. Sem uma palavra ela o estava chamando.

Ele avançou, empurrou a porta, a porta rangeu. O corredor escuro, a porta da sala iluminada, para onde ela voltara.

Na porta da sala ele parou. Junto da mesa, de pé, ela. Ela sorria para ele, não podia ter mais nenhuma dúvida. Ela está se rindo pra mim, ela quer. O coração se encheu de uma alegria feroz. Os olhos úmidos, quase chorava. O coração estalando.

Vem, disse ele sem desgrudar os olhos da porta onde Quiquina podia aparecer a qualquer momento. Como ela fizesse um movimento de apanhar alguma coisa debaixo da mesa, ele mostrou a garrafa na mão.

E ela veio, os passos incertos, solta no espaço, feito pairasse sobre o abismo.

8

A SEMENTE NO CORPO, NA TERRA

E ASSIM ELE CONHECEU ROSALINA. Conheceu o seu corpo branco, palmilhou-o em todos os segredos. Um corpo luminoso e cheio, ao contrário do que esperava. Certas mulheres enganam, parecem magras e não são. Que coxões, dizia quando pensava nas coxas grossas e firmes. No corpo, só os seios eram pequenos, miúdos e cheirosos, cabiam inteiros na concha das mãos. De dia, longe dela, as mãos guardavam o cheiro ativo e quente da carne. Os seios de uma menina, assim os de Esmeralda quando seu Romão fez. Esmeralda ia na frente da sua idade, depois os seios ficariam grandes e volumosos na janela da pensão.

Rosalina não era uma menina, embora às vezes tivesse nos olhos um feitio de menina. Ele debruçava sobre os seus olhos, procurava entendê-la. Os olhos úmidos e brilhantes, quentes, acompanhavam os seus movimentos aflitos. Em fogo ela o acompanhava. Não era uma menina, não era que nem Esmeralda; não deixava apenas, tomava parte ativa, em fúria, desesperada. Os olhos em fogo, os lábios molhados, a boca sequiosa. O cheiro quente das narinas dilatadas. A respiração apressada, as palavras confusas que ela dizia. Parecia falar com outro, não com ele, ele não sabia com quem ela falava. Às vezes acreditava ouvir distintamente o nome de Emanuel. No princípio, quando eles começaram. Não ligava, fingia não ligar: queria aquele corpo quente e dilatado. Queria desesperadamente aquele corpo.

Aquele corpo, ele foi o primeiro, pensava glorioso. Moça, antes. Nunca tinha conhecido uma mulher da primeira vez. Se ela não tinha as artes de Mariinha e das muitas outras que conheceu em toda a sua vida, tinha o calor, os gemidos, a fúria que às vezes o deixava amedrontado. Aquele corpo à espera, aquele corpo em brasa, aquele corpo misterioso podia devorá-lo como as goelas noturnas das voçorocas. Aquela mulher podia ser o seu fim; pensava em todos os desastres. Não sabia o que podia acontecer, temia pensar. Entrava num túnel, na escuridão da noite, de onde não sabia como, quando podia sair.

Se o corpo lhe pertencia, a alma vogava em longes paragens. A alma era dos mortos, talvez de Emanuel. Que lhe importava Emanuel, se Emanuel nunca a tinha tocado, se ele jamais a tocaria? Aquele encontro, aquela comunicação à distância, porque quando raramente os dois se encontravam ele era acanhado e medido, os olhos postos no chão, temia fitá-la, ele via detrás da porta quando Emanuel vinha visitá-la. Que lhe importava aquela comunicação, se aquele corpo era seu durante alguns momentos?

Por quanto tempo este corpo seria seu, se perguntava com medo de que tudo pudesse de repente acabar. Porque ele vivia em suspenso, nas trevas, de repente tudo podia acabar. De repente ela podia se arrepender, fechar-lhe as portas, como lhe negava a alma e os olhos. Os olhos que, como a alma, podiam ser dos mortos, talvez de Emanuel. Quando ela extenuada depois de fazer, o corpo lasso e derrotado, ainda nua, o olhava, os olhos eram de um brilho apagado, pareciam desconhecê-lo. Olhavam-no como a um estranho a seu lado. Ela está bêbada, pensava enquanto procurava ver no fundo dos olhos de Rosalina a visão que morava lá dentro. Os olhos de Rosalina se negavam, queriam dizer na sua mornidão diáfana que só o corpo era dele; só o corpo, quando o corpo ainda estava carregado.

Quando ele se cansava de olhá-la nos olhos e ficava vendo o corpo quieto e abandonado depois de fazer, feito alguém olha para trás, do alto de uma montanha, o mar de morros navegados, ela como de repente ferida e tocada puxava a colcha, cobria a nudez, envergonhada. Ele tentava ainda um carinho, as mãos corriam de leve os seus cabelos soltos (toda noite, como um ritual, quando subiam a primeira coisa que ele fazia era soltar-lhe os cabelos), alisavam-lhe os ombros, chegavam na elevação dos seios protegidos pela coberta, ela fechava os olhos. Os olhos fechados, ele beijava o rosto, dizia-lhe palavras ternas, repetia de mansinho o seu nome (Rosalina, Rosalina, Rosalina) como se ela dormisse e ele desejasse acordá-la. Ela não dormia. Os lábios cerrados, não atendia os seus apelos. Se ele buscava os seus lábios, a boca se fechava, o corpo se crispava, as mãos seguravam firmes a colcha. Se insistia, ela era brusca. Ele sabia então que, na sua mudez, na sua recusa, ela queria mandá-lo embora.

Ele fechava a janela, apagava a luz, olhava ainda uma vez em despedida o corpo na branca escuridão da cama, e sem uma palavra se afastava. Descia vagarosamente a escada, sem saber o que pensar de tudo aquilo que vinha vivendo aqueles dias, aqueles meses.

Quando ela queria, quando ainda em fogo aflita o beijava em desespero, apalpando-lhe o corpo numa fúria, dizendo palavras ardentes e nomes desconhecidos que ele não conseguia distinguir, ele parecia não se importar porque também queria, cada vez mais queria avançar nos seus caminhos; quando depois ele descia a escada se sentindo ferido e enjeitado, em desespero, se prometia nunca mais voltar. Não era possível continuar aquela luta silenciosa em que ele buscava uma posse total que lhe era negada. Dele mesmo só aquele corpo em febre. Quando as águas daquele corpo encontravam o seu remanso, quando o corpo cansado, ele era posto de lado. Ele devia ir embora, descer, ir para o quarto solitário onde varava as noites em desespero.

Ele ia para o quarto e ficava pensando naquelas noites sem sentido, naqueles dias absurdos. Vivia uma vida que não era para ele, um amor que não era dele. De quem era o amor de Rosalina, se aquilo se podia chamar de amor? Se às vezes ela dizia o nome de Emanuel (agora ela não mais escondia, às vezes chegava mesmo a gritar o seu nome), ele via que ela falava o nome não como se fingisse encontrar no seu corpo o corpo de Emanuel, mas como se, dividida, falasse para alguém muito longe, numa lonjura infinita. O seu corpo para ela era apenas um corpo. Só com o corpo se falavam, só com o corpo silenciosos se entendiam. Porque a alma e os olhos lhe eram vedados. Dos mortos.

Ele não podia entender, nunca que podia entender. Ela era uma mulher superior a ele, sabia. Era pequeno para ela, a sua serventia se limitava ao ponto em que ela encontrava a paz do corpo, o silêncio desanuviado do corpo. Ele não pensava assim nessas palavras: pensava nas mulheres que conheceu, comparava-as com Rosalina, tão diferente de todas elas, outro ser; ele pensava na sua vida antes tão alegre, na sua vida agora fechada e triste a ponto dos outros repararem. Ele pensava na sua vida diurna, na sua vida noturna: de noite, antes de possuí-la, quando era afastado. Ele pensava num cachorro que se acostuma com os carinhos do dono e quando volta a querer os mesmos carinhos encontra o dono de humor diferente, e é escorraçado, não entende, e fica de rabo entre as pernas, os olhos úmidos, à distância.

Porque depois que passou a frequentar todas as noites o seu quarto, quando os dois se entregavam à bebida e ao corpo, a sua vida diurna começou a parecer ainda mais absurda.

De dia ela era outra. De dia ela era a dona Rosalina de sempre, a sua patroa. Tratava-a com respeito, como se houvesse um pacto silencioso entre os dois. Quando ele dizia dona Rosalina, a senhora precisa de mim pr'alguma coisa? tinha nos olhos tanta humildade que ele sentia ódio de si próprio. Mas em nenhum momento pensou em alterar aquela situação, em lhe lembrar que tudo aquilo era falso e absurdo. Porque ele não sabia como terminar. Não era só a presença de Quiquina que o fazia se comportar dessa maneira. Mesmo quando ela não estava presente, chamava-a de dona Rosalina, como se fosse outra, não aquela de de noite, não procurava nunca lembrar que à noite os dois tinham uma relação diferente. Ela se guarda pra de noite, pensava quando a via neutra e fria, entretida com as flores de pano.

Como pode, como pode? pensava quando de dia ela o olhava mansamente como se nada de noite se passasse entre eles. Não é fingimento, se dizia. Ela não está fingindo, uma pessoa que finge não tem os olhos assim. Porque em nenhum momento ela vacila-

195

va, em nenhum momento tremia, em nenhum momento parecia reconhecer nele o homem que de noite a visitava com outras roupagens. Como ela desligava os olhos e a alma do corpo, assim vivia de noite uma vida, de dia outra.

De dia era tão calma que ele tinha até medo. Nos primeiros dias ainda ficava meio ressabiado, achando que participava de um jogo, de uma pantomima absurda, de um guinhol maldito. Depois, quando via que ela não escondia nada, que tudo nela era sincero e verdadeiro, ele devia se conformar em aceitá-la como ela era, que ela era assim mesmo, foi que foi ficando mais à vontade. Chegava ao ponto de pedir licença para ficar perto dela vendo-a trabalhar nas suas flores. Ela deixava, parecia até satisfeita. Olhava-o mansamente, às vezes sorria. Ele não via nos seus olhos, no seu sorriso, nenhuma sombra, nenhum sinal de que ela se lembrava do que se passava de noite entre eles. Era mesmo uma menina, uma menina pura e inocente.

Como desistiu de entender, aceitou a sua vida partida ao meio: as noites e os dias. De noite Rosalina, de dia dona Rosalina. Não buscava mais unir no mesmo ser as duas figuras, juntar as duas metades. Chegava mesmo a pensar que elas nunca se encontravam: cada uma seguia o seu caminho, sem encontro possível a não ser na morte. A morte de uma significaria o fim da outra? Não, a morte do corpo sim como o vaivém do pêndulo do relógio-armário (agora parado) dava a ilusão de vários pêndulos que se sucedem como a antiga imagem da flecha que voa, são várias flechas, não voa mais, para se fixar momentaneamente em dois pêndulos extremos, o da esquerda e o da direita, se a vista neles se firma, e o pêndulo parado, os vários pêndulos em sucessão deixam de existir (porque ele não via a lenta sucessão de figuras que nela se processava para se cristalizar em duas Rosalinas; ou não existia uma ou duas Rosalinas mas uma infinidade de Rosalinas, nenhuma parada como aquele pêndulo do relógio parado, que só no fim do tempo, na morte, a gente ia saber, tudo somando, juntando, fundindo, como aquela outra imagem antiga, aparentemente oposta, de que ninguém entra duas vezes no mesmo rio), assim a morte do corpo destruiria simultaneamente as duas Rosalinas. Mas o corpo era o mesmo, com dificuldade ele via – o mesmo corpo onde as duas se alternavam. O corpo sem a noite continuava a existir? Era possível só a luz, a escuridão total?

Ele se perdia em pensamentos absurdos, não esses, outros – feitos de imagens concretas, os seres e as coisas que ele conhecia, mas que desses pensamentos se aproximavam na luta incessante e inútil de querer entendê-la para repousar em duas Rosalinas (repousar como, meu Deus, na noturna de uma velocidade, de um negrume terrível? à noite o cheiro ativo dos jasmins nos quintais, de dia esmaece e some), que tinham de comum entre si, como traço de união, o corpo...

Se o próprio corpo sofria grandes alterações (o tempo passava), o próprio corpo não era o mesmo, ele via. Ali perto dela, os olhos presos nas mãos finas e alvacentas que fabricavam uma rosa branca de organdi (quando da primeira vez, aqui mesmo na sala, Quiquina no vão da porta, ela fugiu deixando caída no chão uma rosa branca, ali, foi ali que a rosa ficou até que eu catei e levei ela comigo pro quarto, pra onde eu for levarei a rosa comigo), em silêncio ele acompanhava o trabalho paciente e calmo, os seus olhos serenos e mansos (antes de tudo acontecer ela era dura e crispada, vária e inquieta), os olhos mansos feito menina brincassem, e procurava ver sem pensar aqueles olhos, aquelas mãos, aquele corpo.

E de repente descobriu com espanto: ela era três e não duas. A dona Rosalina que existia antes de sua chegada ao sobrado e continuou a existir até aquela noite (quando ele a assassinou da primeira vez, porque ela não mais vivia, feito um umbigo que de podre cai), a Rosalina das noites em fogo e sangue, em fúria consumida, e a dona Rosalina diurna de agora, perto de quem humildemente ele ficava, as horas caindo de mansinho, ele fruindo um prazer novo e miúdo, vagaroso, que nunca antes conhecia. Essas distinções eram demais para ele, homem simples.

Dona Rosalina, me perdoe a comparação, mas a senhora às vezes parece um guará, disse ele um dia. Um guará? disse ela não entendendo o que ele queria dizer. A senhora não conhece, nunca com certeza viu um guará? E como ela dissesse que não, não conhecia, é um bicho assim mudador, a gente nunca sabe direito onde é que ele está, fujão, nos ares. Meu padrinho seu major Lindolfo, acho que já contei pra senhora, é que costumava caçar guará. Uma vez saí com ele, num sertão bem pra lá do Paracatu, onde a gente andava. Olha lá naquela moita, disse meu padrinho, foi ele que viu primeiro. Aí foi uma correria, a gente correndo, a cachorrada correndo, a gente correndo atrás, a espingarda carregada na pontaria. Cadê que a gente achava o guará? Guará é assim, dona Rosalina, visonho. Quando a gente pensa ele aqui, vai ver está ali, quando a gente vai ali, ele está lá longe, arteiro, esperto, que nem se rindo da gente, na brincadeira de esconde-esconde. É um bicho danado de visonho...

Eu visonha? disse ela parecendo não entender. Eu sou sempre a mesma, estou sempre quieta no meu lugar. Eu nunca mudo, José Feliciano, a minha vida até que é por demais igual. Os meus dias são iguaizinhos, tem diferença nenhuma. Pra mim é até difícil saber quando foi que uma coisa aconteceu. Hoje, ontem, anteontem, trasanteontem, tudo é a mesma coisa. Só mesmo eu marcando na folhinha, mas aqui em casa não tem folhinha. E depois marcar o quê, seu José Feliciano? não vejo como eu posso ser visonha, guará feito o senhor diz.

Ele reparava na voz, nos olhos, nos mínimos gestos. Nenhuma sombra, nenhum tremor. Os olhos limpos e brancos, puros. Nada que dissesse que ela estava mentindo. Será que ela esqueceu mesmo, depois que ela faz ela esquece? Quem sabe ela não se lembrava de tudo o que os dois faziam de noite? Impossível. Ele não conseguia entender, ela parecia tão pura, tão sincera.

E como não conseguia entender, passou a aceitá-la. Ficava ao pé de dona Rosalina, gozava o seu silêncio manso morno (os olhos vogavam, apascentavam nuvens), a sua prosa vagarosa e vadia, entrecortada de longos silêncios calmos, não mais aflitivos para ele, os casos de antigamente, de sua família, de sua infância na Fazenda da

Pedra Menina de que ele hoje de uma certa maneira participava (não apenas em sonho agora, quando ele em sonho a seguia menina nas suas reinações pelos matos em busca do cavalo Vagalume que tinha fugido, e dona Vivinha ficava da varanda a olhar o que eles andavam fazendo, o que ele queria fazer com ela detrás daquela moita), de tanto sobre ela ouvir falar, e quando ela recontava um caso dos tempos da Pedra Menina ele fechava os olhos e parecia se lembrar (não do caso, das palavras que ela usava contando um caso, mas uma lembrança de carne e sangue, dele mesmo, como se o caso tivesse se passado não com ela mas com ele), se lembrava da sua vida, ele menino com ela na Fazenda da Pedra Menina (como ele acreditava ter substituído seu Emanuel no corpo de Rosalina noturna – quando ela dizia o seu nome feito o buscasse no tempo, no desespero do gozo), onde ela havia dito o nome de um outro menino (Emanuel) ele colocava o seu próprio nome, o seu próprio corpo, a sua própria figura de menino na lembrança daquele doce sonho diurno, e se ia com ela nas correrias em cima das pilhas de sacas de café, pelos corredores escuros entre as sacas como muralhas de pedra de um castelo no armazém de seu Emanuel (quando ela falava na verdade no armazém do papai e de seu Quincas Ciríaco, Dindinho), ele localizava a cena vivida na realidade por ela, em sonho por ele, no armazém de café agora de seu Emanuel (não nas cores do armazém de hoje, mas com as tintas de sua própria infância em Paracatu, na fazenda de seu major Lindolfo, as vivências e as cores dele menino montado no cavalo em pelo, as rédeas de embira, ele em silêncio no curral cheirava as placas de bosta quente das vacas enquanto fazia pontaria numa rolinha ciscando um resto de farelo, com a sua espingardinha de cano de guarda-chuva como aquela que ele uma vez fez para o menino doente que apontava para os lados de Nossa Senhora dizendo que ela estava dizendo pra ele, e que dona Vivinha ficou feito doida com ela, até que seu major Lindolfo mandou ele jogar a espingardinha fora no mato), quando ela lhe contava aquelas histórias agora tão diferentes (porque por ele vividas mentalmente; por ela contadas de outra maneira, outra voz, outro feitio), tão diferentes daquelas mesmas histórias que ela lhe contava antes, quando ele começou a sua vida no sobrado e começava a tatear no escuro porque não sabia quais os assuntos que lhe eram proibidos (mais de uma vez antes ela lhe falou, quando ele, matreiro, buscava aos poucos uma intimidade que lhe era negada; ela visonha, de reações súbitas, nunca em lugar nenhum, pêndulo), quase todos os assuntos de sua vida passada lhe eram proibidos (como aqueles retratos, aqueles relógios parados, aquele Lucas Procópio de quem na cidade contavam tantas histórias, aquele João Capistrano Honório Cota, coronel, cidadão, homem de alto porte, figura e coturno), porque as histórias agora eram diferentes não apenas por ele vivê-las mentalmente mas por ser ela uma outra que estava contando, pareciam a sua própria vida (dele) que ela contava e de olhos fechados ao pé de dona Rosalina ele via as horas passarem pelas pancadas da pêndula na copa (agora o reino exclusivo de Quiquina, que não ousava vir até à sala quando ele conversava com dona Rosalina), as pancadas da pêndula que lhe lembravam que havia uma outra vida, que o acordavam para a realidade, e o sonho acordado, as névoas do sonho se dissolviam no ar para dar lugar àqueles móveis duros e secos e negros e pesados, e as próprias flores que ela fazia perdiam o brilho e o viço e voltavam a ser apenas flores de pano, as flores de pano que estava na hora dele sair pra ir fazer a entrega, agora uma de suas obrigações, não mais de Quiquina, que levava a sua vida afastada.

E como passou a aceitá-la e a gozar de sua mansidão silenciosa ao pé daqueles casos antigos, todas as tardes depois que ele acabava o serviço e ficava vendo-a na sua fábrica de flores, os olhos presos nas suas mãos finas e brancas, nos seus olhos parados e remansosos, no corpo em silêncio que guardava para de noite, soterradas, as águas negras e as ondas quentes, o corpo agora em paz, sem a crispação e a dureza dos primeiros dias, daquela mesma dona Rosalina para ele agora morta, aquele corpo que embora magro era redondo na sensação de paz e macieza que os seus gestos tranquilos lhe davam (assim, mal comparando por causa daquilo que faziam de noite, a lembrança quente, redonda, vagarosamente boa da mãe da gente, quando a mãe longe ou quando morreu ou quando a gente não conheceu e se lembra dela com o coração nas pequeninas coisas imaginando), se sentia feliz naquelas horas diurnas enquanto esperava que a pêndula soasse as horas que ele devia deixar dona Rosalina e sair para entregar as flores, buscava mesmo comparação com as horas noturnas, violentas e silenciosamente agressivas no encontro dos corpos, e chegava a achar que de dia sim era feliz, de noite era o visgo das voçorocas, as goelas vermelhas e escuras, de que ele não podia se afastar, sentindo aqueles encontros noturnos como um vício, uma pena feliz: condenado àquela mulher, àquela casa, àquela vida (até quando, meu Deus?), jamais dali poderia se afastar, até que um fato violento qualquer (ele agoniava, aziago) pusesse fim a todo o sonho manso, a todo pesadelo, apesar de muitas vezes se prometer (quando fruía a paz das tardes de dona Rosalina) passar ao menos alguns dias sem procurá-la de noite, quando ele voltava de sua peregrinação e encontrava a sala iluminada, a porta da frente agora apenas cerrada, ela à espera, ele não resistia, uma força poderosa o arrastava para os braços de Rosalina, e eles se encontravam em fúria e depois, ela silenciada, ele se afastava, descia triste a escada, para o silêncio assombrado das noites insones e mal dormidas, quando em pesadelo aparecia seu major Lindolfo com a espingarda (dona Vivinha via tudo da varanda, chamou seu padrinho pra ele também vir ver), a espingarda lustrosa de novinha apontando pra ele, porque tinha visto finalmente ele fazendo com Esmeralda (de repente não era mais Esmeralda: Rosalina) no pasto, ele levava um tiro nos peitos e, se esvaindo em sangue, aos pouquinhos ia morrendo.

Foi quando ele descobriu, não pela análise ou outro meio lógico semelhante de reconhecimento (disso ele não era capaz, na sua própria essência e pessoa, pelo que era na simplicidade e rudeza de sua vida), mas pela lembrança e comparação do que vinha vendo e vivendo, que lembrar e ver são formas de aprender, foi quando ele descobriu que havia não duas mas três pessoas distintas numa só pessoa, ou melhor duas donas Rosalinas que embora se parecessem eram diferentes, a gente via, reparando bem, a primeira, a antiga, crispada e dura, a segunda redonda e pacificada, tranquila no remanso dos gestos, e uma Rosalina solitária, sem encontro possível a não ser através do choque, da posse, através do corpo, não pelos olhos e a mente, desesperada e noturna, que em nada se parecia com as outras duas a não ser pelo fato de morarem no mesmo corpo (o próprio corpo, tomado ou visto ou lembrado separadamente parecia três corpos distintos conforme a alma que nele habitou ou habita ou habitava), aquele mesmo corpo que servia de traço de união e pouso (como podia haver muitas outras, se ele tivesse mais olhos e acuidade para ver, assim naquela imagem dos muitos pêndulos sucessivos, ou aquela outra antiga, da flecha – mas para esta necessitaria, impossível para ele, de uma capacidade sofística e racional de dissecar – ou então esta agora; não antes mencionada mas sentida nas entrelinhas, do óvulo fecundo que se divide em 2, 4, 8, 16... uma infinidade de células que se agrupam para chegar à unidade final, se chegar, a hora do parto chegando), foi quando ele descobriu e pôde separar as três (para cada uma delas ele era um, conforme o desejo de aproximar e conhecê--las), também ele se dividia e se modificava: oh, ele nunca reparou nisto, só nela é que reparava a divisão, muito embora às vezes cismasse quando lhe diziam (você mudou muito, Juca Passarinho, de uns tempos pra cá anda tão mudado que nem parece o mesmo, disse uma vez o próprio seu Etelvino, que era meio bobo e pouco de reparar), de tanto ele andava triste e sorumbático, não contando mais casos, não fazia mais graças e gatimonhas, metido consigo mesmo, deixou de fuçar a vida dos outros; é, mudei, dizia ele buscando uma desculpa aceitável (não pra seu Etelvino, para esse ele não ligava) a fim de que não estranhassem a mudança profunda que ele próprio sentia: começavam a desconfiar e a falar, na cidade a gente sempre fala e desconfia; mudei, aconteceu uma desgraça comigo, dizia provocando espanto, e logo: é que chegou uma carta lá do Paracatu contando que a minha mãe morreu, dizia, os olhos cheios de lágrimas; mas a sua mãe já não tinha morrido, homem? Minha mãe de criação, consertava; mas a sua mãe de criação não era dona Vivinha? tive outra, é um caso tão triste que não gosto nem de pensar; e daí em diante começou a receber os pêsames, e como não voltasse mais à antiga alegria, ao seu jeito de passarinho arisco (depois que ela morreu não sou mais o mesmo homem); e eles aceitaram a explicação, gostavam muito dele, só uns raros ainda continuavam desconfiando, na especulação; três Rosalinas, e que a primeira estava morta, só memória agora quando ele procurava se lembrar como ela era antes, e que a segunda, ao pé de quem ele passava as tardes (ela se arredondava a olhos vistos – como se diz, engordava), jamais se encontraria com a terceira, a do quarto, de noite, nas golfadas das ondas quentes do sangue antes de silenciada depois na cama, ainda nua e puxando a coberta sobre a nudez branca (ele não queria, na verdade não queria que as duas se encontrassem e se fundissem, era feliz, mais tarde reparou, de dia com ela, enquanto ela cuidava das flores de pano e lhe pedia para contar uns casos de caçada, de sua gente lá do Paracatu, ao contrário queria que a diurna nunca mais acabasse, sempre assim feito uma mãe a vida inteira, e que a Rosalina noturna fosse aos poucos de mansinho se finando, não de repente, porque o seu desejo, o vício era muito forte agora para ser de repente interrompido, embora de dia ele renegasse), como o lugar-comum das linhas paralelas que nunca se encontram.

E aí foi indo, foi indo, ele começou a reparar que a terceira, ou melhor – a segunda, a diurna, porque como ficou dito a primeira não mais existia, a primeira passando a ser agora a Rosalina noturna, que a segunda ia aos poucos ganhando uma suavidade tão grande, um jeito assim tão manso (os olhos boiavam no brilho doce da paz, os gestos cada vez mais lentos e arredondados, como se ela estivesse sob o efeito de um soporífero ou de noite, lúcida e insone), tão mansa e maternal (não mais aquele jeito de menina que ele às vezes lhe surpreendia nos olhos, no feitio do sorriso, que o fazia retornar ao longo caminho de volta no corpo de Esmeralda, que se fundia nos sonhos de repetição com aquela outra menina, a Rosalina menina

203

da Fazenda da Pedra Menina), tão mansa, maternal, vagarosa, feito um boi no pasto na sua ruminação verde, que ele tinha até vontade de abrir para ela o coração e contar o que fazia com a outra, a duplicata sombria de noite no quarto, como se fosse com uma outra pessoa que ele fizesse, assim como alguém conta o seu pecado mais feio (ele se continha, doideira), era destruir de um só golpe, na revelação, as duas, e ele não queria, meu Deus, de jeito nenhum queria que aquela dona Rosalina jamais acabasse, ou então um desejo ainda mais escondido, impossível, de deitar a cabeça no seu colo e pedir um cafuné pra ela (ridículo, ele não era uma criança, se ameninava), tão grande era agora o seu amor, o seu carinho, e que, como a segunda se arredondava e lentamente crescia e se transformava sem deixar de ser a mesma a não ser quando a acentuação dos traços brandos, também a primeira, a Rosalina do quarto e da cama, ia perdendo força e também se amaciava (meu Deus, será que a primeira, se abrandando, ia acabar se encontrando com a segunda, a da sala, a das flores de pano, aquela em frente ao relógio-armário parado que quando ele perguntava por que ela agora lhe contava a história mas tão na terceira pessoa como se realmente não tivesse acontecido com ela, com seu pai?), porque às vezes ela não mais queria fazer, cansada, e queria ficar bebendo e bêbada desmaiar ao seu lado ou então vomitar – agora ela só queria fazer no escuro, quando ele insistia.

Porque às vezes de dia dona Rosalina tinha umas ânsias de vômito muito esquisitas que ele não compreendia, ela sempre tivera uma saúde tão boa, e pálida, alvacenta, saía correndo à procura de um lugar onde se aliviar, e ele ficava pensando será que ela vai adoecer, e eles como iam se arranjar (ela não deixaria que chamassem um médico, ninguém, nem médico entrava no sobrado, só mesmo seu Emanuel que, se antes pouco aparecia agora quase não vinha, para felicidade dele, agora ele tinha ciúme de dona Rosalina, de Rosalina, não deixava mais, tapava-lhe a boca, que ela dissesse Emanuel quando faziam), não, ela não estava doente, se estivesse doente Quiquina ficava logo preocupada, Quiquina nunca ligava para aqueles vômitos, ele não entendia por que ela não preparava um regime ou fazia uns chás, ao contrário vivia sempre fazendo quitutes e petiscos para ela (ela agora comia vorazmente, comia escondido de Quiquina, vivia sempre comendo) e chegava mesmo a pedir para ele ir pro mato com seu Etelvino caçar umas codornas, gostava tanto de codorna (esquecida de que ela uma vez lhe recusou a caça e ele se ofendeu, de propósito ela quis ofendê-lo, mas essa foi a primeira Rosalina não mais existente) que ela comia com esganação, esquecida dos modos de dona educada.

... e então súbito ele passou a encontrar seguidamente a luz da sala apagada. A porta da sala trancada, por mais que ele batia ela não vinha abrir.

E ele ficou no meio do largo a olhar perdidamente a janela do quarto acesa, até que finalmente a luz se apagou e tudo era noite e silêncio.

... de hora em hora. As dores vindo de hora em hora. Ainda vai demorar muito. Às vezes fica assim a noite inteirinha. Mais de um dia. A sorte é quando as dores apertam e vão ficando juntinhas umas das outras. Ruim quando morrinhentas, não atam nem desatam. Dois dias. Foi assim com dona Sebastiana. Primeiro filho, dona Sebastiana tinha muito medo. A mulher que ela viu com mais medo. Teve de chamar dona Aristina pra acabar o serviço. Já experimentada, não carecia de dona Aristina. Eles quiseram, quê que ela podia fazer? Dona Sebastiana tinha muito medo, nunca viu um medo igual. Dor e medo. Como agora Rosalina. Ela se revirava (dona Sebastiana) e gritava e gemia rangendo os dentes em tempo de quebrar. Agora não podia chamar dona Aristina pra ajudar. Ninguém, mesmo tudo dando errado. Não podia chamar ninguém. Ninguém podia entrar no sobrado, saber o que estava acontecendo com Rosalina. Agora ela é que não deixava. Tinha de enfrentar tudo sozinha, mesmo tudo dando errado. No caso de Rosalina ficar em tempo de morrer. Aí não chamava dona Aristina, chamava o dr. Viriato. A cara de espanto do dr. Viriato. Os olhinhos miúdos piscando detrás das lentes grossas. Algumas vezes teve de chamar o dr. Viriato. Quando a sangueira crescia e não tinha jeito de estancar. A febre depois. A febre que leva dias e mais dias e a infeliz começa a variar. Febre tira a mulher dos eixos, dá doideira. Se vinha febre, a sangueira era demais e ela não arranjava um jeito de fazer parar, ia chamar o dr. Viriato. Antes não, de jeito nenhum chamava o dr. Viriato. Só em último caso, ela não conseguindo dar um jeito na sangueira, na febre. Com qualquer febrinha Rosalina começa a variar. Assim desde menina. Nos tempos de dona Genu, coitada. Ela adivinhando que isto ia acontecer com a filha, morria. Fez bem em morrer pra não ver o que está acontecendo, tudo o que aconteceu. Depois do parto Rosalina apanhando febre. O dr. Viriato vinha no grito, bastava chamar. O dr. Viriato era muito amigo do falecido coronel Honório. Mas se juntou com aquela cambada de traidores. Quando, a eleição, deu a doideira nele. O coronel não perdoou, era homem de perdão? Quanto mais amigo um tinha sido antes, aí então é que o ódio era maior, sem perdão. Doideira, a febre depois do parto costuma dar doideira. Gente Honório Cota é tudo meio doida. Não vê aquele Lucas Procópio, nos despropósitos, no sem jeito dos desmandos? A mãe tinha ódio dele, todo mundo tinha ódio dele. Mas respeitavam, isto respeitavam. A mãe uma vez disse que ele quis fazer à força com ela. Encostou ela no muro, a coisa de fora, rasgou o vestido na fúria. Sem nem ligar se tinha gente vendo, a própria mulher. Ele não ligava pra ninguém, ninguém valia um tostão pra ele. Só ele valia, só ele mandava. Seu coronel não, diferente. Se tinha doideira, era uma doideira mansa, não doideira de fazer mal a ninguém. Feito era seu Lucas: de pegar negra, de emprenhar, de encher o mundo de piás. Bença, padrinho, eles diziam no respeito. Nunca sabia quando era filho mesmo ou afilhado. Vinha a dar na mesma. Mas seu coronel Honório tinha razão de ficar daquele jeito depois. Esta gente não presta, ele dizia. Não presta, dizia Rosalina. Ela agora não diz nada, a dor não deixa.

A dor de novo. Agora veio mais forte. A bolsa ainda não furou. Muito longe uma dor da outra. Quantas horas? No muito, dez. Esse vai demorar. Pelo jeito não aponta antes das duas. Continuando assim. Tem menino preguiçoso. Furando a bolsa, apressava. Melhor esperar, sempre melhor esperar. Dona Aristina é quem diz, foi quem ensinou. Pode ser as dores vindo mais fortes, cada vez mais fortes, cada vez mais perto uma da outra. Aí então a coisa é pra já. A gente nunca sabe como vai ser. Às vezes as dores começam vindo muito continuado e depois param. Tem vez que apertam de repente e o menino sai feito bala, rebentando tudo. Pelo jeito vai demorar. Apalpou, viu. Inda faz pouco viu lá embaixo, a abertura ainda era pequena. Não adianta querer ajudar, mandar ela fazer força. A barriga baixa, mas não estava baixa demais, ainda não chegou no ponto. Dura, lisinha que nem um tambor. O umbigo raso, quase não tinha mais umbigo. Feito uma bexiga de boi, a gente enche e faz bola pra menino brincar. Dá vontade de furar com a ponta da faca, de pura malvadeza. E uma gana esquisita. A barriga dura, que nem um antraz. Quando ela menina perguntava pra mãe o que era aquilo que as mulheres tinham na barriga inchada, ela dizia é antraz. E a mãe ria, achava que ela sabia de tudo e perguntava de pura perguntação. Ela sabia, a mãe tinha razão. Desde que se entendeu por gente, sabia. Foi a primeira coisa que ficou sabendo. Só não sabia como é que um homem e uma mulher fazem. Imaginava, nos ares. Tinha nojo daquilo que eles faziam na cama, no mato. Ainda agora não sabia direito, era virgem. Sempre teve nojo de homem. Era muda, queriam abusar dela antigamente. Teve um que quis fazer à força, que nem a mãe disse seu Lucas Procópio queria fazer com ela. Ela não podia gritar, muda, só dava guinchos, ninguém ouvia e vinha em seu socorro, ela teve de dar uma mordida de tirar sangue no pescoço dele. Aí então ele deu um soco na cara, ela ficou com a cara deste tamanho. Ela não conseguia dizer com as mãos o que tinha acontecido. Só sabia chorar, a mãe não entendeu. Toda vez que via uma mulher de barriga parava pra ver. Por onde é que saía? A primeira vez que ajudou dona Aristina foi quando ficou sabendo tudo direitinho como era mesmo. Teve medo de desmaiar por causa dos gritos que a mulher dava. A barriga dura, a coisa se mexendo lá dentro que nem um bacorinho dentro dum saco, a gente nunca sabe onde é que fica a cabeça. Às vezes nascem de bunda, é pior, a dona sofre muito. Pior pra elas, quem mandou fazer? Gozado é que não se incomodava muito com os gritos, o escarcéu que algumas faziam. Nunca mais, nunca mais, elas gritavam. Depois lá vinham outra vez de barriga. O que deixa abismado é a pele esticada que nem um tambor. A coisa aberta lá embaixo, o menino sujo do barro amarelo da placenta, feito tabatinga. Depois se acostumou, nem mais ligava, até que tinha jeito, remedava dona Aristina. Dona Aristina é que é calma, nem liga. Às vezes ia pra sala fazer crochê. Quando chegar na hora ocês mandam me dizer, dizia fazendo um sapatinho de crochê. Às vezes dava tempo dela acabar o sapatinho. O menino nascendo, o sapatinho era o primeiro presente que ele ganhava. Ela não fez nenhum sapatinho, ela pensou com certeza que ele não ia nascer nunca. Ela pensou alguma vez que podia acontecer? Pensou nada. Sempre aquela doideira, Rosalina andava era meio doida. Toda noite bebida, toda noite os dois lá em cima no quarto. De primeiro, até ficar prenhe, até quando ela soube que estava prenhe. Depois ela não quis mais saber dele. Nunca disse nada, só uma vez ela quis dizer. Da primeira vez, daquela vez. Mas aí ela não deixou, teve pena dela. Rosalina nunca careceu de explicar, ela fingia entender. Depois ela arranjou aquele jeito de ser duas. Uma de noite, com ele no quarto, na bebedeira, na fazeção; outra de dia, com ela e ele. Como é que Rosalina conseguiu? Ele queria de dia a mesma coisa de de noite. Rosalina botou ele no seu lugar. Foi bom pra ele aprender. Tomou, papudo? Ele aprendeu. Ele era um sem-vergonha-de-marcamaior, um aproveitador. Ela deixando, ele tomava conta da casa feito dono. Ela não deixou, foi bom. Era só de noite aquela tristeza, aquela danação. Até nela ele ia querer mandar. Com ela não, ele não sabia quem era ela. Mesmo Rosalina não tendo feito como fez, cadê coragem? Era capaz de partir a cabeça dele no meio com o machado, ele na cama dormindo. Muitas vezes quis acabar com a vida dele, pra ele sair da vida de Rosalina; acabar de vez com aquela danação toda noite. Formicida na comida dele, vidro moído, cada dia um tiquinho, como ela ouvia a mãe contar que uma mulher uma vez matou o marido. Depois deixou de lado a ideia. De que valia ela tomar as dores de Rosalina, se ela mesma é que queria, toda noite ela queria aquela danação? Assim mesmo ela não gostava de ver os dois juntos de dia na sala. Mesmo sabendo que ela não deixava nenhuma chegação de dia. De dia ela era a patroa, ele o empregado. De noite aquela vergonheira. Ele tinha vindo tomar o lugar dela no coração de Rosalina.

Agora a dor veio mais forte, apertou. Como ela rilha os dentes. Não grita, está dando parte de forte. Na hora mesmo é que a gente vê. Não grita pra não chamar atenção, da rua podem ouvir. Não grita pra não dar parte de fraca, coitadinha. Não carecia de esconder dela. Era só não gritar muito, pra não chamar atenção. Só o corpo é que gritava, a boca cerrada, os dentes rilhando. Os olhos vidrados. Parece que não está vendo. Mesmo a dor passando. Quando a dor passa, ela fecha os olhos pra não ver. Carecia disso não. Só bastava encostar a cabeça no seu ombro, abrir o coração e chorar, ela entendia. Sempre não entendeu? Alguma vez falou alguma coisa? Não estava ali pra ajudar? Sem ela como é que Rosalina ia se arranjar? Não era aquele coisa-ruim, aquele caolho lá fora. Agora ele está lá fora esperando, o cachorro. Uma hora ela foi lá fora buscar água quente, ele ficou seguindo ela com os olhos. Os olhos agoniados. Os olhos não, o olho bom. O outro olho que nem uma bola de gude leitosa. Aquele olho, ela sempre desconfiou daquele olho. O viajante que gostava de mexer com ela tinha um olho de vidro. Bobagem, mais medonho do que olho vazado. Desde o primeiro dia quando ele chegou. Bem que ela estava vendo o que podia acontecer de ruim pra elas com ele no sobrado. Aquela cara não engana, aquele olho branco. Fuja dos meus assinalados, dizem que Jesus dizia. Alguém, quem? não se lembrava, tanta gente mexia com ela, alguém disse isso nas suas costas. Era com ela, ela era muda, era para ela que falavam aquilo. De pura ruindade.

Malvadeza, sempre faziam malvadezas com ela. Não só a molecada na horta, as pedradas. Gente grande também. Feito passam a mão no cocuruto dum cacundinha, pra dar sorte, dizem. Porque era muda, tinha nascido muda. Mas não era surda, podia ouvir muito bem o que falavam dela. Porque era muda eles não pensavam. Deviam ter mais cuidado. Um, por mais humilde, sente. Não careciam fugir dela, marcada por Jesus. Será que Jesus marcava mesmo as pessoas antes de conhecer, quando nasciam? Pra divertimento? Bate na boca, cruz-credo. São Benedito, me valei. São Benedito era preto. Nossa Senhora do Rosário dos Pretos. Preto não entra no céu nem que seja rezador. São Benedito está lá firme. Por causa do cabelo duro. Senhora do Rosário. Espeta Nosso Senhor. Qualquer um pode nascer preto, mudo, cego, surdo, manco, até com cabeça d'água. Por que Ele faz isto? Deus sabe o que faz. De cabeça d'água deve rebentar a mãe toda. Nunca tinha visto nascer nenhum. Dona Aristina sim, o Toniquinho. Ele anda feito bobo babando, diz besteira, safadezas, os outros ensinam e ele repete, bobo, inocente. Pra que os outros fujam dos perigos? Aviso de Jesus, que é quem sabe o riscado das coisas, as sinas da vida. Ela não fazia nada de mal pra ninguém, só de bom. Nem o Toniquinho, coitado, o cabeção balangando. Só de bom. Não era assim agora com Rosalina? E se ele nascesse com cabeça d'água? Não era assim com todo mundo? Dona Quiquina é muito boazinha, eles diziam quando precisavam dela. Quando dona Aristina, muito velha, não podia atender um parto, ela não ia com todo gosto? Ele também assinalado. Juca Passarinho era diferente, sabia. Coisa-ruim. Aquele olho branco de leite. Atrás dele, no fundo do olho, a ruindade escondida, Saci-pererê-duma-perna-só. Dois assim marcados numa casa era demais. E se Jesus tinha razão e Rosalina estava ali sofrendo por causa deles dois? Por causa dela não, fazia nada de mal. Tudo foi ele. Bem que ela quis evitar, fez tudo pr'aquilo não acontecer. Foi ela esquecer a porta da cozinha aberta, e pronto. Sempre trancava a porta, toda noite botava a tranca na porta. Depois da porta arrombada é que a gente bota tranca. Aí não adiantou mais nada, Rosalina mesmo vinha abrir a porta da frente pra ele. Os dois ficavam bebendo, iam lá pra cima fazer imundice. Sua alma, sua palma. Quem pariu Mateus, que embale. Se Rosalina queria, bem, não era ela que ia saber mais missa do que o padre. Antes dele chegar, tudo tão diferente. Ela assinalada, nunca aconteceu nada de ruim no sobrado por sua causa. As duas não eram tão felizes antes dele chegar? Maldita hora que ela foi abrir a porta pra ele. Bem que ela mandou ele ir embora. Foi Rosalina que chamou oi moço, vem cá. Depois a gente viu o que aconteceu. Isto aqui agora.

Ela não grita, só geme às vezes. Vamos ver na hora. Se ela aguenta, tem mulher que aguenta, mulher parideira. Ela não é parideira, a gente vê logo pela bacia. Bacia de menina, nem sabia como ia ser na hora. Mulher de bacia grande, é só pôr e tirar, dizem. Fermento na massa, sai pão do forno. Pras negas deles. Homem é que diz, eles sempre fogem na hora pra não ver. Por isso é que falam que é bom o marido ver a mulher parindo, ficam sabendo como é a dor. A dor do esquecido. Eles é que dizem, mulher não brinca com estas coisas, sabe como é. Eles é que esquecem, é o que diz dona Aristina. Dona Aristina, mulher de muita sabença. Também ela já ajudou a parir meio mundo. Se tivesse um jeito de chamar dona Aristina. Não, dona Aristina às vezes é meio linguaruda. Ela pedia de joelhos, apontava pro céu, pra Nossa Senhora do Ó, pedia a dona Aristina por tudo quanto é mais sagrado. Ela podia prometer que não falava depois dava coceira na língua dela, todo mundo ia ficar sabendo. Tinha de se arranjar sozinha. Não que não sabia lidar com a coisa, ela sabia muito bem. É que tinha medo de ficar nervosa na hora por causa de Rosalina ser assim feito sua filha. Quê que a gente pode fazer? O corpo é que faz, quando chega a hora, sai. A mulher sofre, mas sai. Morre, sempre sai. Uma parteira faz muito pouco, só dá um ajutório. Mas sem a gente parece que dói mais, demais. Por causa será que do medo? Ela ajudava muito, tinha um jeito muito bom de apertar a trouxa pra baixo, mandava a mulher respirar fundo e fazer força assim feito se aliviando no mato. Ou na hora de puxar lá embaixo. Como devia ser aquilo por dentro? Lá no meio das tripas. Era virgem, apalpou o próprio ventre. Quando chega a hora, sempre sai. Ninguém morre antes da hora, dizem. Peru é que morre na véspera. Gente que arrasta papo é que diz. Não adiantava parar os relógios. Ainda bem que eles deixaram a pêndula da copa. De duas bolas, em formato de 8; tem pêndula mais bonita, de capelinha. Relógio-de-8 é muito comum, até enjoa. Relógio-de-capelinha é que é mais bonito. Mas igual o relógio-armário (quando ele desceu, veio e parou, olhou parando na cara de um por um, foi assim mesmo que ele fez ou foi Rosalina? no dia do enterro, veio e parou o relógio-armário), igual o relógio da sala não tinha igual, nem nunca ninguém viu um assim tão rico, antigo de velho. O relógio da copa, quando chegar a vez, ela é que é que ia parar. Gostava de ouvir as batidinhas, o tique-taque gostoso no vaivém da pêndula. Divertido, feito assim em dia de chuva uma goteira pinga-pingando. As pancadas das horas, a musguinha vindo. A caixinha-de-música de Rosalina, seu coronel é que deu pra ela de presente de anos. Toda vez que a gente abre, toca a musguinha. Minueto, Rosalina diz que é minueto. Quando a gente tampa, a musguinha para. Deve ter um grampinho que faz tocar. Com certeza Rosalina não parou a pêndula esperando ainda alguma coisa de ruim acontecer. Quem que ia parar a pêndula? Como foi com o relógio-armário, o relógio de prata, o patecão de ouro. Seu coronel é que pegou essa mania. Doideira, essa gente Honório Cota. Gente de casta, de primeiro, dizem. De casta, e ela foi fazer aquilo com um agregado sem eira nem beira que nem aquele caolho. Juca Passarinho, veja só. É cuspir, o nome dele suja a boca. Olhou pra ela assim feito querendo saber como é que Rosalina ia passando. Ia dar confiança pr'aquele porqueira de sujeitinho! Não bastou o que ele fez? Um porqueira, um bosta. Rola-bosta, passarinho. Devia ter ido embora lá pra sua terra lá dele. Depois que Rosalina não quis mais nada com ele de noite. Depois que viu que a barriga dela estava crescendo. Mas ele não foi porque ela dava muita confiança de ficar dando prosa pra ele de dia. Até que ela tinha gosto naquilo, naquela prosa mansinha de mãe com filho. Será que ele estava mesmo enfeitiçado por ela? Porque ele devia ter ido embora quando ela não abriu mais a porta pra ele. Será que está esperando que depois dela botar o menino pra fora tudo vai começar de novo. Aí ela é que não deixava, era até capaz de dar uma machadada na cabeça dos dois dormindo.

Agora foi uma dor mais funda, ela se retorceu toda. Está demorando mais do que das outras vezes. Suando frio, vomitou. Aprendeu, ela segura na cabeceira da cama como ensinou ela fazer uma vez. Como rilha os dentes, devia morder um pedaço de pano pra não cortar os beiços e a língua. Chega a fazer sangue. Não deve ficar deste jeito. Limpou o suor no rosto de Rosalina. Os cabelos empapados de suor. Parecia que ela tinha saído do banho. Fez um carinho nela, a medo. Rosalina olhou pra ela, agora parecia reconhecê-la, não tinha os olhos vidrados das outras vezes. Quis sorrir para Rosalina ver que ela não estava com raiva. Consolar Rosalina, no consolo dizendo que compreendia tudo, perdoava. Mas só os olhos dela é que sorriram. Será que ela entendeu? Ela entendeu, agora está olhando com uns olhos de nossa-senhorazinha sofredora. Uma menina, às vezes ela tinha um feitio de menina. Pra ela sempre menina, não devia ter crescido nunca, pr'aquilo não acontecer. Ah, botar a cabeça dela no colo e ninar. Como fazia na Fazenda da Pedra Menina quando ela choramingava não querendo dormir. Era tão bom aquele tempo. A Fazenda da Pedra Menina, dona Genu viva, seu coronel Honório sem a mania de política, só na fazenda cuidando do café, ou no armazém com seu Quincas Ciríaco, homem-bom-toda-a-vida. Depois que dona Genu morreu, só Quincas Ciríaco podia entrar no sobrado. Ele mais o filho seu Emanuel, tão bem-apessoado. Devia ter vencido o medo e contado tudo pra seu Emanuel. Quando a coisa começou a acontecer. Antes da cama, pela primeira vez. Quando chegou aquela noite na sala e viu os dois grudados e Rosalina saiu correndo escada acima. Por que ficou esperando, não contou logo pra ele? Seu Emanuel era calado e cumpridor, não ia contar pra ninguém. Ele gostou dela, quis até casar com ela. Seu coronel fazia muito gosto. Ela é que não quis, na doideira de ficar sozinha com o pai, na raiva contra todos, amargando um ódio que é até pecado. Não contou não foi de medo de Rosalina. No dia seguinte chegou até na porta do armazém. Que é que tem, Quiquina, você por aqui a estas horas? Devia ou não devia dizer. Começou a juntar as mãos como ela fazia quando queria dizer Juca Passarinho, parou no meio, fez assim com os dedos dizendo dinheiro. Ele achou graça, não sabia por que achou graça, talvez por causa dos seus olhos espantados. Não contou não foi de medo dele contar pros outros, ele era um homem muito direito, cumpridor, na honra-do-fio-de-barba-da-palavra feito se diz, desses não tem mais hoje em dia, assim feito seu Quincas Ciríaco. Ele era capaz, jeito dele, de nem dar uma palavra pra Rosalina. Mandava Juca Passarinho embora. O diabo era ele, o desgramado. O desgramado é capaz de contar pros outros, espalhar na cidade não só aquilo mas as maiores mentiras. Rosalina perdida, humilhada, desgraçada. Por isso voltou atrás no meio do gesto de dizer Juca Passarinho e disse dinheiro assim com os dedos. Era tão melhor seu Emanuel casado com ela. Nada disso tinha acontecido, eles eram felizes. Mas ela não quis, no amargor do ódio. Quis fazer foi aquilo mesmo que o pai fez. Os relógios parados, o relógio-armário tão bonito, todo mundo se babava quando trouxeram ele, as pancadas fininhas e redondas feito música. O relógio de prata na parede, todo cheio de desenho, tinha um do rei a cavalo e uma porção de gente atrás dele na beira do rio. O patecão de ouro, a corrente atravessada no colete. Quando ele morreu, Rosalina descia alvaiada a escada que nem alma do outro mundo, sem dizer um ai foi botar o relógio na parede junto do outro. Agora só a pêndula marcava as horas no sobrado. Com certeza esperando uma delas morrer. Mas não ia morrer antes de Rosalina. Ela é que pode morrer agora. Ela morrendo, ia parava a pêndula. A barriga estufada, o tambor batendo surdo, um relógio batia na memória. Aí então nesta casa vai acabar tudo que é relógio.

De quarto em quarto de hora. Sabia, viu na pêndula quando foi lá embaixo buscar mais água quente. Ele olhou pra ela, ficou acompanhando ela de longe. Ela fez que não viu. Quiquina, ele dis-

se. Ela fez que não ouviu. De repente ela se voltou para ele, fuzilou-
-o com os olhos. Pra ele saber que ela tinha ódio de morte no peito.
Depois tudo acabando eles iam ajustar as contas. As velhas e as novas.
Ele ia ver. Como um pai aflito, ele, o cachorro-caolho. Não ia ser
pai de ninguém. O filho não era dele, de ninguém, não deixava. Ele
abusou da inocência dela. Não, foi ela mesma que quis, não era mais
uma menina. Mas estava bêbada, não era dona do seu juízo. Ela bem
que podia. Rosalina nem ia perceber. Era só ela deixar de sacudir,
ele nascendo roxinho, de dar umas palmadas, ele nascendo sufocado.
Às vezes um menino morre é porque a parteira não é esperta, não faz
ele respirar. Quando berra a gente fica sabendo que o ar entrou, está
vivo. Um bichinho miúdo, tão fácil. Depois até agradecia. Agora ela
vai gritar, a dor está vindo forte demais, durando demais. Parece que
não vai custar muito. A barriga durinha e baixa. O rataplã do tambor daquela história que dona Genu gostava de contar pra Rosalina
quando ela menina. Baixa e durinha. Inda pouco apalpou e viu que
ele estava no jeito certo. Duro, a barriga lisinha. Um homem tocava
rataplã no tambor e os ratos, ou era uma flauta? estava confusa, não
sabia, os ratos saíam correndo atrás dele, deixando a cidade. Duri-
nho, se mexendo, vivo. Ninhada de gata, aquela porção. Tem gente
que gosta de afogar, pra não ficar com uma gataria danada dentro de
casa. Vivo, será? Às vezes não está vivo, é só a viração lá de dentro.
Ela faz força, ajuda. Ainda não adianta fazer força demais, não está
na horinha. Na horinha mesmo é que ela tem de fazer força. Na
horinha ela ajudava. Agora ainda não, ele pode se virar, atrapalha.
Não por ele, por ela. Por ele até que era bom, ela não precisava dele.
Não, meu Deus, não podia fazer aquilo, é pecado. Um pecado feio,
sem perdão. Não era um pecado também deixar ele viver? Como
é que ela ia fazer com aquele menino dentro de casa? Até quando
podia esconder da cidade, o menino crescendo? Como esconderam
a gravidez de Rosalina? Ninguém ficou sabendo. O pior é que ele
ia querer bancar o pai, mandar na casa, tinha direito. O pior não era
isso, era a cidade ficar sabendo. Não, aquele menino não podia viver.

E Deus querendo... Mais um anjinho. Melhor mesmo. Feito dona Genu, a sina. Ela podia ser feito dona Genu. Ela não é feito dona Genu, pegou logo. Dona Genu nunca que chegava nos nove meses. Quando chegava, o menino nascia morto. Só Rosalina é que vingou. Os insucessos, os anjinhos. Seu coronel aflito andando dum lado pro outro. Quando dona Aristina vinha dizer mais um anjinho, ele baixava a cabeça. Tinha gente que dizia que viu ele uma vez chorando. Mentira pura, ele não chorava, curtido no orgulho. Coitado de seu coronel querendo tanto um filho macho. Muito depois, depois de muitos abortos e insucessos e anjinhos foi que veio Rosalina. Antes Deus tivesse atendido ele vindo um homem. Assim não estava ali agora passando aquele vexame, aquela humilhação. Ela, Quiquina. Seu coronel ficava dias e mais dias curtindo um silêncio de morte. Nem acompanhava os anjinhos no cemitério. Ninguém, só ela. Damião é que levava. Às vezes, quando era aborto, ia numa caixa de sapato. Se era um daqueles anjinhos mirrados, uma caixa grande de madeira servia. Nunca careceram de mandar fazer caixãozinho. Tão bonito um caixãozinho. Um caixão de anjinho. Os dourados. Branquinhos, os meninos é que carregavam. Gente grande carregando fica até esquisito. Damião com a caixa debaixo do braço feito quem carrega um embrulho. Nem ligava, de tão acostumado. A cova rasinha, não cavavam muito. Tinham de fazer a cova na hora, seu coronel nem tomava o trabalho de mandar avisar. Às vezes Damião mesmo é que fazia. Que sina, aquela. Parecia até maldição. Quem sabe aquela sina não passou pra Rosalina? A salvação, ela não ia ter de fazer nada. Mais um anjinho. Meu Deus, chama mais este. Um anjinho pro Senhor. O Senhor carece tanto de anjinho, um anjinho não faz falta no mundo. Pra Damião tanto fazia anjinho como aborto. Vinha a dar na mesma. Ele só tinha era de carregar a caixa e abrir a cova. Vinha a dar na mesma pra ela não. Ela achava que mesmo anjinho é gente, ainda quando mal-acabado Na hora dele jogar terra em cima ela fazia um nome do padre. Desde que pega é gente, era o que dizia dona Aristina.

O mesmo que um crime. É crime, ela ouviu uma vez o promotor dizer pra dona Aristina. Ele não carecia de avisar pra dona Aristina, ela nunca fez. Não sabia de nenhum caso. Ela podia ter feito em Rosalina. Mesmo pras mulheres da Casa da Ponte e do Curral--das-Éguas. Ele agora vivia lá quase todas as noites. Depois que ela fechou a porta pra ele. Feito uma fêmea de bicho não recebe mais macho depois de prenhe. Coitada, comparando ela com uma fêmea de bicho. Mesmo pras desgraçadas do Curral-das-Éguas, as mais pobrezinhas. Desgraça nada, vai ver é pura sem-vergonhice. Então não via? Aquele porco toda noite se cevando depois que ela não quis mais. Elas é que tinham de se arranjar sozinhas, querendo botar pra fora. Não contassem com dona Aristina. Nem com ela. Uma vez uma não perguntou se não tinha um remédio brabo de botar pra fora. Imagina quem foi. Dona Fúlvia, mulher do promotor. Um crime, foi o que ele disse. A mulher dele fez, sozinha. Ou foi outro alguém? Não sabia. Só sabia é que depois ela apareceu de barriga limpinha, nada de neném no colo. A mulher dele fez. Ela podia ter feito com Rosalina. Bem que pensou. O medo, não quis. Não estava ali sofrendo aquela aflição, não sabendo o que fazer. Agora o que tinha de fazer era bem pior. De todo jeito, um crime. Foi o que ele disse, o promotor. E a mulher dele fez. Bem que pensou. Chegou a escaldar um chá de efeito. Como é que ia fazer Rosalina tomar o chá, se Rosalina nunca falou nada? Ela nunca disse nada, sempre escondendo. Dava até pena ver como ela fazia pra esconder. Desde o comecinho ela viu. Nos olhos, nos modos. Os olhos mansos, gordos, mornos: a vaguidão, o brilho de espanto às vezes. Quando sem querer os olhos das duas se encontravam. Os gestos macios, arredondados. A esganação, os vômitos. Pensava que ela não via, coitada. Comia escondido, ia vomitar no fundo da horta. Ela ficava meio encurvada escondendo a barriga quando começou a dar na vista. A cinta de borracha de dona Genu na cadeira. Uma vez viu, quando Rosalina dormia. Não carecia nada daquilo, bastava ela falar. Tinham feito a coisa antes.

Oi, agora veio forte demais da conta. Morde o pano, minha filha, que você corta os beiços, a língua, se machuca. Isto, segura na cama, faz força. É bom já ir fazendo força pra ver se ele sai. Passou, ainda não está na vez. Mais umas duas vezes, achava. Ela agora está fungando que nem um cachorrinho, aprendeu. É bom, descansa, não dói demais. Aprendeu. Dona Aristina mandava fungar que nem cachorrinho. De todo jeito sai. Bem que ajuda. A pele esticadinha que nem um tambor. Rataplã. A gente pode ver ele se mexendo lá dentro. Ali os pés estufados, que nem um ovo na barriga, dando cutucão. Ele se vira e revira. Igual um bacorinho num saco. Que barriga grande, se não é muita água, vai parir um meninão. Cabeça d'água, igual o Toniquinho. Rebenta tudo. Pensa nisso não. Menino ou menina? Bobagem de pai. Dava na mesma. Era só deixar ele sufocado, ele nascendo sufocado. Não nascendo sufocado, tinha de fazer outra coisa. Não sabia como ia se arranjar, tinha medo. Não de Rosalina, ela não vai nem perceber. Era só falar assim com as mãos: ele nasceu morto. Rosalina será que chorava? Não, ela devia saber o que aquilo ia ser na sua vida. Até um bem pra ela. De novo o medo. Não de Rosalina. De alguém escondido no ar, ali no quarto. Dentro dela. Uma voz, um olho. Um crime, disse o promotor. E a mulher dele fez. Ele não sabia? Ou disse é um crime só pra sondar dona Aristina, ver se ela fazia na mulher dele? Ele sabia. É duro esconder estas coisas. Quanto pôde, Rosalina escondeu. Depois, quando não teve mais jeito, foi que deixou a barriga aparecer. Dava pena a gente ver. Só uma vez ela pareceu envergonhada, vermelhinha. Depois foi que arranjou um jeito de fingir. Que nem fez com o caolho, feito duas. De dia uma, a patroa. De noite, na cama, a cadela. Não misturava as duas. Feito mostrando a barriga não é minha, que nem de barriga lisa, barriguinha de menina, fingia boba. Bobagem, devia ter falado, elas davam um jeito. Não carecia aquilo agora. Tinha medo de fazer mas fazia, por ela fazia. Fazia tudo por Rosalina. Depois que dona Genu morreu ficou no lugar dela. Uma filha, a filha que ela nunca teve. Sempre sentada, a barriga escondida debaixo da mesa. Não ficava mais bêbada de noite. Ainda bebia, pouco mas bebia. Antes bêbada toda noite. Podia ser que então botava pra fora, temporão. Ela devia ter forçado Rosalina a tomar o chá. Tiro e queda, diziam. Agora ela devia deixar aquilo, o vício. Foi o vício que fez ela perder a cabeça. Ele às vezes parecia olhar engraçado a barriga de Rosalina, o serviço que aprontou. Ela fingia não reparar, mas de vez em quando via o olho dele. O sem-vergonha fingia, o capeta-caolho. Ficava sentado perto dela, cara de santinho-do-pau-oco, gozando a mansidão boa de Rosalina quando ela fazia flor. Um anjinho junto de Nossa Senhora, mal comparando. Nossa Senhora também ficou esperando. Mas de Deus, não de um porco, um sem-vergonha da sua marca, toda noite com as da sua igualha no Curral-das-Éguas. Nem dele ela escondia o barrigão. Não tinha mais vergonha. Alguma vez os dois falaram daquilo? Não, ela arranjou um jeito de ser duas: uma de noite, outra de dia. Agora está padecendo, a hora vai chegar. Não adianta parar os relógios, a hora vai chegar. Foi fácil esconder dos outros, ninguém ficou sabendo. Rosalina não vai saber, ela fazendo. Nunca saía, assim ninguém reparou. Só se algum abeiudo botou a cara pra dentro da janela. Não, ela tomava disfarçado os seus cuidados. Quando Rosalina não estava sentada com a barriga debaixo da mesa, ela vinha sempre na janela vigiar se tinha algum abeiudo. Uma vez passou um aperto. Meu Deus, ele quase viu. Quando ela chegou na janela seu Emanuel vinha vindo. Os olhos esbugalhados, ela ficou sem saber o que fazer. Seu Emanuel bateu na porta, ela abria ou não abria? Rosalina junto da mesa fazendo flor. Melhor abrir. Antes carecia se livrar de Rosalina, esconder ela num canto. Ele não podia ver, nunca que podia ver. Quiquina, disse ele pra ela na janela sem se mexer. Ela fez assim com a mão, ele devia esperar. Pegou Rosalina, foi empurrando pela escada acima. Ela olhava espantada se deixando levar, sem saber por que era empurrada pra cima. Ficou sabendo, quando ouviu a voz de seu Emanuel. Quiquina, você quer chamar dona Rosalina, disse ele. Ela parou um pouco pra pensar. Depois fez uma cara de dor, apontou o peito, levou a mão espalmada na cabeça, assim como dizendo que ela estava acamada. Ah, está doente, disse ele. Ela parou um pouco pra pensar. Ele rodava o chapéu na mão, o acanhamento de sempre quando junto de Rosalina. Rosalina lá em cima, ele não chegou a ver. É coisa séria, Quiquina? Quem sabe não é melhor chamar o dr. Viriato? Ela sacudiu a cabeça, não. Doideira aquela ideia de chamar o dr. Viriato. Se livrar logo de seu Emanuel, de qualquer jeito. Foi quando o enxerido do caolho chegou. Escutando atrás da porta, sempre escutando atrás das portas. Seu Emanuel, não é nada de sério não, ele teve o descaro de dizer. Incômodo de mulher, essas coisas. Falar aquilo! Os ares, a pose, a metideza de dono da casa. Na frente dela, na frente de seu Emanuel. Seu Emanuel vermelhinho, não sabia onde enfiava a cara, as mãos rodando apressado o chapéu. Bem, disse ele um tempo depois, gaguejava, os olhos no chão, vou chegando. É só dizer pra ela que eu vim aqui (ainda bem que falou pra ela, não olhou nem uma vez pro caolho, não dava essa confiança). Vou deixar aqui uns papéis, ela querendo falar comigo depois, é só mandar recado. Ele saiu, não voltou. Nunca mais. Será que desconfiou de alguma coisa? Ela não chamou, não era doida de mandar chamar. Desconfiou nada, ele era assim mesmo acanhado. Com certeza pensou que ela não queria ver ele. Desconfioso, caladão feito o pai. O certo é que não voltou. Graças a Deus. Como é que ela ia achar outra desculpa, doença inventada como o caolho inventou não podia mais. Seu Emanuel mandava chamar o dr. Viriato. Não ia acreditar mais que era incômodo de mulher. Que descaro do caolho falar aquilo! Um desastre, uma vergonheira, tudo por água abaixo.

Como ela está sofrendo, meu Deus. Quanto mais medo a mulher tem, mais sofre. Mulher parideira, descansada, é bem melhor, num instantinho bota pra fora. Sofre um tico só. Viu muitas assim. Tem gente que gosta de simpatia, quando a coisa encrua. Às vezes adianta. Feito gente na agonia parece que não quer morrer. Tem gente que custa a morrer. Por causa dos pecados, do remorso. Foi assim com seu Lucas Procópio, se lembrava. Muito menina, mas se lembrava. Aquele povão todo na sala, noites e mais noites esperando. E ele nada de se decidir a ir de vez. Duro até pra morrer, ruim feito cobra até pra morrer. A mãe é que dizia que era por causa dos pecados, das ruindades que ele tinha feito com os outros, os negros, toda qualidade de gente, até bicho padecia nas mãos dele, ruim feito cobra. Na agonia empacado, uma mula, por causa dos pecados, do ódio sem fim, daquela gana que às vezes dava nele. Quando pensavam que ele ia morrendo, o desgramado voltava espumando, esbaforido, ventando. Uma vez ele quis fazer com a mãe dela, chegou a rasgar o vestido, a coisa já pra fora da calça, sem ligar se tinha gente vendo. Ele não ligava pra ninguém, afrontava. O que ele tinha de fazer, fazia na frente de todo mundo escafedessem querendo. O chicotinho batendo nas pernas. Salta criola, rebola criola, mija criola! Quando ele chegava, a mãe dizia que a negrada tratava de ir picando a mula. Era até capaz de andar com uma negra de braço dado. Rosalina que nem ele, tinha enfrentado a cidade. Lucas Procópio passeava o barrigão na cidade, pouco se dando, só pro povo ver. Nem vê que ela, ela é mais assim feito seu coronel Honório Cota. O orgulho, o silêncio magoado de seu coronel João Capistrano Honório Cota. Feito gostavam de dizer. Ele gostava de dizer o nome por inteiro, enchia a boca. Nisto ele parecia o pai. Com seu Lucas era diferente, diziam. Não, ele não era feito ele, fazia tudo pra não ser feito seu Lucas Procópio. Às vezes ele dizia que honrava muito o pai, mas a gente via que era da boca pra fora. Ele mandou fazer o sobrado em riba da velha casa de seu Lucas Procópio. Eu mais ele juntos pra sempre, disse pro mestre e o mestre ficou repetindo aquilo pra todo mundo, que nem uma toada. Ela puxou mais foi por João Capistrano Honório Cota. Seu coronel Honório Cota é que era capaz duma decisão daquelas: ser um de dia, outro de noite. É, é isso mesmo. De dia ela era João Capistrano Honório Cota – na soberba, no orgulho, nos pecados que Deus condena. De noite, na cama com aquele caolho porco – era seu Lucas pastando, garanhão. Eu mais ele juntos pra sempre, no sobrado, na pessoa de Rosalina. Ela era uma infeliz ali sofrendo. Seu Lucas Procópio sofria e nada de morrer, nada de achar um rio remansoso onde parar. Por causa das ruindades, dos pecados. Todos pagavam por seu Lucas Procópio. A sina do sobrado. Os anjinhos. As voçorocas quando ela passava a caminho do cemitério. Deus não queria saber de seu Lucas Procópio com Ele nem um tiquinho, por causa da inhaca. Não chamava. Chamando era pra mandar ele pros quintos dos infernos. Parece que Deus custava a morar na pontaria. O caolho e a sua espingarda. O tirão igual um trovão. Mas Deus tinha tanto olho, via tudo, via até aquele fiapo de nuvem que passou pela sua cabeça de querer acabar com o menino duro que nem um bacorinho dentro do saco. Ela está sofrendo muito demais. Não ata nem desata. Seu Lucas Procópio nunca que decidia deixar esta vida. Ou os outros que sofreram na mão dele é que não queriam deixar? Por causa disso não morria, na agonia de não morrer. Aí os seus inimigos, as gentes a que ele tinha feito mal, mandavam dizer que perdoavam tudo, pra ele morrer ligeiro, ele não morria. O cruzeiro ficou que era vela só. A mãe mesmo ficava rezando dizendo que perdoava. Ninguém mais aturava o sofrimento daquele homem vivo, daquele homem morrendo. Um dia foi ele morreu, mas disseram que ele só morreu quando quis, quando desistiu de não querer mais barrar a morte. Até padre ele recusou, disse nome da mãe, foi a última ofensa que ele fez. E ele se dizia católico, diziam. Foi ele até que deu as datas pra fazer a igreja.

A bolsa agora furou, ela está todinha molhada. Mas como sofre! Já tinha visto tantas, partejou tanto, mas parece esta a primeira vez. É porque sentia com Rosalina, aquilo doía dentro dela, remexia no fundo da alma. As dores cada vez mais fortes, encompridando demais. Em tempo de emendar uma na outra. Emendando, chegou a hora. Às vezes vem de repente, carecia ficar atenta. Já ajudava empurrando a trouxa pra baixo, botando as pernas no jeito. Tudo ia sair bem com ela, Deus querendo. Com o menino é que tinha de ver como é que ia ser. Na hora a gente resolve, não adianta ficar cuidando antes. Dando tempo, antes de Rosalina ver o menino. Ela não ia nem desconfiar. Era mostrar depois o bichinho morto. Deus é grande, a gente dá um jeito. Bem pode ser que Nosso Senhor faz sair daí um anjinho, mais um anjinho que o sobrado paria, toda vez dona Genu, a sina desta gente Honório Cota. Quem sabe ela não herdou dona Genu por dentro. A sina pesando na casa, sufocando. Aí ela não tinha de fazer nada, as mãos limpas, só o sujo da placenta. O pior é depois, quando vem a sangueira, e ela morre-não morre. Ou então vem a febre e ela pegava a variar. Sabia de casos assim. A febre depois do parto. A dona pega a variar, a variar que não tem jeito, perde o juízo, dá doideira. Às vezes uma não volta, fica pancada pro resto da vida. Ela já era meio virada, assim feito seu Coronel Honório Cota, a sua mania. De família, tem casos assim. Aquela cisma de ser uma de dia e outra de noite, era coisa de gente certa da bola? Bobagem, esquisitice. Meio estúrdia era o que Rosalina era. Também quem é que aguentava viver assim feito ela depois que as mortes todas pegaram a encarreirar, a vida inteira trancada no sobrado.

Oi, agora a coisa vem vindo. Isto, força! Agarra na cama! Força! Lá vem ele apontando. Só falta um tiquinho, aguenta. Um tiquinho só e pronto. Veio! Amarelo, da cor mesmo do barro tabatinga.

Na cama, deitado de costas, as mãos cruzadas debaixo da cabeça, sem nenhum movimento a não ser o lento abaixar e subir do peito na respiração, os olhos parados através da porta aberta, mergulhados no verde prateado da horta – o luar era tão manso quanto o vento, ele esperava o dia amanhecer. No escuro, o quarto iluminado apenas pelo luar que vinha da horta, esperava a primeira claridade do dia para que pudesse partir. O luar coado através das folhagens – as folhas como recobertas de uma poeira brilhante, manchava o chão de placas esbranquiçadas, dançavam quando a aragem soprava de mansinho, no embalo.

A lua, alta no céu, branca, pequena, redonda; não mais aquela lua grande e redonda feito um queijo de Minas do começo da noite, quando ele teve de sair com o embrulho que Quiquina lhe entregou: só uma vez ele agora olhou a lua, indiferente a tudo o que se passava fora dele, os olhos voltados para dentro, ele na sombra do corpo, no avolumar brumoso dos pensamentos e das lembranças daquela noite terrível que custava a passar, lembranças e pensamentos que ele procurava ordenar. Só uma ou outra vez, como se saísse do próprio corpo e pudesse ver-se de fora, para fugir da noite escura, do mundo noturno que ia dentro dele, é que olhou a horta banhada de luar, sentiu-lhe o cheiro úmido.

Os olhos mergulhados no vazio da porta aberta ele agora mal via as placas de luar no chão e o mundo da horta. No princípio ainda ficou vendo interessado o brilho de prata do luar nas folhas, como se fossem todas de embaúbas, a dança leve das manchas de luar no chão quando o vento balançava um pouco mais forte a folhagem da mangueira. Agora, mal tinha olhos para o negrume que lhe andava por dentro, ele procurava ver alguma luz, ordenar as lembranças.

No fundo da horta o sapo voltou a coaxar rouquenho a sua intermitente toada. Nos silêncios do sapo, que de olhos arregalados, saltados pra fora, se extasiava no gozo do luar, estalava brilhante o canto do grilo, como se os dois tivessem feito uma aposta pra ver quem tinha mais fôlego, combinado de ficar assim se revezando a noite inteira. Agora era um dueto manso, um canto calmo e vagaroso, monótono, não aquele mundo inquieto e pululante de pios, cantos e ruídos que ele ouvia na estrada antes de chegar na matinha, antes de chegar nas voçorocas: para onde ele inconscientemente se dirigia.

Ficou ouvindo sem interesse o grilo e o sapo se revezando, como se ouve uma música longínqua antes de adormecer, a música se fundindo nas primeiras ondas do sono.

Mas ele não adormecia, insone esperava, se despedia daqueles ruídos, do luar na horta, voltava para o sono acordado do mundo absurdo de lembranças que fora aquela noite: não só aquela, mas a outra, a anterior, quando, os ouvidos esticados para o quarto lá em cima, ele podia ouvir os gemidos abafados de Rosalina, quando Quiquina abria a porta, tornava a fechar com cuidado e vinha apanhar a chaleira no fogão. Ele agora esperava, neutro, pastoso, sem nenhuma reação, que o dia clareasse, aquela noite de pesadelos e assaltos passasse, a fim de que pudesse partir.

Era melhor partir, nada mais tinha a fazer naquela casa, era expulso. Foi o que viu nos olhos de Quiquina quando voltou correndo e ela o esperava na porta da cozinha; depois que ela ouviu o que queria, sem gestos olhou-o demoradamente, disse com as mãos e os olhos vai embora de vez desta casa, suma da minha frente, e fechou bruscamente a porta.

Ele não podia ver-lhe direito o rosto, distinguir-lhe as feições, só aquele brilho nos olhos, aquela última ordem muda que ele tinha de obedecer. De costas para a cozinha, tapando a luz, parada no vão da porta, o seu corpo se projetava numa grande sombra sobre ele, feito quisesse abraçá-lo. Ele olhava-a de frente, ela no último degrau da escadinha, a lhe barrar a entrada. Ela pensava que ele ia querer entrar. Bobagem, não queria mesmo entrar mais naquela casa, já se decidira, não carecia muda ela dizer, ali no vão da porta interrompendo a passagem, guardiã, cachorrão na guarda, onceira. Ele tinha medo de Quiquina, do que ela tinha feito, do que ainda podia fazer.

Os dois parados, mudos. Ela sem nenhum gesto, apenas no seu silêncio a ansiedade de alguém que espera uma resposta, sendo muda não podia pedir; ele ofegante, a fala estrangulada na garganta. Impaciente ela esperava que ele descansasse da correria em que viera (entrou na horta correndo, nem ao menos cuidou de fechar o portão, como se alguém, alguma coisa o perseguisse) e pudesse falar. Ofegante, ele era igual um menino que viera correndo dar conta do seu recado. Um grande ódio espumava dentro dele, mas era impotente diante do sobrado, diante de Quiquina, diante do destino. Diante daquele mundo absurdo, só tinha de obedecer.

Pequeno ele olhava Quiquina parada na sua frente, as mãos agora nos quadris, esperando. Pequeno, ele nada mais podia fazer senão obedecer. O silêncio de Quiquina deixava-o magnetizado, não era mais dono de sua vontade. Um simples olhar de Quiquina movia-lhe os passos, ele mudamente obedecia, e no entanto a odiava mais que tudo na vida. Como um passarinho vai piando, esperneando, não querendo ir, vai direito à boca da cobra.

Por isso, porque sem força, nada mais tinha a fazer naquela casa, é que esperava o dia amanhecer para partir. O dia que tardava a acordá-lo insone daquela noite.

Um vento buliu mais fortemente a copa da mangueira e ele sentiu o cheiro úmido da folhagem, o cheiro picante de resina. O bosque de mangueiras detrás da casa-grande, no quintal da fazenda, onde pela primeira vez viu Esmeralda querendo, e chamou-a de longe com os olhos, com a cabeça, para o pasto, para onde depois os dois seguiam, ele na frente, ela mais atrás disfarçando. Depois seu major quase viu, chegou bem na horinha pra salvar. Dona Vivinha no alpendre apontando pra ele mais Rosalina, ali pertinho feito olhasse num binóculo. A espingarda de seu major Lindolfo, o chumbo paula-sousa, o tiro nos peitos. O ouvido zumbia, a cantilena crescia. Ele esperava um carro, uma condução qualquer, muito cansado. Foi quando viu lá longe o carro de boi, o menino candeeiro bem na frente. Depois seu Silvino ficou proseando com ele. O cemitério, o portão rendado. As voçorocas. O menino Manezinho tinha tanto medo que nem ele. Quando passava por lá virava a cara, passava chispado. Ele também devia ter passado correndo pelo sobrado, continuado viagem, nunca ter entrado naquela voçoroca. Bem que o dia andava cheio de coisas aziagas no ar. O sonho, as voçorocas e o redemunho no largo; um aviso pra ele. Seu major, montado, de espingarda e tudo, vinha num tropel danado atrás dele: ele cuidava levar a qualquer hora um tiro pelas costas. Na estrada, depois que jogou a última pá de terra e o medo foi maior, ele saltou a cerca, rasgou a calça no arame farpado. Veio correndo, botando a alma pela boca, ouvia bem rente os cascos do cavalo de seu major. Quando chegou no largo, quando chegou na claridade foi que o medo foi amansando; mesmo assim ele corria, abriu com o peito o portão mal encostado, viu Quiquina diante de si, parou. A presença de Quiqui-

na, embora que metesse medo, era uma presença real que vinha salvá-
-lo das sombras do tropel daquele mundo terrível que corria atrás dele.

Quiquina esperando ele falar. Os olhos de Quiquina brilhavam. Sem um gesto, um sinal, ela perguntava. Trêmulo ainda, ofegante, certo de que seu major Lindolfo tinha sovertido no ar, ele
voltara ao mundo existente, olhava agora com medo Quiquina.
Mas era um medo ainda suportável, não aquele delírio, o pesadelo
no meio da estrada depois que saltou a cerca e veio correndo.

Voltou a sentir o cheiro de resina da mangueira, aquele cheiro úmido de luar. De uma certa maneira se sentia feliz de estar ali
agora. O cheiro da mangueira era real, ele estava ali mesmo na
horta, não lá na fazenda do Paracatu, no bosque de mangueiras
detrás da casa-grande, correndo na estrada. Ali a salvo, na sua cama,
esperando que o dia clareasse e ele pudesse partir.

Agora se lembrava de como tudo tinha começado aquela
noite. Ele na cozinha, arriado num banco, os olhos no borralho
do fogão. Como na noite passada quando esperava Quiquina vir
buscar a chaleira d'água. Não sabia o que se passava lá em cima
no quarto. Uma hora (ele já no alto da escada, não aguentara ficar
esperando) viu que os gemidos mal abafados de Rosalina cessaram
de todo e cuidou ouvir um pequeno vagido; seguiu-se um enorme,
um silêncio parado o resto da noite, o dia todo, no quarto de Rosalina. Ele não sabia o que se passava lá em cima, as duas o dia inteiro
trancadas. Só uma vez durante o dia viu Quiquina descer: ela foi
buscar qualquer coisa no fogão, no armário da cozinha. Olhava-a
de longe, seguia-lhe os passos não ousando chegar perto, sem coragem de perguntar o que tinha se passado, como ia Rosalina. Naquela hora ele pensava em Rosalina, o coração pesado de medo, de
culpa, de pena. Não sabia o que fazer, menino ele aguardava ordem
de Quiquina. O dia inteiro ali esperando Quiquina.

Quando foi de noite ela veio. Trazia um embrulho debaixo
do braço, como uma trouxa de roupa. Ele de longe, com os olhos,
sentiu o embrulho úmido, feito manchado de terra. Era um em-

brulho comprido, costurado a barbante: pra ele não abrir. Num instante viu o que era. O embrulho mais parecia um pernil, um rolo de mortadela costurado num saco.

Ela não precisou dizer nada, entregou-lhe o embrulho. Ele quis recuar, um tremor frio corria todo o corpo. Diante do olhar de Quiquina ele não tinha mais vontade, estendeu os braços, apanhou o embrulho. O embrulho tinha um peso estranho, uma umidade desagradável, um cheiro nauseabundo que até agora ainda morava nas suas narinas, nos seus dedos. Um asco, uma vontade de vomitar. Feito uma vez na Santa Casa...

Apanhou o embrulho e ficou apalermado olhando Quiquina sem saber o que fazer com aquele peso úmido e sujo. Indagava com os olhos o que devia fazer, embora soubesse, porque não conseguia articular uma só palavra, como se ele é que fosse mudo. Quiquina fez assim com as mãos, com as unhas, igual um cachorro cavando ligeiro um buraco na terra. Depois voltou os olhos para debaixo do banco onde ele estivera sentado, e ele viu a pá; sabia agora o que ela queria dizer.

O embrulho debaixo do braço, molhando a camisa de úmido, de sujo de barro, como um sonâmbulo ele apanhou a pá; sem um olhar, sem uma palavra, deu as costas a Quiquina e se dirigiu para o fundo da horta.

Foi quando ouviu atrás de si o grunhido lancinante de Quiquina. Voltou-se. Ela fazia gestos desesperados, ele não conseguiu a princípio entender. Mostrou-lhe o portão, ele viu que não podia ser ali na horta, ela não queria. Desnorteada, ela fabricava gestos, grunhia. Fez uma cruz com os braços, abriu a boca aumentando com as mãos a goela, o buracão aberto. Ela queria dizer cemitério, voçorocas. Não, meu Deus, ele não tinha coragem. Ali parado, esperava. Quiquina grunhiu de novo, e o medo foi tanto que ele não pôde resistir, saiu correndo, abriu o portão, ganhou a rua.

Agora corria pela estrada, o embrulho úmido de barro debaixo do braço, a pá na mão direita. O coração batia na garganta.

Corria. O luar brilhava no cascalho, faiscava na mica do cascalho que pavimentava a estrada. O luar na estrada dava-lhe uma visão de sonho, de mistério, de pavor. Podia ver a estrada esbranquiçada na sua frente feito uma passadeira que o conduzisse ao abismo, ao negrume das voçorocas.

De repente, diante das goelas abertas, das entranhas que o luar molhava de brilho, feito uma gengiva, vermelho-negro, diante da escuridão das voçorocas que o luar mal iluminava, ele parou. Um medo mais forte do que aquele outro medo que o impulsionara até ali, segurou-lhe o corpo, amarrou-lhe as pernas. Sua primeira reação foi jogar longe aquele embrulho nojento, se livrar daquele cheiro molhado nauseabundo e voltar correndo. Mas a imagem de Quiquina esperando-o de volta impediu-lhe o ato. Não podia prosseguir, não podia avançar além das voçorocas. Nem uma só vez ele cuidou do que ia fazer desde o momento em que Quiquina lhe ordenou que saísse, quando ela disse cemitério, voçorocas. Não pensou em enterrar aquele embrulho no cemitério, nas voçorocas. Apenas obedecia. Agora parou. Não conseguia mais avançar nem se afastar. Não podia deixar aquele embrulho na beira da estrada. A cerca, o pasto. Jogou o embrulho e a pá por cima da cerca, saltou-a. Logo adiante, entre duas touceiras, começou a cavar apressado, o mais depressa que podia. Tinha de ser bem fundo. Por causa dos tatus, ia dizendo. Tatu fuça tudo.

Os grilos, os sapos, um pio mais demorado – parecia de mutum. Um assobio longo e um breve, intermitente, feito um rato, um morcego assobiando. Tudo zunia, tudo rodava, tudo se misturava nos seus ouvidos.

Depois da última pá de terra foi que começou a ouvir de dentro do miolo da noite o tropel dos cascos do cavalo de seu major Lindolfo. A espingarda carregada, seu major vinha atrás dele. Toma chumbo paula-sousa, desgramado! Tinha de correr, não podia ficar ali, seu major viu tudo, vinha vindo.

O coração batendo apressado, só de se lembrar o coração batia apressado, como se ele estivesse de novo correndo.

Foi erguendo o corpo da cama, se apoiou nos cotovelos, deixou-se cair de joelhos no chão. Não sabia por que sentiu uma vontade imperiosa de falar com alguém, de dizer uma reza que dona Vivinha gostava de dizer. Mas dentro dele era um grande vazio, um oco sem fundo...

(De novo a imagem de Quiquina lhe veio viva. Ela perguntava, sem um gesto queria saber, só com os olhos, as mãos mudas. Quiquina barrava-lhe a entrada, Quiquina no vão da porta, onceira. Já, pôde finalmente dizer. Já fiz tudo que nem você mandou, disse ele feito vomitasse as palavras.)

... e como não conseguia lembrar a reza de dona Vivinha (a imagem de Quiquina crescia, um fantasma na sua frente), ergueu os punhos para o alto. Maldita casa! Maldita vida! Maldita ela! Maldito todo mundo! Maldito eu! Ia gritando como quem rasga o peito.

No quarto mal iluminado pelo luar, os seus olhos brilhavam molhados. Ele começou a chorar.

9

CANTIGA DE ROSALINA

DE REPENTE A GENTE voltava ao sobrado. Atravessávamos finalmente a ponte, o sobrado abria as portas para nós. Era como das outras vezes, quando dona Genu morreu, quando o coronel João Capistrano Honório Cota se foi para sempre. Naquela casa tudo tendia a se repetir. Como um relógio, um daqueles relógios parados que das outras vezes a gente viu como foi. Como porque aqueles relógios começaram a parar.

O sobrado se enchia de gente, mesmo que uma festa. Mas era uma festa de pura especulação, a gente queria saber, embora muitos dissessem, os olhos meio tristes fingidos postos no chão, a cara compungida, que estavam ali para prestar uma última homenagem, manifestar o seu amor e respeito por Rosalina, pela memória do coronel João Capistrano Honório Cota: a chaga na nossa alma de vez em quando doía, quando a gente lembrava.

Em todo canto da casa tinha gente. A princípio se cochichava, depois o vozerio foi aumentando, aumentando, de vez em quando alguém tinha de puxar um pigarro, pedir silêncio. Era até falta de respeito, tanto falavam, tanto especulavam, tanto fuçavam na sala, na copa, na cozinha; tudo muito disfarçado, como quem não quer nada. Mesmo na horta alguns já se divertiam chupando jabuticaba (num instante os pés ficaram pelados) enquanto esperavam. Só na parte de cima do sobrado é que não se podia subir, por causa do soldado que botaram no primeiro degrau da escada.

Todo mundo queria saber, toda hora vinha alguém com uma notícia fresquinha. Então o vozerio aumentava, os comentários passavam de boca em boca, o murmúrio crescia. Que foi, quê que não foi? Agora foi seu Emanuel que chegou, dizia um. Foi não, seu Emanuel chegou primeiro, disse outro. Eu vi quando ele chegou. O soldado quis até barrar ele, foi preciso o juiz chegar no alto da escada e dar ordem pra ele subir. Que despropósito! dizia um outro agoniado de curiosidade. Esse povo da polícia exagera! Até seu Emanuel, que é pessoa da casa, mesmo que irmão dela, não poder subir! Alguns eles deviam de deixar, os de mais respeito, os principais. Todo mundo não, isto aqui acabava virando rabo-de-procissão.

Ninguém podia subir, era a ordem que o praça cumpria no exagero. Além das autoridades e de seu Emanuel, só abriram uma exceção, que a gente achou muito justa. Foi quando chegou o coronel Sigismundo. Uma novidade, a chegada do coronel Sigismundo. Vinha de carro novo, lustroso. Desde longe se ouvia a buzina espalhafatosa, em tudo quanto era esquina ele mandava buzinar. A gente se babava de ver aquele carro novinho em folha, tão rico, tão bem ajaezado. Quem vinha dirigindo era o Zico, uma espécie de afilhado, protegido, capanga do coronel. Dava gosto ver Zico no guidão, até um boné ele foi desencavar ninguém sabe onde. E ele buzinava com gosto, via que o coronel Sigismundo gostava dos exageros.

O carro parou mesmo na porta, o coronel Sigismundo saltou. A meninada que se reunia na calçada foi para junto do carro. Num instante estavam empoleirados, em tempo de estragar a pintura vermelhona. De vez em quando Zico tinha de espantar a meninada, senão ia ser um estrago. Deixa que eu explico a serventia, dizia ele quando um mais audacioso, já dentro do carro, tentava puxar um botão qualquer.

A gente esperava o coronel Sigismundo voltar lá de cima com as novidades. Ele não veio, ficou por lá. Havia gente que de raiva já começava a achar que tinha sido muita proteção, para não dizer coisa pior, aquela vantagem para o coronel Sigismundo, mesmo com o carro e tudo. A gente fala demais, a gente comenta. Não vê que aquilo não era hora daquelas disputas? A gente devia ficar compungido.

Uma hora chegou alguém com novidade. Dias atrás tinham visto Juca Passarinho sair da cidade fugido. Quem foi que viu, ninguém viu, lorota. Foi seu Donga Novais que viu, disse o primeiro que veio com a notícia. Vocês sabem, ele passa a noite inteirinha acordado, sofre de insônia, não sai da janela. Invocado seu Donga Novais, ninguém podia duvidar do seu testemunho, não era homem mentiroso, muito pelo contrário. A gente aceitou, aceitavam qualquer coisa. Queriam saber, a gente morria por saber. A gente aceitou, a hipótese era bem razoável. Ninguém ainda tinha visto Juca Passarinho, aliás ele andava meio sumido ultimamente.

Toda essa falação dava arrepio, bulia com os nervos. As mulheres cochichavam, os homens pitavam mesmo apagados os compridos cigarros de palha, cuspiam, parolavam. As mulheres, que eram as que mais sabiam, assim mesmo mandavam um menino, como quem não quer nada, ir saber dos homens se tinha mais alguma coisa nova. Todo mundo sabia alguma coisa e em cada coisa a gente aumentava um ponto e a história ia crescendo feito aquele enxame de vozerio sem nenhum respeito, aquela falta de educação. Chegavam até a querer mexer nos relógios, dar corda, puxar os pesos. Não tivesse o soldado ali, eles tinham mexido. Soldado é que dá respeito, quando muita gente junta assim, só mesmo a autoridade.

Quando a gente já andava meio sem esperança de qualquer novidade de monta, veio alguém com a notícia de que Quiquina tinha descido a escada, ido até na copa, parado a pêndula. Mas ninguém viu, como foi que viram? Porque de repente a pêndula parou. A gente esperava tudo repetido, mas não assim tão igualzinho que nem relógio de repetição. Não foi agora não, foi no começo, quando ainda não tinha muita gente, disse alguém. Você viu, estava aqui? Eu não, mas seu Ramiro, o primeiro a chegar, foi que viu. Ele estava contando pro pessoal lá fora.

Tudo parecia de verdade, era verdade, a gente aceitava, não havia explicação para a pêndula parada.

Aliás quem primeiro deu notícia do que estava se passando no sobrado foi seu Donga Novais, cujo testemunho, pela insônia nas horas mortas, era sempre invocado e ninguém duvidava da palavra dele. Se foi seu Donga Novais que falou, deve ser verdade.

Foi ele que primeiro deu uma explicação mais aceitável para a cantiga que a gente pegou a ouvir de repente, vinda do meio da noite, do oco da escuridão. Era uma cantilena meio chorosa, alta, que nem a da Verônica na Semana Santa (a gente comparava), quando dona Auta, que sempre é quem fazia a Verônica, trepava na cadeira e se punha a cantar aquele canto tão bonito que falava assim oh, vós homens pecadores etc. Porque tinha gente com as teorias mais estúrdias, não acreditávamos. Falava-se em mula sem cabeça, em alma do outro mundo, essas coisas assim que de medo a gente inventa. Mas a cantiga era muito estranha, só de ouvir a gente ficava arrepiadinho. Uma cantiga que ninguém tinha ouvido antes: as palavras a gente não conseguia entender direito, só a toada é que se ouvia.

Foi seu Donga Novais quem ainda decifrou o mistério da cantilena noturna. Ele mesmo, em pessoa, foi procurar seu Emanuel a fim de evitar mal-entendidos, botar as coisas no devido lugar. Ele é que devia tomar uma providência, a ele é que competia. Porque já tinha gente avançada na maldade querendo sair de noite com pau e carabina para desencantar aquela alma do outro mundo ou exemplar aquele engraçadinho que estava brincando com os nervos da gente.

É ela sim, disse seu Donga Novais. E como duvidassem, ele disse eu vi com estes olhos que a terra há de comer. Eu vi uma vez dona Rosalina toda vestida de branco vinda do meio da noite, das bandas do cemitério. Como ele falou em cemitério, ninguém quis acreditar, pensou-se que de tanto não dormir ele tivesse perdido o juízo e o que estava falando agora era coisa de maluco.

Homem, começou dizendo seu Emanuel de cara fechada, de muito respeito, conforme o feitio. Homem, não sou de brincadeira, o senhor sabe, gosto do respeito, não sou de conduta disparatada. Se o senhor, seu Donga, não tem o que fazer, cate por aí, ocupação é o que não falta. Se está mangando comigo, perde o seu tempo, o senhor é capaz até de se estrepar.

Seu Donga quis brigar, disseram. Não brigou, os dois saíram muito sérios do armazém, conversando.

A conversa primeiro se passou entre os dois sozinhos, depois é que a gente ficou sabendo. Foi seu Donga Novais mesmo que se encarregou de contar.

O senhor vem comigo, disse sério seu Donga Novais. Eu mostro, eu não falo brincando, sou de respeito, o senhor sabe, não tem o direito de duvidar da minha palavra. Qualquer noite que o senhor queira, eu nunca durmo, o senhor sabe...

E vai daí a gente ficou sabendo que toda noite, há muitas noites, tarde da noite, quando todos dormiam, Rosalina saía do sobrado e ia por aí cantando a sua cantiga no mundo da noite. O que ela falava na sua cantiga, nunca ninguém soube. Alguns diziam como eram os versos, mas a gente via que era pura invenção. Nessas horas a gente imagina, inventa muito.

O certo é que seu Emanuel chamou o juiz, o promotor, o delegado. Mantiveram conversação reservada, todas as providências foram tomadas.

Agora a gente estava de novo no sobrado, esperando. De uma certa maneira todo mundo ficava de dono da casa. Não era como das outras vezes, quando do enterro de dona Genu, da morte do nosso nunca esquecido coronel João Capistrano Honório Cota, cuja memória a gente louva e exalta como exemplo de retidão e caráter. Caráter é que é bom.

A confusão, a promiscuidade era geral. Já mexiam nos armários, nas panelas, tinha gente que fazia café. Se a coisa demorasse mais, se seu Emanuel não desse logo a ordem do cortejo, iam acabar limpando a casa, já tinha gente mirando o patecão de ouro.

Foi quando se ouviu um murmúrio maior na sala. O vozerio cresceu, depois caiu um silêncio pasmo. Ninguém se animava a abrir a boca para falar, os olhos voltados para o alto.

Viu-se no alto da escada:

Na frente vinha o juiz, pausado, com a sua bengala encastoada de ouro, o anelão de rubi e chuveiro de brilhante, a sua calça listrada, as suas polainas de feltro. O juiz falava qualquer coisa baixinho, o coronel Sigismundo junto dele meio desengonçado, mas forçando por manter a maior seriedade e compostura, para não contrastar muito com os modos polidos e educados do juiz Saturnino Bezerra. Vinham de cabeça baixa, não olhavam para ninguém, como se estivessem numa cerimônia onde não se permitia nenhuma intimidade.

A respiração suspensa, os olhos parados, a gente aguardava mais alguma coisa, a gente queria o principal da nossa presença no sobrado. Um frêmito, alguém deixou escapar um grito, logo abafado, mas que ficou pairando no ar mesmo depois que todos se calaram no espanto.

De branco, o vestido comprido e rendado, uma rosa branca refolhuda no cabelo, lá vinha ela. Lá vinha Rosalina descendo a escada de braço dado com seu Emanuel. Desciam devagar, a passos medidos. Ele se voltava para ela numa atenção especial, como se tivesse medo de que de repente ela pudesse cair. A cabeça erguida, o porte empinado, hierático, ela mais parecia uma rainha descendo a escadaria dum palácio, uma noiva boiando no ar a caminho do céu.

E ela sorria, meu Deus, a gente viu depois de muitos anos Rosalina sorrir pela primeira vez. Ela sorria feito se fosse para a gente. Mas sabíamos, não era para nós que ela sorria: era um sorriso meio abobalhado, para ninguém. Ela parecia não nos reconhecer, e no entanto sorria, os olhos vidrados como que não viam, e era para a gente que ela mirava, ela sorria.

Quando Rosalina chegou no último degrau da escada, parou, disse qualquer coisa baixinho no ouvido de Emanuel, ninguém ouviu, apenas um mover brando de lábios. Ele fez que sim com a cabeça. E continuaram a sua marcha nupcial.

A gente instintivamente se afastava, ia abrindo caminho para eles. Ela nos olhava, abaixava ligeiramente a cabeça, feito agradecendo tímida os nossos cumprimentos, que mal dávamos, calados, medrosos. Não eram para nós aqueles gestos, aquele olhar, no fundo do coração se sabia.

A gente cercou o carro, mesmo a meninada mantinha o respeito.

Emanuel abriu a porta do carro para ela entrar. Ele lhe dava a mão, ajudava-a. Vimos que ele fez uma reverência para ela, como um vassalo cumprimenta a sua rainha. Ela ficou sentada entre ele e o delegado. No banco da frente, o soldado, Zico no volante. O coronel Sigismundo não foi, ficou ali com a gente vendo o carro dar a partida.

O carro partiu barulhento, deixando atrás de si uma nuvem de poeira. Lá se ia Rosalina para longes terras. Lá se ia Rosalina, nosso espinho, nossa dor.

Este livro foi impresso pela Cruzado,
em 2022, para a HarperCollins Brasil.
O papel do miolo é pólen natural 70g/m²,
e o da capa é cartão 250g/m².